在路上

邵远庆 著

UNITY PRESS
團結出版社

图书在版编目(CIP)数据

在路上 / 邵远庆著.--北京:团结出版社,
2023.6
ISBN 978-7-5234-0195-8

Ⅰ.①在… Ⅱ.①邵… Ⅲ.①长篇小说一中国-当代
Ⅳ.①I247.5

中国国家版本馆 CIP 数据核字(2023)第 095430 号

出　版:团结出版社
(北京市东城区东皇城根南街 84 号　邮编:100006)
电　话:(010)65228880　65244790(传真)
网　址:http://www.tjpress.com
E-mail:65244790@163.com
经　销:全国新华书店
印　刷:江苏凤凰光彩印务有限公司
装　订:江苏凤凰光彩印务有限公司

开　本:170×240mm　16 开
印　张:23.75
字　数:265 千字
版　次:2023 年 6 月 第 1 版
印　次:2023 年 6 月 第 1 次印刷

书　号:978-7-5234-0195-8
定　价:68.00 元

作者简介：

邵远庆，男，1973 年 7 月生于河南省西华县奉母镇前邵村。中国作家协会会员。已在《小说月报》《北京文学》《莽原》《四川文学》《广西文学》《安徽文学》《雨花》《延河》《当代小说》《芳草》《文学故事报》等期刊发表作品百余万字，作品多次被《中篇小说选刊》《海外文摘》《中国当代小小说排行榜》及“中国年度最佳”文学选本转载，并入选《课外语文》（初中版）及高考试卷。曾获《小说选刊》征文奖、《莽原》文学奖、《长江文艺》优秀作品奖等奖项。著有长篇小说《朦胧季》《万物生长》等，小说集《容不进半点砂砾》《乡村寓言》《鸟语花香》《小马过河》《同和堂故事》（合著）等。

真正的小说，是写给我们的亲密的信。

——大江健三郎

目　录

第一章

一

活下去的理由（诗歌）

正在翻修屋顶的人们
看到了赦免的诏书，它衔在一只斑鸠的喙中
蓝天深而远

一场雨，冲掉了大哥脸上
一个冬天的炉灰和草屑
他站在自家院子里，大声咳嗽，清理着喉咙

锄头和镰，自己从暗中走出来
召唤着手和力，上了年纪的二婶
听到从庄稼的根部打来的电话

榆树在运气
用力把储存在根部的营养运送到最边远的枝梢
细小的麦叶在行走，摸索

像长虫脱了一层皮，小路在吱吱嘎嘎的松动
一匹兽从茅草堆里起身
晃动着向辽远走去

——这就是人们活下去的理由

这首诗的作者，是已故著名诗人马新朝。

二

初识常有福，是在去年冬月的一个上午。虽然正值隆冬时节，但是那天的阳光却是出奇的明媚和灿烂。残留在地上的皑皑白雪，在气温和阳光的共同作用下，正悄无声息地慢慢消融。田间的麦苗，如溺水的孩童一般，在拼命挣扎着，妄图从渐次稀薄的积雪中崭露头角，以便更好地张大嘴巴，贪婪地吮吸几口新鲜空气。正因为多了太阳的滋润，原本已经结冰的道路逐渐变得泥泞，导致我的越野车行进起来，宛如一个醉酒的莽汉，不停地左右摇摆，东跌西撞。

本来一个多小时即可到达的路程，我却整整走了一上午。去见常有福的目的，是因为纪念“中国人民抗日战争暨世界反法西斯战争胜利七十周年”的活动即将来临，报社为响应上级号召，要求采写一些关于“抗战”题材的新闻稿件，比如“我们村的抗战”“寻找抗战英雄”“中原抗战故事”等。历经半个多世纪的风雨沧桑，能在枪林弹雨中存活下来，而且至今仍健在的老人，比沙漠中的鲜花还稀少。上哪去寻找这些鲜活的人物和事例呢？正为之犯愁，家住黄泛区腹地的一位朋友，向我举荐了与他同村的老人常有福。

一见常有福，我的满腔热情顿时像被人冷不丁从背后泼了瓢冷水，体温一下子降到极点。常有福充其量也就七十岁上下的年纪，上身穿一件深蓝色鸭绒袄，下身穿着黑色皮裤，头上还戴一顶棕色的鸭舌帽，跟我心目中的那些白发苍苍、满目疮痍的抗战老人的形象判若两人。我顿时有种上当受骗的感觉，就好比买彩票后明知中了大奖，去领奖时却被告知彩票早已过期作废一样；就好比大龄青年精神抖擞地前去相亲，一见面才知道对方早已名花有主……心中那种失落和沮丧程度，自然无法用言语表达。

我暗自抱怨那位热心朋友：不把事情了解清楚彻底，干嘛给我胡乱介绍？让我甘愿冒着如此巨大的风险，一路溜冰似的匆忙前来，真是害人不浅呐。

由于心不在焉，匆忙聊上几句后，我便打算起身离开。这时常有福已经把茶沏好，将热气腾腾的茶杯强行塞给我，嘱咐我喝几口暖暖身子再走。没等身子暖热，常有福又吩咐他老伴上饭。我急忙摆手阻止，并找借口说，城里还有几个哥们儿在等我说事呢。常有福眨巴着贼亮的眼睛，似乎一眼便看穿我的心思，笑说："既来之则安之嘛！时间还长着呢，干嘛非要这么来去匆匆？"

趁我们磨嘴的工夫，他老伴已经极其利索地把饭菜上齐，四菜一汤，外加一瓶档次不错的白酒——显然已经早有准备的。恭敬不如从命，我只好复又坐下来，匆忙扒上几口饭菜后，一边抹嘴，一边再次起身告辞。

常有福迅速放下碗筷，抛下我不管不顾，一个人飞速跑出门去，身子紧贴着保险杠竖立在我车前，索性耍起无赖。

我心里"咯噔"了一下，暗想，这家伙到底什么意思？难道是想讹诈我一顿饭钱不成？

正要掏手机跟朋友打电话，要他赶过来帮我解围。常有福说话了：

“实话对你讲吧，不听完我的故事，你小子今天甭想打我这儿离开！”

又说：“无论怎么说，我也算是打抗战时期过来的人吧。”

看他那副不达目的不罢休、任凭九头牛也拉不回的样子，我只能选择默认。重新回到屋子，坐下来，掏出笔记本，再点上一根烟，强打精神，耐着性子听他随便唠叨吧。

第二章

一

我出生在一个炎热的下午，那天没风，太阳异常毒辣，整个村庄像一口大闷罐，想透上一口气都觉得困难。村子宁静得有些可怕。屋后几棵大杨树上，突然飞来几只唤作“吃杯茶”的鸟，“叽叽喳喳”地叫着，肆无忌惮地追逐，声音显得格外刺耳。有了“吃杯茶”的光临，我家附近的天空顿时热闹起来。“吃杯茶”这种鸟，个头儿和模样跟喜鹊差不多，不同的是，喜鹊身上有黑白或者蓝白相间的斑块儿，而“吃杯茶”却是通体乌黑，很像人们通常所见到的乌鸦。因为叫唤的声音酷似“吃杯茶”，所以大家都这么亲切地称呼它。以前，“吃杯茶”这种鸟在中原一带比比皆是，后来不知是何原因，竟然绝迹了，如今再难寻见它的踪影。

“吃杯茶”是种益鸟，专门负责往老百姓家传喜讯、送吉祥的。听到它们清脆响亮的叫声，父亲若有所思，很快又用肯定的语气说：

“今天家里要有喜事了！”

父亲话音刚落，紧接着就听见屋内传出“啊——啊——”的叫喊声。母亲使出浑身解数，硬生生地把我从胯间挤将出来。被挤压的感觉，很疼，我“哇哇”大哭。尽管还没吃上一口奶，我却过早地把所有吃奶的力气全用上了。

对于我的出现，父亲没有表现出丝毫的兴奋和快乐，他抱着肉乎乎的我，不住地埋怨说：

“儿呀！你可真生不逢时啊，一到人间便注定你吃苦受罪的命！”

父亲的话不是没道理。此时正值“民国”二十七年（1938年），刚好赶上日本鬼子侵略中国，所到之处烧杀抢掠，无恶不作。当时的蒋介石，采取“攘外必先安内”的不抵抗政策。八百万大军在他的遥控指挥下，基本上算是闻风而逃、节节败退。兵退汴梁城后，又担心郑州不保——郑州是南下武汉的窗口和门户，这里一旦失守，武汉就时刻面临被攻占的危险；武汉守不住，那么他的老巢南京则会不攻自破。为阻止日军南下，蒋介石下令军队炸开郑州花园口大堤，妄图以波涛汹涌的黄河水，去阻挡日军南下的脚步。

汤汤的黄河水，像一头巨大而且凶猛的怪兽，张口便吞噬了整个中原。

洪水漫过屋檐，高大的树木都在洪水中瑟瑟发抖。用黄土堆砌而成的泥墙，很快便招架不住，“轰隆”一声坍塌在水中。家没了，父亲用绳子把几根木头并排捆扎在一起，组成一个巨大的木筏，然后载着我们开始了长期的水上漂流生活。跟随我们一起转移的，还有我大伯全家。四天后，我们终于在一个叫高宗寨的地方停下来。说起高宗寨，地形相当奇特。人们都知道中原腹地一马平川，不要说高山了，甚至连个丘陵都不存在。偏偏高宗寨这地方，跟个平顶山似的，从平地上突然凸出个一丈多高的平台，方圆有好几里地，故而没被洪水侵吞。我们靠了岸，暂时在此落脚避难。

大伯正是在高宗寨遇难而亡的。因为缺少粮食，大家都食不果腹，个个儿饿得面黄肌瘦。政府派飞机过来发放赈灾粮，飞行员大概是怕粮袋抛下来伤及无辜，也是出于一片好心，将包裹全部抛到附近水域，然后一溜烟飞走了，任凭下面的灾民随意争抢打捞。看别人纷纷跳入水中抢粮，我大伯也跟着效仿。比别人幸运的是，我大伯水性好，抢到手的粮食也多。比别人悲哀的是，突然有一袋粮食落下来，不偏不倚，刚好砸在我大伯头上——我大伯跟水中的粮袋一起，仅仅在浑浊的水面上沉浮几下，便不见了踪影。父亲奋不顾身跳下去追赶，因为水流湍急，我大伯像是在故意跟我父亲藏猫猫，躲进水里任凭我父亲千呼万唤终不肯出来。几日后，在数百米远的一片高粱地里，有人发现了我大伯的尸体。由于在高温下的水中长期浸泡，我大伯身上的肉，烂得跟泡馍似的，被成群的鱼儿围着抢食。

父亲附在我大伯身上号啕大哭，沙哑的呼喊声宛若一团干草和树叶，顺着滔滔的洪水席卷而去。

二

洪水渐渐退却，父亲带着我们和大伯一家人，如丧家之犬灰溜溜地回到老家。为了一家人的生计，父亲肩挑两个箩筐，徒步到几十里地开外的箕城县城做买卖。跟众多乡亲们相比，父亲的头脑还算灵活，经营范围相对来讲也比较宽泛，用他自己的话说，逮到啥弄啥、啥赚钱弄啥。父亲不仅贩过盐，还倒卖过粮食和面粉，实在没有生意可做的时候，针头线脑之类的营生也不放过。

经营一段时间后，父亲腰包里确实积攒了些钱，并打算赶快把钱送回去，好贴补家用。那天，父亲挑着担子，优哉游哉出了箕城，一路哼着小曲儿朝家的方向走。正满面春风着，迎面发现一群日本鬼子。父亲顿时慌了手脚，慌忙扔掉箩筐，飞身往回跑。日本人的子弹，一个个像跟屁虫似的，紧贴着父亲穷追不舍，生怕万一一步跟不上，父亲就会突然消失或者溜掉。子弹没有长腿，速度却比长着两条腿的父亲要快许多，一个个子弹像吹口哨一样，“嗖嗖”地从他耳边呼啸而过。父亲慌不择路，慌乱中居然拐进一处无比肮脏的厕所内。此时父亲的感觉有如此几种：头晕、眼花、腿软、气喘、心跳加快、四肢无力。父亲知道自己已经不能再跑了，再跑下去，即使不被子弹打死，也非得累岔气不可。父亲扶着墙，像一头刚从赛场上败退下来的公牛，“呼哧呼哧”地喘着粗气。父亲担心自己万一被俘，人没了不说，钱也没了，人财两空啊。趁着歇息的工夫，父亲把钱袋子掏出来，埋在墙角一堆废弃的砖头蛋子里面——这是他目前唯一的躲避敌人搜捕的办法了。哪怕丢进茅坑，也绝不能轻而易举地把钱拱手送给日本人。父亲咬着牙，又跳出低矮的院墙，继续朝相反方向仓皇奔逃。

凭借自己久经考验的双腿和过人的智慧，父亲终于躲过鬼子的追捕。但是，当他沿着老路回到厕所找钱时，却发现墙角那堆砖头已经被人翻动过。究竟是谁长了一双比 X 光机还要敏感的眼睛？父亲傻呆呆地站着，不停地问自己。数天的劳动成果瞬间化为泡影，父亲欲哭无泪，懊悔得一个劲儿地抽自己的脸。出门这么久，如今却空手而归，如何向家人交代？

刚回家不久，又赶上国民党军四处抓壮丁。父亲第一次被抓，是在一个漆黑的夜晚。那晚月黑风高不说，天上还下着大雨。两条客观因素，导致父亲的心理防线渐渐松懈，天一落黑便钻进被窝昏沉睡去。父亲正做着美梦，门“啪”的一声被踹开，没等他反应过来，就被几个穿着绿皮军装的人给死死摁住，然后像捆柴似的，五花大绑地把他给捆走了。母亲哭得死去活来，以为父亲从此再也不可能回来。十多天后，父亲居然笑眯眯地出现在家门口。母亲揉揉自己的眼睛，辨清虚幻与现实的境况后，突然“哇”的一下大哭起来。父亲走过去，轻轻拍着她的后背，像哄孩子一样对她说：

“哭啥哩？我不是又回来了吗。”

母亲问他是怎样逃离魔掌的。父亲龇牙一笑说：

“装病呗。”

父亲第二次被抓，完全是为保护母亲。那天父亲陪母亲一起外出，刚走到半道，从高粱地里突然蹿出一群国民党军——原来他们也懂得守株待兔的道理。母亲见状，慌忙用力推了父亲一把，说：

“快跑!”

父亲站着没动。母亲跺着脚，又焦急地催促他：

“你怎么不跑呀?”

父亲依然站着没动，平静地说：

“想跑很容易。我跑了，你咋办?”

父亲这次是主动跟着部队上了路。

远远地，母亲看见父亲竟然跛着脚在走路。那时母亲的肚子已经扛得像一座小山包，她怀上我弟弟了。母亲捂着自己日渐鼓胀的肚皮，挺纳闷地想，刚才还好好的，啥时间不小心崴着脚了呢?

就在母亲觉得生活暗无天日的时候，父亲再次归来。父亲依然咧着嘴，跛着脚，走得满头大汗。跛脚就跛脚吧，总比人没了好。母亲心说。到母亲跟前时，父亲突然拿开摁在那条残腿上的手，而后一下子蹦跳出地面老高。母亲哭了，双手如击鼓般擂着父亲的胸膛说：

“骗人！又在这儿骗人哩。”

为避免再次被抓，同时也是在万不得已的情况下，父亲这才走进周家大院，给地主周庆余当长工。同时母亲也没闲着，她的任务是给周庆余家纺花织布，相当于现在的打零工吧。

尽管他们两个都在日夜辛劳，我家的生活仍时常捉襟见肘。

日本投降后，蒋介石接着发动内战。1948 年是个多事之秋。先是国民党的新编第五军开过来，刹那间打破村子的宁静。到处战马嘶鸣，到处吼声震天，到处尘土飞扬……村子里住满荷枪实弹的士兵，他们像一团找不到窟窿眼儿的马蜂四处乱拱。杀猪、宰羊、逮鸡、抢牲口成为他们的拿手好戏，当然也不排除个别不讲礼义廉耻的家伙，看到姿色出众的媳妇就想据为己有。村子被他们闹得人心惶惶鸡犬不宁。在新五军当中，还有个光头小分队，皆由穿便衣的年轻小伙子组成，他们个个凶神恶煞，如狼似虎。一天下午，一个穿黑上衣的家伙闯进我家，将门踹开后，像饿狼一样在屋内到处乱翻。看实在找不到值钱的东西，他就抱着我家床上的被子往外走。母亲扑上去，拼命拽住被子一角，苦苦哀求说：

“行行好吧老总！我家就这一床被褥了。孩子还小，你拿走孩子盖啥？”

便衣不由分说，抬腿朝母亲肚子上狠踹一脚，恶声恶气地说：

“滚开！老子在战场上拼命你看不见，拿你一条破被子又怎么啦！”

母亲感觉疼痛难忍，只能松开手捂在肚子上。临出门时，便衣又看见门后还放着父亲的一双布鞋，于是顺手拎起来往被子夹缝中一塞，扬长而去。我躲在墙角，浑身如筛糠一般，连小便何时失禁都不知道，屁股下的黄土被尿液浸湿一大片，很久还散发出一股浓郁的骚味。父亲回来后，气急败坏，对准我的后脑勺就是一巴掌，不满地说：

“胆小如鼠。看你那成色！”

新五军走后，国民党军大部队接踵而至。村里的青壮男女都跑光了，只留下一些顽固倔强的老人，死守着家园听天由命。父亲牵着我家那头老牛，躲进茂密的高粱地。老牛那会儿显然不理解父亲的心情，父亲想潜伏还来不及呢，它却不分场合异常高调，不时仰起脖子，冲天空“哞哞”直叫。父亲紧张得要命，像捆干草一样使劲抱住牛嘴，欲盖弥彰。老牛根本不买父亲的账，不时挺起粗壮有力的头颅，拼命摆脱父亲的拥抱。很快被国民党军发现了。父亲和老牛一并跟着部队，乖乖地走。

那时国共战争已进入白热化阶段，东北的辽沈、锦川、平津战役，打得国民党军接连溃败，队伍烂得如一团被踩在脚下的狗屎，夹着尾巴仓皇南逃。父亲正是被这样一伙残兵败将强行掠走的。摊上如此狼狈的队伍，我们都以为父亲再也回不来了。不定走到哪，哪怕随意遭遇一股小小的地方武装，很可能就有全员覆灭的危险。正当我全家对父亲生还不抱任何希望的时候，他竟然再次奇迹般地出现在我们面前。父亲讲述的经过是：部队走到安徽界首时，跟新四军相遇，双方打了一仗。这部分人本来就属于杂牌军，经不起真刀真枪地干，不几下就被打得落花流水屁滚尿流。父亲这才趁乱逃了回来。

“可惜那头老黄牛啊！”父亲无奈地说。

除了国民党军外，土匪也经常来村子骚扰。盘旋在我们这一带的土匪，大多来自西部山区，以禹县、舞阳、叶县、鲁山的居多。他们跟本地一些流氓恶棍相勾结，经常在光天化日之下抢劫钱财。土匪们通常最喜欢干的事是绑票：先锁定目标，再伺机进行绑架，然后与其家人联系，索要钱财，凡逾期不送者立即撕票。本地很多颇为殷实人家，因此债台高筑，甚至家破人亡。村里以周庆余为首的大户，为保护自家财产免受损失，不惜花费重金买来枪支弹药，拉拢民间武装来看家护院。另外，他们还组织附近民工，围村子修建起又高又厚的寨墙，并在城楼上架起土炮，以此来应对土匪的侵袭和骚扰。

战乱时期，政府只顾忙着打仗，对老百姓的保护基本处于真空状态。看种植鸦片利益可观，乡亲们便闻风而动，无论穷富家庭都选择种大烟。土匪们经过打听，知道周庆余家存有大量成品鸦片，于是悄悄将目标瞄准了他。一天，他们以黑夜为掩护，蹿房越脊进了周家大院。土匪们并不清楚，周庆余的二儿子周文胜是联防队的头目，那天他正好带着队员在后院休息。

面对眼前黑洞洞的枪口，居住在前院的周庆余并不惊慌，他一边与土匪巧妙周旋，一边绞尽脑汁，想办法为自己寻找脱身的机会。为了让睡在后院的儿子周文胜知晓此事，狡猾的周庆余故意装聋作哑，每说一句话，声音大得犹如打雷一般。直到听见周文胜悄悄传递过来的暗号后，周庆余的那颗悬着的心才彻底放下，并可着喉咙对土匪说：

“大烟都藏在后院的仓库内，你们自个儿去取吧。”

土匪们慌里慌张，丢开周庆余就往后院跑。刚到仓库门口，便遭到早已埋伏好的联防队员的乱枪扫射。两个土匪大概时运不济当场毙命，剩下的丢盔弃甲抱头鼠窜。我父亲听到枪声，便知道村里来了土匪，原本卧在床上的他，突然一个“鲤鱼打挺”，一跃而起后抓住一根木棍就往外冲。

天亮后，偌大的周家大院挤满老少爷们儿，看着那两具土匪的尸体，大家七嘴八舌地议论着。有人认出其中一具尸体，是附近村子的赵三。年少时赵三曾在登封少林寺附近拜师学艺，相传他身轻如燕，本领高强，同时也经常横行乡里，无恶不作。这次却万万没想到竟栽在我们村的联防队员手里。对于赵三的死，大家似乎仍不解恨，在周庆余的提议下，又将赵三的尸体拉出村子，拿绳子捆住手脚，分别绑在几头牛身上，当场来了个五“牛”分尸。后来还听说，又有胆大的人将其五脏六腑挖出，用大锅煮熟后，连个调料都没来得及放，便被几个饥肠辘辘的人捞出来，捧在手里狼吞虎咽地吃。我父亲好像也跟着吃了一块儿肉，大概有鸡蛋那么大吧，再想接着吃时，锅里已经仅剩下稀汤寡水了，连块儿肉渣都没捞着。

每次想起父亲吃人肉时的情景，我虽然没亲眼所见，但是胃里仍像搅拌机一样翻滚着，有种孕妇一般的呕吐和恶心之感觉。

三

解放军正式入驻我们村，大概是在 1948 年年底。听说是咱穷人的队伍，大家都兴高采烈，纷纷敲锣打鼓张灯结彩去迎接。只用了半天时间，村子的大街小巷立马旧貌换新颜，几乎每堵墙面上都刷满“打土豪、分田地”“农民当家作主人”之类的标语。在地方干部的号召和鼓动下，大家将腰带紧了又紧，挤出一部分蔬菜和粮食送给解放军。乡亲们饥点儿饿点儿不要紧，总算不再饱受战乱之苦，至少可以过上安定祥和宁静的日子了。

一个比较开明的地主，在村里办了一所学堂。有钱人家的孩子，大多都送进学堂读书了。我家没钱，自然与学堂无缘，我因此只能趴在教室的窗外，去聆听小伙伴们那朗朗的读书声。在羡慕嫉妒恨的驱使下，我急得抓耳挠腮，天天绕着父亲打转转。父亲咬咬牙，最终以三斗麦子为代价，将我送进学堂交给教书先生。入学第一天，我先按照规矩和程序拜了孔夫子，后又去拜见办学的东家。大概与教书先生前世有缘吧，先生一见我便喜欢上了，还为我取了个正儿八经的名字——常有福。当天先生教我们读的是《百家姓》，那么复杂而又繁多的姓氏，不到十天我就熟背如流。先生不住地夸我，并当着大家的面，说我是可造之才。接着又教我们背《三字经》。我会背《三字经》的时候，比我早入学半个多月的王留柱，才刚刚能背诵一半的《百家姓》。等他磕磕巴巴地勉强把《百家姓》背下来时，我已经进入《论语》了。为此先生经常拿我和王留柱作对比，并感慨地说：

“同样是两个学生，进步的差距咋会那么大哩！”

先生的教规特别严厉，一旦发现有学生偷懒，轻则罚跪，重则挨板子。王留柱的手掌经常被打得又红又肿。有次吃饭时，他母亲递给他一块儿热红薯。因为手疼，怕烫，王留柱竟然没能拿住，结果红薯掉地上摔了个稀巴烂。问明原因，他母亲拉着他的手，心疼得直掉泪，接连对着他的手哈口气，并抱怨说：

“你说先生下手咋恁狠哩！竟然把孩子的手打成这样。换作是他自家的孩子，他舍得下这样的毒手吗？”

王留柱的父亲没好气地说：

“不好好念书，活该被打！”

又说：

“怎么不向人家有福学习？瞧瞧那孩子，将来肯定有大出息！”

说起来我也有倒霉的时候。一次先生外出办事，嘱咐我们在学堂好好读书，不得偷懒。先生前脚刚离开，整个学堂立马乱成一窝蜂。我们把桌子合并起来，拼成一个戏台模样，然后轮番跳上去表演唱大戏。正玩得起劲，先生提早回来了。先生的脸顿时被气成鸭蛋青，冲我们吼：

“全部给我到走廊里跪着去！”

我们像码砖头似的，呈“一”字形排开跪下。先生操起木尺，对准我们的屁股，嘴里数着数，每人打了三下。木尺打在屁股上，比针扎还疼，有几个同学都忍不住哭了。我一直哭丧着脸，紧咬着牙，到底没哭出声来。

殊不知，那是最后一次挨先生的板子了。不久的一天，我们照例去学堂读书，到地方一看，屋里竟然黑洞洞、静悄悄的，不见有一丝活泛的气息。东家走过来，面带难色说：

“回家吧孩子们。从今天开始，学堂不办了。”

起初还以为是因我们的调皮惹怒先生，才导致他罢课的。后来才知道，是政府工作组进了村，号召乡亲们“打恶霸、斗地主”。先生也位列其中。自知灾难即将来临的他，当晚便闻风而遁了。没了先生，就像缺少主角的一出戏，如何继续往下演？只能散了。

为防止地主老财们反攻倒算，村里根据工作组的指示，分别成立了“农会”“民兵连”和“儿童团”，轰轰烈烈的农民运动像打雷一样迅速拉开帷幕。第一次体验到真正当家作主的快感，乡亲们的情绪肯定激动，积极主动地奔向各自的角色和岗位：民兵背着步枪，小孩儿提着大刀，老头儿老太们举着木叉，个个像龙宫里的虾兵蟹将一样，在街道上来回穿梭。我作为儿童团的一名预备团长，自然兴奋得睡不着觉，一天到晚废寝忘食，带领一帮小伙伴们巡逻放哨。一天晚上，我们刚巡查至村口，发现墙根儿处有个黑影在慢慢蠕动。刚开始还以为是谁家的猪逃圈了，深更半夜往家里摸。等大伙儿冲上去一看，才发现是个人——我们的教书先生。也怪我当时立功心切，情绪太过冲动，几乎想都没想便对着先生喊：

“站住！给我老实点！”

几把红缨枪和木质大刀齐刷刷地对准犯罪嫌疑人。

先生也认出了我，举着双手，怀带侥幸心理问：

“常有福，你不认识我了吗？”

我故意装作一副铁面无私的样子，把红缨枪的枪头儿对准先生的脑袋，厉声喝道：

“给我老实点！”

又说：

“谁认识你是哪个！”

月光下，我看见先生的头像熟透的麦穗一样，缓缓地耷拉下去。

现在想起来，我仍觉得挺对不住先生的。先生对我那么好，又教会我那么多知识和学问，而我却恩将仇报，就像寓言故事中的《农夫和蛇》一样，反咬了先生一口。把先生交给农会后，我不仅受到大会表扬，还被转正为儿童团团长。

先生可就倒了血霉，他被判处二十年有期徒刑。那时间先生大概已经有五六十岁了吧，二十年的徒刑，虽然是“有期”的，但是对他来说又有什么意义？

四

很快我就有了自己的媳妇，那年我刚好十岁。

热心为我们牵线搭桥的，是隔壁邻居周大爷。周大爷的院中有棵老梨树，两丈多高，碗口粗，不但枝繁叶茂，果实也金黄酥脆，像薄纸裹着一兜糖水，牙齿轻轻一磕，甘甜的梨汁便"噗嗤"一下溢出来。一到秋天，黄澄澄的梨子挂满枝头，极招人喜爱，一度成为他家院中的一道秀美风景。周大爷原先有个儿子，后来被国民党军拉去做了壮丁，从此杳无音信，家里只剩下他们老两口相依为命。从梨子挂果那刻起，我就开始打它的主意，一天到晚老盯着它不放。我经常像庙院的信徒一样，非常虔诚地合起双手，默默地对梨树顶礼膜拜，殷切渴盼梨子快些长大好为我解馋。父亲看在眼里，时常提醒我、警告我、给我打预防针：

"记住，不准动人家的东西，胆敢偷吃老周家的梨子，看我不打断你的腿！"

说起来周大爷老两口人不错！赶上梨子采摘季节，周大爷便会站在院墙那边喊我，让我爬树上帮他收梨。收完后，周大爷顺手装上满满一篮子让我提回家吃。有两次我故作谦虚，不肯要他家的梨子，摘完便撒腿就跑，而且边跑边偷偷地回头观望，生怕周大爷把送梨的事给忘记了。周大爷好像早已揣摩出我的心思，微笑着摇头，然后像走亲戚一样，亲自扤着篮子，把梨子送到我家。我父母难免会异常客气地跟他推让一番。周大爷说：

“梨子是送给孩子吃的。我家就俩人，吃不完都坏了，挺可惜的。”

父亲每次警告我的时候，我心里其实很不服气，心说，反正每年周大爷都要亲自过来送梨，与其每次都劳烦他，倒不如我直接取过来，省得再麻烦他老人家。我找来一根铁丝，捏成一个碗口大的圆形圈子，然后固定在竹竿顶端，再将网兜绕在铁丝上，一个摘梨的绝佳工具就算做成了。趁父亲不在家时，我隔着院墙举起竹竿，悄悄瞄准一个梨子，套进去，再轻轻一拉，梨子就乖乖掉进网兜里了。既省事又省时还省力。很长一段时间内，我一直在为自己的伟大发明和创造而深感得意。

也怪我当时的胃口太过贪婪，随着偷梨次数的日渐频繁，周大爷家的梨树上，明显呈现出一种十分奇特的现象：靠近我家这边树上的梨子稀少，而另一面梨子偏多。父亲显然也觉察到了，他经常背着双手，皱着眉头，望着梨树若有所思。因为抓不到证据，他暂时也拿我没办法。后来的行踪暴露其实早有预兆，只是我没留意细心观察而已。吃早饭时候，父亲一直阴郁着脸闷闷不乐。然后，父亲像往常一样，扛着锄头不动声色地下了地。父亲一走，我就像个发情的猴子一样，急不可待地操起竹竿伸向目标。这次，我打算只偷两个梨子，一个用来填补自己干瘪的肚皮，另一个留给我的女伙伴崔英。因为崔英平时对我实在太好，我一直欠她一份人情。人情债不还，我的心始终像被人拿绳子揪着一样，甭提多难受。

刚把梨子拿到手，父亲已经悄无声息地站在我身后了。父亲满脸怒气，眼瞪得比系在牛脖子下的铜铃还大。不等我做任何辩解，父亲便脱掉鞋子，拿鞋底对准我的脊背一阵猛抽。悲剧开始上演。我家院子里传出杀猪般的嚎叫声。母亲像故意要赖一样，躲在屋内不肯出来阻止。居然是周大爷最先从隔壁跑过来，一把夺过父亲手中的鞋子，又反过来朝他肩上击打着，然后一副生气的样子说：

“子不教，父之过。依我看，该打的人是你！”

父亲仍不罢休，又捡起一根木棍，挣扎着朝我身边逼近，嘴里不停地絮叨：

“气死我了！气死我了！今天我非打死你这个兔崽子不可。”

父亲说这话的时候，我知道他真是被怒气冲昏了头脑。他这番话分明是在骂他自己，我如果是“兔崽子”的话，他不就成老兔子了吗？在我们这里，把人比作兔子是骂人话。

周大爷“噗嗤”一下乐了，说：

“孩子用网兜摘梨的事，我其实比你发现得早。按咱这一片的规矩，偷鸡偷狗偷猫都不算偷，何况区区几个梨子？孩子平时缺吃少穿，一天到晚饿着肚子，都瘦成干狗了，拿梨子补贴一下肚皮，有什么不好？他即使不偷，我还要亲自送过来给他吃呢。”

周大爷边说边掀起我的衣服，抚摸着我红肿的后背，心疼地说：

“走吧，让你爹继续下地干他的活儿，咱们到我家继续摘梨子。”

又说：

“非气死他个老兔子不可！”

周大爷的话像一股暖流，抚慰着我一颗受伤的心。也就在这年，周大爷老两口突发奇想，居然把他们的娘家侄女介绍给我做媳妇。

她叫王美丽，那时刚过完七岁生日。我们结的是娃娃亲。

新中国成立后政府开始组织办学。在本村读完初小后，我又去附近的刘庄读高小。我的学习成绩一直很好，每次考试准能拿第一。甭看我年龄不大，日常生活却安排得非常充实。除了入校学习外，我的业余任务是割草。家里养着一头老黄牛，它的饭量很大，无论我割多少草，它似乎都能在一夜之间吃个精光。看我竭尽全力仍不能把老黄牛喂饱，父亲心中不满，常拿话来敲打我：

“瞧你，都那么大的人了，割的草还供不上一头牛吃。”

于是我的自尊心受到深深的伤害。草之所以割得少，其实原因并不在我。因为那时间很多家庭都喂有牲口，有牛，有马，还有驴骡什么的。正因为牲口多，割草的人也多，附近的草刚刚冒出尖芽，严格来说还没等草“满月”，便被人再次无情掠去。想割到更多的草，想割到更好的草，必须跑去六七里地开外的河滩。别人割草时，一般背的是用荆条编制的篮子，我们通常都叫它“荆篮子”。我则直接用麻绳去捆，因为荆篮子容量小，而且自身比较重。麻绳可以不受任何限制，割多少就能捆多少，直到背不动为止。使用麻绳很讲究技巧：先将麻绳摊在地上，折成两条一尺来宽的平行线，然后底部放些长草作铺垫，中间掺杂着碎草，一层搭着一层，交叉进行摆放。否则的话，有可能不等你背起来，草捆就会“呼啦”一下七零八散。

夏季，骄阳似火，烈日炎炎。我蹲在没有任何物体遮挡的河滩里，宛若一条离水的鱼，张开大嘴拼命喘着粗气。汗水很快将衣服浸透，像膏药一样紧紧贴在身上，想扒都扒不下来。到了中午，我躲在河堤上的树荫下，掏出随身携带的干粮，如狼似虎地啃上一阵子。吃完干粮后，再到河边拨开水上的青草和浮沫，捧上几口温乎乎的河水来解渴。拨开水草的那一刻，我看见有很多像精灵一样的鱼儿，凸着一双菜籽般的眼睛，在水里悠闲地游。间或还有三五只拖着长长尾巴的蝌蚪，极其优雅地游来游去。最让我害怕的，是潜伏在草丛中的水蛇，冷不丁从我身边钻出来，沿着水面呈曲线状游动。

前来割草的人肯定不止我一个。人一多，空旷的河滩顿时热闹起来。那时我们的娱乐方式主要有两种：一种是“摆方”。在地面上画出六条田字形方格，分别以土块和木棍当棋子，找水平相当的人当场对弈；另一种是捉蝈蝈。蝈蝈这小东西充满灵性，太阳越是毒辣，气温越是高涨，它便越显得兴奋，趴在绿油油的豆叶上面，越发叫得欢畅响亮。想循声去捕捉它时，你必须轻手轻脚，连大气都不敢出，一旦让它感知到少许的风吹草动，便会将粗壮的后腿轻轻一蹬，立马像个幽灵一样消失在茫茫的青纱帐，而且一时半会儿再难寻觅到它的踪影了。

夕阳西下的时候，我们纷纷背起草篮或者草捆，吹着响亮的口哨满载而归。傍晚的日光调皮得很，它就像一位手段高明的魔术师，将我们笨拙的身影拉得老长老长。大家相互踏着彼此的身影，像一支长长的驼队，依次行进在归家的羊肠小道上。

六七里地的路程，加上近百斤重的草捆，让我们行走起来相当吃力。父亲心疼我，总是千方百计抽出时间，亲自跑到半道上去接我，并时常嘱咐我说：

“下次少割点吧！小小年纪，当心累坏了身子。”

心疼归心疼，父亲恼怒发火时，仍会毫不犹豫地对我下狠手。在我的记忆里，偷周大爷家的梨算是一次，还有一次比那次打得更狠。我的同学王留柱，有天神神秘秘地来找我，他手握一把极其漂亮的玩具手枪，不时对着我的脑壳向我炫耀。小手枪是他爹帮他做的，枪把儿用木头削好，枪栓由一根绿豆粗的铁条改制，枪筒是一枚金黄色的子弹壳。他把火柴头儿上的黑色火药刮下来，固定在弹壳底部，然后轻扣一下扳机，火柴头受到撞击，就会发出清脆悦耳的响声。

我很喜欢王留柱的小手枪，整天像哈巴狗一样围着他转，无非是想讨来过上一把枪瘾。但是王留柱是个非常吝啬的家伙，他只肯让我看，却基本上不让我触碰。但我的忍耐是有限的，一旦被惹毛，脖子上立马凸显出两条像蚯蚓一样的青筋。

回到家，我立即找来木头和铁条，开始了我的造枪行动。一切准备就绪，只差子弹壳难寻。我先跑到邻村的表姨家，又跑到姥姥和姑姑家，却始终没找到自己想要的东西。无奈之下，我只能厚着脸皮向王留柱索要。王留柱先是毫不犹豫地拒绝，后在我的百般央求下终于开了口，但是条件却相当苛刻：他要我出钱向他购买，价格是五千一枚，相当于现在的五毛钱人民币。要知道在那时候，一毛钱能买七八个鸡蛋，五毛钱是啥概念？我的衣兜里经常比脸都干净，去哪弄这五毛钱呢。我费尽心机，翻出父亲藏在床头下的三个铜板，试探着给王留柱。王留柱不肯要，理由是新中国成立后，市场上已经不再流通铜板了，即使留着也没啥用。

眼看万事俱备只欠东风，我心急如焚。王留柱看时机差不多成熟，便提醒我说：

“你爹不是藏有烟疙瘩吗？可以拿出来跟我交换。”

我知道那块黑黢黢的烟疙瘩，对父亲来说比命都金贵，当即一口回绝。王留柱赌气说：

“不换去球！”

又说：

“要不是看你可怜巴巴的样子，我才懒得操你那份闲心呢。”

思来想去，我决定铤而走险。我知道在家中屋梁上悬挂着的那个竹篮里，有父亲珍藏的一团烟疙瘩，个头儿有馒头一般大，父亲平时一直将它视若珍宝。趁父母不在家，我爬上凳子将竹篮取下，然后用事先准备好的勺子，从烟疙瘩的底部开始挖洞。烟疙瘩是软的，就像坑底的黄胶泥一样，很好挖。不几下，我就挖出鸡蛋那么大一团儿。现在想想，我当时真是太过于匆忙了，如果再多浪费一点儿时间，把烟疙瘩重新揉捏一下，让其恢复原型，说不定就不会落下隐患，以至于让父亲一眼就看出端倪。我把挖过的烟疙瘩放回原处后，匆忙出了门。

有了子弹壳，当天我的小手枪便做成了，拿火柴头尝试一下，声音好像比王留柱的还响亮。正得意忘形着，父亲突然喊我回家。我情知事情不妙，又不得不硬着头皮往家走。一进屋，我就看见堂屋的桌子上，放着那个乌黑的烟疙瘩。我当时的第一反应就是想拔腿而逃，但是父亲眼疾手快，伸手拽住我的胳膊，口中骂道：

“小兔崽子，今天你若不说实话，看我怎么收拾你。”

父亲说着，拿出一根早已准备好的指头粗的麻绳，将绳头往屋梁上一甩，一种简单粗暴的刑具便制作而成，看样子是准备将我吊起来毒打。我吓得浑身哆嗦，大喊母亲过来救我。母亲此时大概也跟父亲一样生气，她的身子像被电焊机焊住一般，牢牢地站在原地。

父亲的鞋子像疯狗样在我身上狂咬。我可着喉咙拼命喊叫，声音像杀猪一样，震得我家房顶的灰尘“呼呼”往下落。还是隔壁的周大爷闻声跑过来，并且不顾父亲的阻拦，强行替我解了围。

后来才知道，王留柱这小子原来是受他爹的指使，故意拿小手枪来引诱我。他爹知道我父亲存有一团烟疙瘩，所以才想出这么个孬点子。小猴终究玩不过老猴，他爹简直不费吹灰之力，就让计谋给得逞了。

五

1957年，政策风云突变，村里按照上面的指示精神，成立了合作社。刚分到手还没等暖热的土地，又被收了回去，重新归大集体所有。我父亲是个老古板，内心对成立合作社产生了抵触情绪。父亲也不想想，成立合作社是国家政策，岂能凭你的个人能力和意愿可以扭转？父亲说话口无遮拦，经常拿一些不识时务的话发牢骚，借机表达内心不满和愤怒。这下可好，算是捅了马蜂窝了。本来一个又红又专的人，身份和地位瞬间发生改变，父亲很快为自己的言行付出惨痛代价。

当时我对父亲的态度很不理解，多次埋怨他说，人家爱成立什么就成立什么，哪怕是成立联合国，跟你有啥关系？你只管闭着眼跟着形势走就是了，即便是天塌下来，也有高个子顶着，你说你充什么愣头青！现在好了，惹火烧身了吧！

不久之后，父亲的身体每况愈下，开始跟中药打交道了，连家中的蚂蚁窝内，都经常弥漫着一股浓郁的中草药气息。那年我已经上完高小，并且以全校第一的优异成绩，被保送到初中就读。初中设在我们公社，距村子有十多里路。刚入校不到一年，因为生活拮据，交不起学费，我的求学生涯多次中断。由学生转变为农民的那段时间，我的情绪相当低落，终日像个霜打的茄子似的，无精打采，垂头丧气，哪怕遇到熟人，也跟个哑巴似的，连招呼都懒得跟人家打。父亲自然明白我的心思，但是凭他当时的能力，显然已经山穷水尽，无可奈何了。家里确实已经穷到揭不开锅的地步。在这件事上，我永远忘不掉我的老师高兴泉。他始终坚定不移地认为我是个可造之才，将来一定能成为国之栋梁。如果就这样半途而废，确实有点儿可惜。于是，高老师主动向学校提出申请，请求减免我两个学期的学费，说起来一共才四块钱。得到学校同意后，他又亲自跑到我家，苦口婆心做我父亲的思想工作，最终我得以重返校园。

虽然耽误了一段时间的课程，但是在我的辛勤努力下，年终考试时，我依然取得“红五分”的好成绩。

正当我如鱼得水、踌躇满志，准备大显身手之际，学校为响应上级号召，要求同学们边学习边参加劳动。我们迅速融入“四集体”的热潮。四集体指的是吃在校、住在校、学习在校、劳动在校。为给学生们实施勤工俭学提供方便，学校周围的环境也在不断地发生着变化。在不长的时间内，大大小小的炼钢厂、化工厂、水泥厂、编织厂等，如雨后春笋般悄然崛起，本来宁静得如一潭死水的校园顿时热闹起来。宛若裤管状的烟囱，一天到晚“突突”地朝天空吐着浓烟；轰隆隆的机器声不绝于耳；装载水泥的车辆，把原本平整的路面挤出两道半米深的车辙，灰尘铺天盖地四处乱飞……

我们的生活规律改为白天务工，晚上抽出零星时间上课学习。繁重的体力劳动，早已把师生们折磨得筋疲力尽，哪还有心思投入到学习中去？很多同学的学业就此荒废。因为吃的是大食堂，伙食质量极差，每人每天仅有几两粗粮进肚。秋天还好，很多庄稼开始进入成熟期，像红薯、玉米、大豆、花生等，都等着我们去采收。夜深人静的时候，总会有三三两两的黑影，像鬼魅一样悄悄潜入校外的庄稼地，或红薯，或玉米，或豆荚……逮着啥吃啥，如饥不择食的猪仔胡乱啃上一通。那时的农作物是多么的香甜可口啊！红薯是脆的，玉米是甜的，豆荚是香的，但是我们却像猪八戒偷吃人参果一样，来不及去用心品味，便急急忙忙地塞进肚子。

比别人幸运的是，水泥厂建成后，我被任命为代理厂长。那时的厂长，跟现在的“国企”有着天壤之别。现在的单位一把手，可谓是位高权重，与之相比，我这个厂长当得相当窝囊。除了跟别人一样参加体力劳动外，我只有一个方面比他们特殊——自己拥有单独的一间办公室，而且还是集办公和住宿于一体。但是对我来说已经足够。在很大程度上，独立办公室切切实实为我解决了诸多实际问题。任何人都不晓得，那段时间，我正悄悄地实施一项宏伟计划，或者说伟大工程。

那段时间我的日子比别人更难熬：白天干完活儿，晚上放学后还要单独加班——在我办公室的床底下挖地窖。我选择挖地窖的目的，跟洛阳那位在地下室挖地窖的小伙儿，初衷上有着质的区别。他挖地窖是为囚禁少女，方便自己寻欢作乐。我则是用来储存食物，解决今后的不时之需。我经常被饿得头眼昏花，少气无力，连走路都像风中的树叶一样摇摆不定。除了食物，我好像对一切都不感兴趣。我敢拍着胸脯说，即使当时有我喜欢和青睐的影视明星主动前来找我幽会，我也绝不会对她们存在非分之想。

正因我个人有先见之明，把眼光和思想放得比较长远，所以才想起挖地窖这么个馊主意。漫长的冬天即将来临，真正的饥饿还在后面，我必须像田鼠一样，暗藏些过冬的食物以备后患。当然，挖地窖肯定是在秘密的情况下进行的，整个学校只有我一个人知道，哪怕是亲兄弟都不能说，万一消息被走漏，后果则不堪设想。为防止行踪败露，我一般都选在后半夜夜深人静的时间开挖。后半夜的人睡觉踏实，若不是被热尿憋到几近尿床的程度，一般人是不会起床的，更不会像幽灵似的瞎转悠。一直挖到东方天空泛起鱼肚白的时候，我才从地窖里钻出来，再用被单把挖出来的泥土包好，背到离办公室很远的地方倒掉。因为泥土是新鲜的，就近抛洒的话，很容易被人发现并起疑。

毕竟大家都处在同一个大环境下，学生们肚子饿，当老师的也好不到哪儿去。同在一个水平线上，谁也不比谁尿得高。最让我深表同情的，是曾经费尽周折帮我复学的高兴泉老师，他每月只领十几块钱的工资，以及二十八斤口粮。单是一个人生活的话，还能勉强说得过去，可是高老师拖家带口，每月要挤出一部分钱粮去补贴家人，日子当然要比别人艰难许多。进入冬天，高老师全身开始出现浮肿，像注水了一样，无论用手指按哪个地方，一按就是一个深坑，半天还弹不起来。他的眼泡肿得发亮，鼓囊囊的，像储存着一兜清水。脚也浮肿得厉害，想穿上鞋子都异常困难。尽管如此，高老师仍然每天坚持去给学生们上课。课一上完，角色便立马发生逆转，瞬间从教师变为一个罪犯，被一群人捆绑起来，簇拥着接受批斗。

我对高老师先是同情，接着开始转变为行动，那是初冬的一个中午，大家都端着碗去了食堂，只丢下他一个人趴在教室写检讨。我悄悄走过去，把事先准备好的一团青菜，迅疾塞进他怀里。高老师抬起头，看见是我，没说话，只轻轻摇头，意思是劝阻我，让我往后别再这么干，万一被他人发现，都得跟着受牵连。透过厚厚的眼镜片，我看见高老师的眼眶里，分明闪烁着几滴晶莹的泪花。

我不顾高老师的暗示，隔三岔五地冒险给他送东西吃。后来胆子越练越大，我竟然以询问口供的名义，把他带到我的办公室，然后一边望风，一边打开地窖让他放开肚皮吃个饱。学生们的劳动量已经够大，高老师更不用提。他经常因完不成任务而惨遭批斗。我于心不忍，便找到一个关系非常要好的同学杨要紧，跟他一起商量对策。杨要紧眨巴几下眼睛说：

“这个很好办！等干活儿的时候，我俩把高老师夹在中间，借机帮他一把不就成了。”

我一听靠谱，拍着杨要紧的肩膀激动地说：

“好！够哥们儿！我们就这么定了。”

可以这么说，高老师完全是在我俩的庇护下，才算度过那段梦魇般的时光的。

好景不长。到了1958年，毛主席他老人家说：“还是人民公社好！”这句话就像刮龙卷风一样，迅疾在中华大地上掀起一股热潮。随着人民公社的诞生，合作化步入高潮阶段。紧接着，政府又出台“多快好省地建设社会主义的三面红旗”的最高指示，轰轰烈烈的“大跃进”运动正式拉开帷幕。为尽快顺应社会发展形势，全国960万平方千米的辽阔土地上，开始人为地刮起“五风”。合并食堂，同吃大伙，虚报产量，私设公堂，打击投机倒把，狠抓流窜犯等社会怪象层出不穷，神州大地几乎乱成一锅粥。到了1959年，人民生活水平每况愈下，粮食吃完，紧接着吃麦麸；麦麸没了，开始吃草根儿、树叶和树皮。等到所有东西都吃不到的时候，只能各自想各自的办法了，感觉什么东西能填充肚皮，就毫不犹豫地塞进嘴里，权当拿自己当实验品吧。

初中即将毕业的我正摩拳擦掌，准备全力以赴报考高中的时候，天上突然掉下馅饼，好消息传来了。部队要招收一批飞行员，并且指标很快下达至学校。为更好地为国家选拔人才，地方政府特意针对报名参加体检的学生，每人每天额外补贴二斤细粮。经过多年的“瘦身”，学生们的身体状况极差，可以说个个体瘦如柴，面如白蜡。有了这份额外的给养，大家的身体恢复得很快，青少年所独有的活力和体魄，顿时得到充分凸显。我跟着报名的队伍来到县城进行初检，淘汰一大批同学后，又去专属地许昌进行复检。到郑州去参加定检的时候，整个县城只剩下我和一个叫王家山的同学。王家山是红花公社的，离我老家有好几十里路。经过一个多月时间的磨合，我俩的关系处得如同一奶同胞的兄弟。

因为有地窖里的食物做铺垫，我的身体状况明显要比王家山优越许多。初见王家山时，他瘦小得像个细脚伶仃的圆规，满头稀不拉儿的几根黄毛，犹如盐碱地里勉强钻出来的几棵纤细的小草。看王家山走起路来一副晃晃荡荡的样子，我只觉得好笑。一个连站立都成问题的家伙，如何去开飞机打仗？面对如此羸弱的对手，我信心百倍，或者说压根儿就没将他放在眼里。如果在我们之间二选一的话，我肯定是板上钉钉、稳操胜券。

录取结果下来后，被淘汰出局的不是王家山，而是我。原因出自最后的政审环节——我被人匿名举报了。举报人为我罗列了三大罪状：一是在办公室的床底下挖地窖，算是以权谋私；二是与右派分子高兴泉相互串通、拉帮结派，政治立场错误；第三条最为致命，我父亲是反革命分子，多次被政府打击处理过。

绝无仅有的一次机会，就这样轻轻地来，又轻轻地走掉了，仅仅与我打了个照面，擦肩而过而已。得到消息，我的大脑瞬间出现了短路，如同失去信号的电视机样，刹那间变成白茫茫的一片。

后来经过打听我才知道，那个在背后煞费苦心地搜集整理我罪状的人，竟是跟我朝夕相处、好得几乎穿连裆裤的王家山。怪不得我被宣布淘汰后，去找王家山挥泪告别时，他的目光总是躲躲闪闪，始终不敢正视我。也怪我这个人城府太浅，一旦高兴起来，说话便不经过大脑，才让他有机可乘，从我口中套出很多不为人知的秘密，然后再将我一棍子打死，没给我留下丝毫的机会和余地。真是人心隔肚皮，知人知面不知心啊！

从郑州体检回来，我没脸去学校，直接回了家。很久没见到父亲了，我想好好跟他诉说一下衷肠。

得知我应征失败的消息后，父亲先是狠狠地瞪了我一眼，而后擂着自己的胸脯，带着懊悔和痛恨的口气说：

“家里出了个扶不上墙的阿斗啊！”

又说：

“真乃朽木不可雕也！”

父亲的话，顿时激起我胸中憋屈已久的委屈和愤怒。我噙着眼泪，大声反驳他说：

“若不是你政治立场出现问题，我怎会无端地被淘汰？我又该抱怨谁呢？”

父亲惊愕了，他张大嘴巴，半天没说出一句话。突然，父亲“哇”地一下，像爆裂的水管样，喷出一口鲜血来。紧接着，又一个仰八叉翻倒在地。我哭着扑上去，抱着他的上身，一边晃一边大声叫喊。半天，父亲摇摇头，仍没说话，却老泪纵横。

从此便一病不起了。

六

上高中时间，政府为我们发放的口粮，是按照每月三十斤的标准执行的。供应不到半年，又赶上苏联老大哥翻脸逼债，全国上下开始齐心协力，勒紧裤腰带，偿还苏联债。我们自然不能幸免。政府从发放给我们的三十斤口粮中，扣掉二斤作为节约粮上缴国库。那段日子，用“极度清苦”几个字来形容我们的生活，一点儿也不为过。几乎每顿饭，都是清一色的、少得可怜的、纯天然无污染的红薯面窝窝头，外加一碗白开水。隔三岔五的，也会供应一勺冬瓜汤，稀得能照见人影——这已经是很丰盛很奢侈的生活待遇了。好在，学校西边不远是一片菜地，里面种有白菜、萝卜、茄子等。那是学生们开展勤工俭学时最喜欢去的地方。每次劳动锻炼回来，我们的衣袋都装得鼓囊囊的，等下罢晚自习后，再独自找个僻静处，把私藏的东西拿出来吃掉。

有趣的是，每到晚上，校园的树丛中、墙角里、屋檐下等隐秘处，均有零零星星的人，像放屁蹦出来的屎花一样，独自猫在那儿偷吃食物。因为天黑，大家又躲在角落里，正常情况下根本看不见人影，却能听到类似老鼠啃门板一样，发出的“磕巴磕巴”的声响。你只需随意喊上一声：

“谁?”

立即有人回答：

“我。”

又进一步解释：

“撒尿呢。”

每月供给的二十八斤口粮中，偶尔也有两三斤的白面，其余为粗粮。因为心中惦念父亲的病情，我强忍饥饿，将白面馍悄悄藏起来，等到周末回家时，带给父亲吃。有次，因为身上衣服太旧，口袋底部破了个洞，致使藏在里面的馒头，一不小心掉了出来。我慌忙弯腰去捡，没料到还是迟了一步，被表现积极的同学看见，立即将我举报到学生会。他们派代表对我全身进行严格搜查时，翻遍所有衣兜，都没发现馒头的影子。代表们仍不死心，用威严的口气命令我：

“把裤子脱掉!”

我死拽着裤腰带，说啥都不肯松手。代表当中的头儿像个大领导似的背着双手，对身后的党羽使个眼色，摆了下头说：

“给他扒光衣服。我就不信找不出馒头来。”

几个人像疯狗似的一拥而上，将我摁在地上，动手解我的裤带。在裤子即将被扒下的那一瞬间，我的思想斗争相当激烈：馒头就藏在内裤的口袋里，是选择捂馒头？还是选择捂裤裆呢？周围站着很多看热闹的同学，有男有女，那玩意一旦袒露出来，光天化日之下可不怎么好看。所以我只能选择后者。

证据抓到手，代表们顿时像哥伦布发现新大陆一样，异常兴奋地将馒头高高举起，声色俱厉地对我进行了严肃批评。批评就批评吧，谁让我故意违反国家的粮食政策呢！但是，等代表宣布要把属于我的馒头没收充公时，我却死活不同意，开始与他们据理力争：

“这馒头是我的标准口粮，你们有什么理由没收？我保存起来的目的，是为了细水长流，每顿都能掰上一口白面馍吃。”

又说：

“你们没权收走我的馒头，不行的话，咱们可以去找校长评评理。”

我当时确实要了小聪明的，没敢将私自把馒头带回家的事如实招来。

代表们愣了片刻，终于把馒头还给了我。并对准我的屁股狠狠踹了一脚，说：

“你最好给我老实点儿!”

挨上一脚无关紧要，馒头总算保住了，我却为此写了一篇很长的检讨书，足足用了好几个页码的作文纸。拿去交给学生会代表时，他只粗略浏览了一下，便顺手撂在桌子上，然后点着我的脑袋警告说：

“下次再被我发现的话，可不像现在写检讨这么简单了。”

把馒头递到父亲手中的时间是一个周六的下午四点。父亲躺在床上，喘得很厉害，像一头奄奄一息的老牛，仅剩下肚子一鼓一瘪地吸气和出气了。看见白面馒头，父亲艰难地举起手，强行推开了，并上气不接下气地说：

“我再吃也是浪费。留给你的两个弟弟吃吧，他们很久没吃过白面馍了。”

又叮嘱我说：

“以后别再往家里拿东西了，你正是长身体的时候，不吃饱饭还能行?”

许久未见面，母亲显得异常亲热，像招待远方的客人一样，开始忙活着为我做晚饭。那时间还是大伙制，所有人都在生产队的大食堂用餐，生活方面绝不允许搞特殊。不过想搞特殊也很困难——每家每户的铁锅都被收去大炼钢铁了，家里连个烧火做饭的家什都没有。母亲用来煮东西的“锅”，其实是一顶破旧的钢盔帽，还是当年新五军路过我们村时丢下的。父亲将它捡回家，一直当作喂牲口的料斗使用。

家里一粒粮食也没有，母亲为我做的是水煮青菜——这已经是相当不错的美味佳肴了，平时他们吃的是从门前那棵老榆树上刮下来的皮。我家只有这一棵老榆树，树皮的数量很有限，哪经得起他们日积月累地去分割？可怜的老榆树，像被剥光剔净的骨头架子一样，白着身子赤裸裸地矗立着，是死是活都很难预料。

没等青菜煮熟，大队干部白可善大概看到或者闻到烟味，很快带人找上门来。他一脚踢翻支在青砖上的钢盔帽，恶狠狠地说：

“好哇！又逮到一窝儿反革命分子。社员们都去地里干活了，你们倒好，躲在家里忙着改善生活。看我不给你们来个连窝端！”

说着，白可善弯腰把地上的钢盔帽提起来，把汤汤水水倒掉后，拎走了。

眼看即将煮熟的青菜被洒了一地，母亲一屁股蹲在地上，号啕大哭。

父亲想挣扎着坐起来，身子刚起了一半，又突然趴在床边吐了一口血。我急忙跑过去，重新把他按下，焦急地说：

“你不能再动了！再这样下去，性命都不一定能保住。”

又转头对两个弟弟说：

“咱们即使把房屋卖掉，也得给爹看病啊！”

说这话的时候，我也知道仅仅是个人设想而已，在那个连命尚且不能自保的年代，有谁肯掏钱买我家的两间破草房呢？

好在那时间实行的是公费医疗，政策比现在的“城镇居民医保”和“新农合”都优越。卫生所设在邻村的李家庄。我找到医生李天明，二话没说就“扑通”一声跪在他面前。李天明明白我的意思，他摊开双手，一脸为难的样子说：

“巧媳妇难做无米之炊。卫生所的药品奇缺，我总不能像济公一样，搓下胳肢窝里的灰蛋蛋来为你父亲治病吧？”

李天明为我开了张药方，安排我到附近的集市上去抓药。

抓药之前，必须先解决钱的问题。我先去了舅舅家，舅舅的处境跟我家差不多，穷得只剩一口热气了。又辗转找到附近几个亲戚，仍一无所获。在回家的路上，正唉声叹气的我，突然碰见儿时的伙伴崔英。崔英问明原因，毫不犹豫地从衣兜里掏出几张票子塞给我。后来我才知道，崔英嫁期将至，却没有一身像样的衣服。她母亲怕她这么寒酸着嫁出去，将来在婆家人面前抬不起头，让人瞧不起，这才将苦心积攒的钱拿给她，让她到集上买块布料做新衣服。

从小开始，我跟崔英就是一对亲密无间的好伙伴。崔英比我大一岁，我经常喊她英姐。崔英肤色稍黑，圆胖脸，脑后梳着一条又粗又长的大辫子，很像样板戏《红灯记》里的铁梅。崔英对我很好，遇到被人欺负的时候，她总是义无反顾地站出来替我说话，让欺负我的人很不理解，指着我问崔英：

“你跟这家伙啥关系？干嘛老护着他？”

崔英将辫子往身后一甩，赧赧地说：

“你管呢！”

又说：

“他是我弟弟。”

崔英平时爱跟我一起下地割草。她心灵手巧，人也麻溜，割草的速度比我快得多。每次割完后，她总是连汗水都顾不得抹上一把，又接着帮我割。有次，她不小心将镰刀砍在左脚的大拇指上，鲜血汩汩直流。我慌忙扯下一块儿衣襟，像包粽子一样替她一层层地缠好。我紧紧地攥着她的脚趾头，心疼之余，又荡漾着一种说不出口的甜蜜和幸福。崔英好像表现得比我还冲动，她突然凑上来，噘着嘴，蜻蜓点水般，对着我的额头轻轻亲了一口。顿时，我的脸红，她的脸比我更红。

崔英也是唯一一个跟我共同分享梨子的人。从周大爷家偷完梨子后，我总不忘留一个藏在书包里，见到崔英时，迫不及待地拿出来给她吃。崔英吃梨的模样很好看，她从来不像我那么热火急，恨不得一口将整个梨子囫囵吞下去。她捧着梨子，先是认真端详一番，然后张开小嘴，谨小慎微地轻轻啃上一口。她哪里是在"啃"呀？顶多算"嘬"上一口罢了。梨子表面仅仅蹭掉指甲盖大的一块儿薄皮而已。看我在一旁馋得不时咂着嘴、咽着唾沫，崔英又主动把梨子送到我嘴边，说：

"你也吃一口吧。"

我像一位道行颇深的学者一样跟她解释说：

"梨是不能分着吃的。'分梨'和'分离'是同音不同字，我们怎能分开吃呢？"

说这话的时候，我心里其实美滋滋的，仿佛那甘甜如蜜的梨汁早已顺着食道流下去，不断浸润我的心房。

上初中时间，崔英亲手做了双布鞋，用围巾包裹得严严实实，夹在腋窝下亲自送到我家。布鞋是那种千层底，还是松紧口的，用黑色条绒布剪成的鞋帮，做起来既费时又费力。如此精细的东西，母亲一下子就喜欢上了，捧起来爱不释手。崔英对我母亲说：

“我给俺弟做了双鞋，不知道合不合他的脚？”

又说：

“婶子啊，您年纪大了，眼也花了，今后俺弟穿鞋的任务，就包在我身上了。”

相处多年，终日耳鬓厮磨，我想我身上到底长有多少根汗毛，崔英都摸得一清二楚，她专门花费心思为我定做的鞋子，焉有不合脚的道理？第一次穿上她做的鞋，我感到舒服极了，也温暖极了。我生怕干活时不小心将鞋弄脏，所以每隔几分钟，我便会忍不住弓下身去，拿手轻轻拍打几下鞋面。为了回报崔英对我的情意，我也曾买过两双尼龙袜子，悄悄塞进她的书包里。

浓浓的爱意，像暖流一样在我俩之间相互输送着。

一起上完初中，等到上高中时，崔英落榜了。不是崔英学习不够用功，也不是她的智商比较愚钝，主要原因还是她家成分高，才被取消录取资格。以崔英的学习成绩，上高中应该没有丁点儿问题的，但是在那个年代，纵然你浑身有一百张嘴，也没地方去摆理。

生活中没了崔英，我像凭空丢失一件宝贝，心中显得格外的空荡、落寞和寂寥，那是多么难熬的日子啊！一如我面对饥饿一样可怕。

我想崔英也应该如此。

收到崔英托人捎来的纸条，是我刚进入高二阶段。她在纸条上写道：

我现在的身份只是一个普普通通的农民，而你已经是高中生了，将来还要上大学，还要端公家的饭碗。所以，我俩是不可能有结果的。再说，我出身不好，你娶了我，会耽误一辈子的前程。我不想拖你的后腿，更不想给你添乱、添累、添负担！咱们就这样好说好散吧。我会永远记住你的！……

我把纸条上为数不多的几行字，挨个儿琢磨了数遍。每次不等看完，泪水便像山泉样喷涌而出，把胸襟滴得湿乎乎的，很长时间还暖不干。终于等到周末，我急急忙忙回到家，放下书包后，正准备出门去找崔英，母亲仿佛看穿我的心思，问我：

“你知道吗？崔英要嫁人了。”

我心里“咯噔”了一下，忙问母亲：

“你说的是真的吗？”

母亲叹口气说：

“喜糖都散过了。大概下个月吧，她就该出门子嫁人了。”

母亲说这话的意思，好像也不怎么赞成我跟崔英继续来往。

我瞬间像是被人挑去腿骨上的大筋一样，身子顺着门框的一侧，缓缓地瘫软下来。

后来听说，崔英的婚姻好像并不幸福，她嫁的是我的初中同学。那个混蛋上学时就不务正业，听说下学后更不争气，平时喜欢酗酒，醉后不但打骂崔英，还经常在外拈花惹草、寻衅滋事。一次把人打伤后，被送进大牢服刑。崔英可能觉得无颜面对家人，绝望之下，选择了自缢身亡。

拿上崔英给我的钱，我一路狂奔来到集上，找了好几个地方，终于在一个老中医那里，按李天明开的方子把药抓齐。回家才知道，我走后不久，父亲又接连吐了几口鲜血，而且体温不断升高，身子像刚出炉的烤红薯一样发烫。无奈之下，母亲和弟弟只能将他送到李天明的卫生所接受治疗。

因为高烧不退，父亲一直处在昏迷状态，他体内的水分好像被高温全部蒸发掉，居然七八天没有解一次大便。那时间还没有“开塞露”之类的药品，父亲像被用针线缝住肛门的老鼠一样，憋得“嗷嗷”乱叫。情急之下，我看李天明正捧着饭碗在门口吃饭，便上前一把夺过他手中的筷子，然后对着父亲的肛门，像从地洞里抠爬叉一样，一点儿一点儿往外剜粪便。几天没有进食，父亲很快再无嚎叫的力气了，因为痛苦，他的喉间发出“呜呜”的呻吟，宛若陈列在家中的那台破旧的纺车，声调漫长且又悠远。同时也像把刀子一样，深深刺痛着我的心。

经过一天的奔跑和忙碌，我人困马乏，屁股刚挨上板凳就昏沉睡去。大约午夜时分，李天明过来拍拍我的肩膀，嘱咐道：

“等天亮后，找人把你父亲抬回去吧。”

又说：

“我的招数已经用尽，看你父亲现在的病情，怕是再回天无力了。”

我“扑通”一下，再次跪在李天明面前，苦苦哀求：

“李医生，求求你救救我爹吧！我不能没有爹呀！你的大恩大德，我们全家定当永世不忘……”

李天明使劲将我搀起，摇着头说：

“我真的已经尽力了。”

某些方面，母亲似乎比我更为理智。她不顾我的强烈阻拦，找到生产队长常景轩，让他派几个人过来，把父亲抬走了。我和两个弟弟一边哭泣，一边抱着常景轩的腿，死活不让他出门。由于用力过猛，居然把常景轩的裤管都撕破了。气得常景轩扬起巴掌，在我头上拍了一下说：

“你这孩子，还高中生呢，关键时候咋这么不懂事！”

又说：

“我总不能眼睁睁看着你爹死在外边吧。”

回到家，父亲并没咽气，只是呼吸比先前又慢了许多。我看见盖在父亲身上的被子，像潮水样“呼”的一下落下去，半天又“哗”的一下涨上来。好端端一个人，正年富力强着，难道说没就没了？我仍不死心，匆忙往姥姥家的方向跑。在姥爷的一再强调和催促下，几个舅舅东拼西凑，终于将八块钱塞在我手里。我没敢回家，而是直接奔向公社，找到一位德高望重的老中医，求他出山为我父亲看病。早在公社上初中时，我就听说过这位老中医的大名了，医术精湛，妙手回春，曾经从死神手中拉回许多垂危病人的生命。既然那么多人都得救了，哪还差我父亲一个！无奈的是，老中医因为年纪实在太大，走起路来步履蹒跚不说，遇到拳头大的一个坎就寸步难行，怎能跑十多里路出诊救人？听我详细讲述父亲的症状后，老中医亲手配了三服中药，用麻绳系好交给我说：

“就这三服药了，成就成，不成的话，怕是神仙下凡也救不了他。”

三服药吃了两副，父亲病情显然有所好转，一天突然睁开眼睛，所说的第一个愿望是想吃碗汤面条。母亲用脸盆下好一碗杂面，端给父亲吃。父亲只吃了半碗，就推掉了。虽说只有半碗杂面条，却很快在父亲身上发挥了作用。我看见父亲的脸色逐渐呈现出几许红润来，艳若天边即将收敛的一抹晚霞。

我们均以为父亲这下应该没事了，大抵能熬过这场灾难性的浩劫了。二弟甚至高兴得跳起来，拍着手说：

“咱爹属于那种‘大难不死必有后福’的人呐！”

到了晚上，也就是刚刚喝罢汤时间吧，父亲突然又开始大口大口地喘气，喉咙间发出如同拉风箱时那种“呼呼”的声音。我赶忙凑过去，没等开口，父亲便一把攥住我的手，几滴清泪顺颊而下。父亲说：

“我恐怕是大限将至，所剩时间不多了。”

又嘱咐我说：

“记住，你是家中的老大，长子如父啊！这个家从此就交给你了。我这辈子没给你们积下什么福分，临走时又给你们欠下一屁股的债。我罪孽深重呀！”

一阵剧烈的咳喘后，父亲的声音变得更为细小：

“屋梁上的竹篮里，还有一块儿烟疙瘩，我一直没舍得动。真到日子过不去的时候，拿去卖了吧。”

没等他把后事交代完毕，父亲的头突然一歪，不省人事了。全家人围着父亲，趴在他身边号啕大哭。我当时仍信不过自己的眼睛，先用手指放在父亲的鼻孔下，探探他究竟还有没有呼吸的迹象。又学着老中医的样子，四指搭在父亲的手腕内侧，摸摸他的脉搏是否正常跳动。明白一切皆为徒劳后，我才知道，父亲这次真真地离我们而去了，从此阴阳两隔，再也不能相见。我陡然感到一阵眩晕，残酷的现实像钱塘江边的浪潮一样，打得我踉跄倒退，几近栽倒。我感到天要塌了，地要陷了，仿佛自己已经置身于悬崖峭壁的边缘，既不能进，又不能退；既不能上，也不能下；岌岌可危，寸步难行。父亲一直是家里的顶梁柱，没了他，这个家该怎么办？全家人今后如何活下去？

在整理父亲的遗物时，我从他睡过的枕头下，翻出二斤皱巴巴的粮票。说起来这二斤粮票，还是前两年我上中学时，从牙缝里节省出一些红薯，悄悄攒起来卖给一个投机倒把的粮贩子，几次下来，居然积攒了这么多。把粮票交给父亲，原本是想让他到集市换些粮食补贴家用。没想到父亲始终没舍得花，一直像宝贝一样藏在床头，存留至今。

手握着那二斤粮票，我心如刀绞。

第三章

一

那时的国家政策比海边的天气变化都快。读高二时间，政府出台新规：高中生的学费和口粮，由学生本人户籍所在地负责解决。说起来学费并不高，每学期仅四块钱。我们的大队会计孙树林是个十分吝啬的家伙，虽说花的是公家的钱，但是想从他手里挤出来，似乎比从他身上拔根毛还疼。为了节约这四块钱的学费，孙树林曾多次向队长谏言，说我父亲不在了，我就变成了一家之主，应该尽早全身心地投入到社会主义建设中来，说我一味地去争取上高中的目的，分明是想逃避劳动。

眼看该交下学期的学费了，我一次次地去求孙树林，都快把他家的门槛给踏平了，他却以种种理由和借口将我打发掉。无奈之下，我只能硬着头皮去找大队干部白可善帮忙。

去大队部找白可善的途中，我认识了裁缝王晓雅。王晓雅后来说，她其实已经观察我很久了，看我屡次空手而归，她不但深表同情，而且气愤不已。王晓雅在大队的裁剪室工作。那时间，每个大队部都有自己的卫生室、幼儿园、裁剪室、供销合作社等部门。这些单位名义上归大集体所有，实质上跟白可善自己家开的差不多。无论相中或者家里缺少什么东西，他只需一声召唤，别人就得乖乖将东西送到他家去。心情舒畅时候，他拿东西还跟值班员打个招呼。感到郁闷或者心情不爽时，他二话不说拿起来就走。说起来也并不奇怪，这些部门的岗位人员均是他一手安排的，都是他的亲信，哪个敢不给他面子？

所以说，白可善在我们大队算是个真正的土皇帝！

王晓雅的父亲是公社干部，原本打算留她在自己身边上班的，无奈王晓雅的脾气倔强，跟她父亲的脾气性格格格不入。她父亲这才一怒之下将她下放到我们大队，目的是想磨一磨她的意志，软化一下她的性格，削弱一下她的脾气，从某种程度上讲，也算是一种惩戒吧——这才是王晓雅到我们大队裁剪室上班的主要原因。

正因为看不惯白可善和孙树林的做派，王晓雅那天主动把我叫到裁剪室，从抽屉里拿出四块钱给了我，然后气鼓鼓地说：

“你拿去用吧。他们不给你，我给！”

我没敢伸手拿她的钱，问：

“你把钱给了我，孙会计一旦追问起来，你咋跟他交代？”

王晓雅轻描淡写地说：

“你给我写个领条，回头我去找孙会计报账。”

我犹豫着说：

“他们不会找你的麻烦吧？”

王晓雅噘着嘴，一副高傲的样子说：

“我量他们还没长这个胆子！”

王晓雅噘嘴的样子很好看，上嘴唇和下嘴唇紧紧地绷在一起，红溜溜的，如同一个石榴顶端开出的艳丽的花瓣。那束翘在脑后的短辫，跟随她的言行举止上下翻动，活泼得像树梢上蹦蹦跳跳的花喜鹊。王晓雅那天穿着一条黄红相间的碎花连衣裙，花是红的，底是黄的，两种色彩搭配在一起，把她装扮得犹如天宫里的嫦娥一般美丽。

起初，我对王晓雅的感觉仅仅是“仗义”。仗义同样是需要资本的。她的父亲是公社干部，家庭条件自然无需表白。像她这样的身份和地位，如此娇贵的美貌女子，岂容我一个普通得跟石头蛋子一样的农家子弟想入非非？即使有那个贼心，我也没那个贼胆啊！

正因为心存感激，每周放学回家，我都少不了抽空去一趟裁剪室，找王晓雅聊聊天谈谈心。毕竟受过人家的恩惠，哪怕打个照面也好，总不至于留下遗憾的。有次，我拿着一块儿布料，去找王晓雅做衣服，因为关系较好，她不但没收我的裁剪费，反过来还送了我两双鞋垫。来而不往非礼也。人家既然送了我礼物，我总不能哈哈一笑就此拉倒吧？我送给王晓雅的是一条鲜艳的红围巾。那条围巾，是我在学校勒紧裤腰，以两个星期的生活费为代价节省下来的。王晓雅很是高兴，当着我的面就系在脖子上了，还在我面前摆弄着身子，正过来倒过去的，反复为我展现。看她那副兴奋的样子，我心里也是甜滋滋的。即使人再饿瘦一圈，我也觉得很值。

王晓雅第二次送我内衣的时候，我就觉得我俩的关系变得不同寻常了。老实说，从小到大，我还从没穿过什么内衣，自然也没品尝过穿上它后的滋味。那时间内衣还不叫内衣，我们都称之为“秋衣”，顾名思义，就是春、秋天才穿的衣服。在我的日常生活习惯里，就穿衣来讲，好像压根儿就不存在春、秋天这两个过渡期。天气较热时，我一般只穿件衬衣。冷得实在受不了了，就一下子把棉袄套在身上。那时的生活真的就如此简单。说白了，还是因为家里穷啊！一件普通的秋衣，便成为我们生活中的高档奢侈品，让我连想都不敢去想一下。

王晓雅送我秋衣的时候，我没有推辞，红着脸郑重其事地放在书包内。本打算到学校后，赶到隆重场合再拿出来穿，没想王晓雅却不依不饶，非要逼着我立即穿上试一试，她说她想看看我到底合不合身。

我摆摆手，连声说不行不行。又提醒她说：

“你也不看看这是啥地方？大队的裁剪室啊！我光着身子换衣服，万一被他人撞见，你的名声会受到严重影响的。”

王晓雅背着手、仰着脸、噘着嘴，果断地说：

“我不怕！”

又说：

“裁剪室怎么了？裁剪室正是做衣服和试衣服的地方。”

我看现场实在难以推却，只能在王晓雅的严密监视下，颤抖着脱去衬衫，把内衣重新从书包里掏出来换上。

看我紧张得满脸通红的窘迫模样，王晓雅捂着嘴，“噗嗤”一下笑出声来，娇嗔道：

“看把你吓的！好像我要吃掉你似的。”

尽管我能完全感知到王晓雅内心的炙热，但是在相当长的一段时间内，我仍徘徊在模棱两可的矛盾和犹豫中。我一直百思不得其解：就我这条件，弟兄仨共住两间破草房，家里穷得叮当响，王晓雅究竟看中我什么呢？话说回来，如果真娶了王晓雅，对我绝对是有益无弊。说句很现实的话，王晓雅的父亲是公社干部，有了她父亲的这面旗帜，我等于找到一棵参天大树，或者说一座稳妥的靠山。即便她父亲不肯出手相助，就凭王晓雅的这门手艺，照样能在我们这里吃得住、混得开，不说哼着小曲奔小康吧，最起码能保证我们不至于沦落到食不果腹、饥饿难耐的地步。

为进一步试探王晓雅的想法，再去裁剪店时，我看见她正捏着一枚细针专心致志地绣鞋垫，她绣的是一幅鸳鸯戏水图。两只红绿相间的鸳鸯，肩并着肩，颈绕着颈，依依不舍、情意绵绵地缠绕在水中戏耍……

于是我故意问王晓雅：

“这是给哪个心上人做鞋垫呀？”

王晓雅扭过头，笑盈盈地盯着我看，然后甜甜地说：

“小样儿，还跟我耍心眼。我就知道你该回来了。”

又大大方方地说：

“给你做的。你说怎么着吧？不知道你敢不敢要？”

王晓雅的眼里放射出一种熊熊的火焰，烤得我的脸火辣辣地烫。我一时语塞，竟不知该怎么回答才好。

王晓雅又开门见山地说：

“我跟张庙大队的张中堂已经退婚了。你打算怎么办？”

王晓雅跟我一样，同样定的是娃娃亲。她所说的张中堂，我认识，我们在初一时是同学，但不在一个班。

现在，王晓雅显然已经知道我跟王美丽定亲的事了。如果不是对我有意的话，她怎会在私下里将我的事打探得一清二楚？

说实话，对于未婚妻王美丽的境况，到现在我仍一无所知。以前我曾托周大爷给她捎过口信，想约她见上一面。当时不知何种原因，竟被她一口回绝了。后来之所以能见她一面，完全是出于偶然或者巧合。那是在上初中时候，具体几年级已经记不清了。王美丽所在的大队，因为工作成绩突出，被公社评为“红光二社”。学校要求我们去她村里学习先进经验，我也随着去了。到吃饭时间，我知道王美丽的父亲在大食堂当伙夫，所以不敢贸然前往，一个人在大队部门前徘徊。这时，我的一个同学，指着不远处的一位小姑娘说：

“看见没？那个穿花袄的就是你的媳妇王美丽。”

我同学跟王美丽同在一个大队，对他的话我肯定深信不疑。

远远望去，王美丽的模样确实让我不敢恭维。她上身穿一件小得像马夹一样的花袄，下身穿一条蓝色的确良裤子，裤裆几乎下垂到膝盖位置。王美丽的个头儿不高，充其量也就一米五儿的样子。她好像正站在那儿等人，身子扭曲成了S形，还不时拿衣袖抹着鼻子。那模样，那气质，那身材……让我越看越觉得不顺眼。我心说，王美丽呀王美丽，这名字用在你身上，就像花瓶里插了根狗尾巴草，就像高脚杯里装的是纯净水，都给糟践了。

听我同学这么一说，我的脸一下子红到脖根儿，同时也隐约明白王美丽死活不肯见我的原因。人家是丑媳妇怕见公婆，她倒好，居然谦虚到连未来的丈夫都不肯见的地步了，真是岂有此理，岂有此理啊！

看我迟迟没有表态，王晓雅跺着脚催促说：

“你倒是说话呀，接下来打算怎么办？”

我犹豫着说：

“这么大的事，我得回家跟我妈商量商量再说。”

又补充说：

“媒妁之言，父母之命嘛。”

王晓雅说：

“好，我等你的消息。”

晚上，我郑重其事地把母亲请到床边，试探着把自己的想法跟她说了。没等我把话说完，母亲气得直冲我翻白眼，连说话的声音都是颤抖的：

“你敢！咱跟王美丽定亲的事，方圆几里谁不知道？就这么无缘无故地把亲给退了，让她一家人的脸往哪儿搁？”

又说：

“你都上高中了，难道连‘人活一张脸，树活一层皮’的道理都不懂？”

又说：

“这门亲事是隔壁周大爷他们老两口张罗的。这么多年来，你周大爷是怎么对待咱的，你都忘记啦？难道你的良心让狗吃啦！”

又说：

“从此不要在我面前提这事。你若胆敢对人家说半个‘不’字，我就死给你看!”

看母亲彻底动了火气，我赶忙装作一副顺从的样子，把刚才的话题给打住了。

我没敢把母亲的意思直接告诉王晓雅，只是在临上学走时对她说：

“放心吧，我会尽快给你答复的。”

话是这么说，可是母亲的动作比我还利索。一周时间内，她已经把我和王晓雅的事打探得一清二楚。等我再次回到家里，母亲所做的第一件事，就是拿王美丽和王晓雅，这两个关乎我终生幸福的女人相比较。母亲先拿王美丽说事：

“常言说女大十八变，这话一点儿不假。现在的王美丽，跟以前可不一样了，个子长高了不说，皮肤也变得细白，还会打扮了，可耐看了。我那天见到她时，她正在地里锄草，一溜儿好几个人，就数她冲得靠前。人家见了我，都羡慕不已呢，夸咱家找了个聪明能干的巧媳妇。能娶到王美丽，真是我们家的福分，更是你的福分呀。”

母亲缓了口气，又拿王晓雅做比较：

“你相中的那个王晓雅呀，长相倒是没啥说，心灵手巧，家底也厚实。可是你想过没？咱家水浅，能养得了她那条大鱼吗？反过来再看看咱家的条件，除了这两间破草房外，剩下还有啥？除了一穷二白，还是一穷二白。说起来怕人家笑话，你的两个弟弟的衣服，都是轮换着穿哩！她一个高级干部家庭的子女，能看得上咱吗？即使她看上咱的人，也看不上咱的家呀！所以说，你还是趁早死了这条心吧。省得将来落个鸡飞蛋打，让别人看笑话不说，到时候后悔都来不及。”

我把母亲的话，按部就班地述说给王晓雅听。王晓雅含着泪，固执地说：

“你家现在是穷点儿，可是能穷一辈子吗？我们都有一双手，只要齐心协力干下去，哪有一直穷下去的道理？”

又说：

“再穷我也不怕！哪怕是天天吃糠咽菜，我也会跟你过一辈子。”

王晓雅的一番表白，又让我陷入进退两难的境界。

为避免节外生枝，母亲的目光就像一根绳索，将我拴得越来越紧。每次周末回家，我刚要出门，母亲均以种种理由跟随在我身后，像尾巴一样与我形影不离，导致我去裁剪室找王晓雅的机会和次数明显减少。聪明的王晓雅很快看出端倪，她不想让我从中为难，开始变被动为主动，隔三岔五便进一趟城，直接到学校来看我。王晓雅每次来时，手里总不忘拎些大包小包的东西，有吃的，有用的，一应俱全。感激她的同时，也让我愈发坚定自己的信念：跟王美丽退婚，和王晓雅结婚。

殊不知，母亲在老家，也正为我和王美丽的婚事紧锣密鼓地准备着。一天，我刚步入家门，母亲便突然向我发出号令，非逼我跟王美丽一起，去公社民政所办理结婚登记手续。母亲的话说得太突然，让我有点儿猝不及防。我急忙找理由推脱：

“妈呀，我已经上高三了，每天都在抓紧复习功课，时间紧张得不得了，哪有工夫和时间考虑这事。”

母亲仍然不依不饶，她一边稳住我的情绪，一边又差人把我老舅请来了。老舅仗着他那雷打不动的地位和身份，一见面，先是劈头盖脸地将我臭骂一顿，然后强行拽着我的胳膊去了公社。一路上，想起尚且蒙在鼓里的王晓雅，美丽、善良得如同一张白纸的王晓雅，单纯、热切得像一簇火焰的王晓雅……我自然心乱如麻，连逃跑甚至疯掉的心都有了。

来到民政所时，我看见办公室的长椅上，已经坐着一老一少。老者有五十多岁，看上去比较憨厚，如一截木桩立在那儿一动不动。年少的是个女子，她一直勾着头，脸部让围巾裹得严严实实，一点儿也看不出她的庐山真面目。我猜想，她肯定是前来跟我办理登记手续的王美丽了。果然，老舅满脸堆笑，疾步迎上去，像两个资深特务接头一样，先掏出烟递给对方，然后又坐下来亲切交谈。

出于好奇，我很想知道王美丽究竟长什么样，究竟像不像母亲说的那样心灵手巧和貌美如花。然而王美丽却像一个犯错的小学生，始终将自己的头紧贴在胸前，不肯与我照面。我不便直接过去揭开她的面纱，正踌躇间，我无意中看见办公室的正对面，有一间办公室敞开着门，里面空无一人，而且门口还吊着一个竹帘子，不时被风刮着，“哗啦”一下子掀起来，又“呼啦”一下子落下去，帘子打在门框上，发出清脆悦耳的声响。我趁他们不注意，掀开帘子钻了进去。在帘子的遮挡下，我所在的这间屋内光线较暗。也就是说，我能隔着帘子看见对面的王美丽，而她却很难看到对面的我。大约过了十多分钟吧，看外面没有丝毫动静，王美丽像个以装死的方式来逃避天敌的昆虫，开始鬼鬼祟祟地抬起头，先朝门口瞟了几眼，确认我不在后，终于把缠绕在脖子上的围巾，小心翼翼地解下来。围巾很长，像老太太的裹脚布，王美丽挥动着胳膊，抖了一圈又一圈，最后总算拿下来放在大腿上。

我终于看清王美丽的真实相貌了。说心里话，她的容貌还算不错，皮肤白皙，五官端正，眉清目秀，如果用考试分数来衡量她长相的话，至少也能打七八十分吧。许是因为刚才捂得过于严实，王美丽的脸微微透着红晕，像盛开的桃花一样耐看。但是在我心里，如果拿她跟十全十美的王晓雅相比，我依然喜欢后者。

真乃天助我也。老舅熟悉的那位民政干部，因为临时接到通知，进县城开会了。看着老舅那副失魂落魄的样子，我一边深感庆幸，一边捂着嘴暗自窃笑。

一回到家我就迫不及待地往裁剪室跑。我要把这个至关重要的消息，赶快告诉王晓雅。王晓雅若是知道此事，一定会像我一样着急，一定会跟我一起出谋划策，共同寻找合理的应对办法和出路。但是，到地方我却没见着王晓雅。大队部的裁剪室里，属于王晓雅个人专用的那个位置上，居然坐着一位四十来岁的中年妇女。若不是她的身材和年龄与王晓雅悬殊较大，说不定我就会猛扑上去将她牢牢抱住——我暗暗为自己的冷静和沉着而感到庆幸，否则的话，抱错人的事一旦传出去，不被人家笑掉大牙才怪。

看我一直傻乎乎地站在门口，中年妇女抿嘴一笑，问我：

“你是来找王晓雅的吧？”

我点点头。

“你就是王晓雅谈的那个对象吧？”

我点点头。

“王晓雅前几天就调走了。”

又说：

“临走时，她匆匆忙忙跟我说了你俩的事。并让我给你带话说，她会找机会主动给你联系的。”

我急得眼泪都快下来了，忙问中年妇女：

“她到底去哪儿了？”

中年妇女摇着头说：

“我也不知道。”

我继续追问：

“她没告诉你关于她的半点儿去向吗？”

中年妇女所答非所问：

“她父亲听说你们谈对象的消息后，大发雷霆，亲自过来把她接走了。”

妇女的话像是一记闷棍，狠狠地击中我的头部。我晃了晃身子，差点儿一头栽倒在地。

这个星期天，对我来说是黑色的，悲哀的，忧伤的，陡然间为我增添了无穷无尽的痛苦和思念。我拖着像灌了铅一样的双腿，每一步都走得异常艰难。回到家，我又像一具尸体，“轰隆”一下倒在床上一动不动。唯一能动的只有眼泪，如喷泉一样顺着脸颊“哗哗”往下淌。我望着黑黢黢的屋顶，内心在焦急地喊：

“王晓雅，亲爱的王晓雅呀，你在哪儿？你到底在哪儿呢？”

母亲仿佛早已看穿我的心事，她只是不愿主动向我提起而已。吃饭时间，母亲轻手轻脚地走进来，将盛满饭的碗筷往我床前的桌面上一推，然后如冤家相逢一样，转身疾步溜掉了。

转眼到了下个周末，这次我没像往常一样直接进家，而是悄悄躲在大队部对面的墙角里，伸着头，目不转睛地朝裁剪室门口张望。我很想再见到王晓雅那妙曼多姿的身影，很想再听到她那宛若银铃一般脆响的声音，可是，直到天即将黑下来的一瞬间，我发现负责关闭裁剪室大门的仍是那位中年妇女。

第二天一早，我又徒步去了公社。在公社干部家属院门口，我像猎人在耐心等待猎物一样，死死盯着那两扇草绿色的大门。偶尔出来一个人，我不认识。偶尔进去一个人，我仍不认识。我多么希望偶尔出来的或者进去的人，能够像玩魔术似的突然变成王晓雅。如果是她的话，我肯定会毫不犹豫地扑上去，拉住她的手转身就跑。哪怕放弃今后的学业，我也要跟她一同去私奔。就像王晓雅跟我说的那样，即使这辈子吃糠咽菜，我们也绝不会因此感到惋惜和后悔。可是遗憾的是，我自始至终都没能见到那个熟悉的身影。

返校的路上，我的心逐渐由爱生恨了，我开始抱怨王晓雅，开始恼怒王晓雅，甚至咒骂王晓雅。王晓雅呀王晓雅，你的心可真够狠毒的，半个月过去了，你竟然杳无音信。如果不是打心底将我忘却的话，即使你父亲看得再紧，也总该抽出片刻时间跟我见上一面吧？即使不能见面，也总可以托人给我捎个口信吧？我已经到了发疯的程度了，可是你呢？你的执着，你的炙热，你的浓浓爱意和海誓山盟都跑哪儿去了？难道我们之间的爱情，在关键时候却如同泡沫一般，禁不住一根纤细的麦芒吗？

第三个星期天，我没有回家，也没待在教室复习功课，我一个人孤零零地端坐在校门口左顾右盼，殷切期待着王晓雅的突然出现。

到了周二的上午，刚下罢第三节课，我突然接到通知，说大门口有人找我。我心中顿时一阵惊喜，紧张得将要窒息了，我猜想那个前来找我的人，肯定非王晓雅莫属！即便不是王晓雅，也一定是她派来给我带口信的人。我像发疯似的径直冲向大门口。远远的，我看见门口站着的那个人，竟然是我的二弟。我大失所望，感觉就像走路时突然看见地上有枚硬币，去弯腰捡拾时，才发现竟然是口浓痰一样，心情顿时沮丧到无以复加的地步。

二弟像询问犯人一样，以生硬的语气问我上星期为啥没回家。我撒谎说学校的课程安排太紧，我在利用星期天时间抓紧复习功课呢。二弟没与我过多浪费口舌，只是简明扼要地向我传达母亲的意思：

“咱妈让你这周末回家一趟。”

我问他：

“有事吗？”

二弟略一思索，说：

“我也不清楚，等你回家再说吧。”

我点点头说：

“好吧。”

二弟转身便走。

我忙喊住他说：

“到我们食堂吃点儿饭再走吧？”

二弟头也不回地说：

“不了！我出来时带着干粮呢。”

又大声对我说：

“哥，你比以前瘦多了。”

我的眼泪一下子涌了出来。

我刚拐进胡同，就看见母亲仄歪着身子，倚在我家的屋角上，对着大路焦急地张望着。一看见我，母亲满脸喜色，笑眯眯地说：

“你的结婚证办成了。”

我一愣，挺纳闷地问：

“我一直在校上学，人都没回家，怎么可能办结婚证呢？”

母亲笑说：

“真应该感谢王晓雅的父亲呀，是他找熟人打招呼，帮你和王美丽办理的手续。”

母亲说着，踮着小脚率先冲进屋内，掀开床头的被子，把压在下面的大红结婚证拿出来。又指着桌子上一个崭新的脸盆，说这是政府送给你们的结婚礼物，一个脸盆加上六尺布票，都在这儿放着呢……我的大脑乱哄哄的，像注满了水，涨得令人无法忍受。母亲再往下说时，我已经听不清具体内容了。

在母亲和众亲属的强烈要求下，我跟学校请了三天假，然后以闪电般的速度，把王美丽娶进了门。

后来我才知道，这是母亲和舅舅一起强强联手，与王晓雅的父亲达成口头协议：由王晓雅的父亲出面帮我们办理结婚手续；条件是半月内我和王美丽必须成婚。

从此我再没见过王晓雅。几年后的一天，我去公社办事时，遇到我的初中同学杨要紧。杨要紧的家庭条件较好，曾经很长一段时间，他跟王晓雅一直住邻居。杨要紧告诉我，王晓雅的父亲怒气冲冲地把王晓雅揪回来后，一直将她关在自己的办公室。她父亲原指望她能回心转意，而且连对象都替她物色好了，没想到王晓雅竟然倔强到宁死不屈的地步。父女俩僵持了将近一个月，王晓雅仍不服软。一天深夜，犹如被困在牢笼里的王晓雅实在受不了了，想趁黑跳后窗逃走。王晓雅不知道屋根儿处的黄土比较松软，她跳下去后，因为惯性把持不住，失足栽进屋后的坑塘内，被活活淹死了。

天啊！我不顾任何颜面，居然在光天化日和众目睽睽之下，像个泼妇一样蹲在街上号啕大哭。之后，我数天没有进食，整个人又迅疾瘦去一圈。

二

准确地说，是小学同学王留柱改变了我今后的命运。那是1965年的一个冬晚，天出奇地冷，夜出奇的黑，天和地都寂静得有些可怕。对于这样的环境和氛围，是乡下人一年当中最清闲时候，他们通常以埋头睡觉的方式来消磨时光。没有网络，没有手机，没有电视，没有娱乐场所……不上床睡觉，还勉强支撑着身子干嘛呢？所以，天刚落黑，大多数人便迅疾关上门，打着哈欠躲进被窝里独自消受了。街道上空旷得很，也寂寥得很，如同进入废弃已久的山洞一般。这时候，好像只有我的小学同学王留柱没闲着，他左手拎着一小块儿猪头肉，右手提着一瓶白酒，像幽灵似的悄悄摸进我家。

见到王留柱，我顿时气不打一处来，想起当年他在他爹的怂恿下，拿子弹壳骗我烟疙瘩的事，导致我挨了父亲最为严厉的一次毒打。我刚想对王留柱发火，打算毫不留情地把他从家里赶出去。没等开口，王留柱已经把猪头肉和酒瓶一并举到我面前。抬手不打笑脸人，何况王留柱不仅面带笑脸，而且手里还提着如此贵重的礼物，我只能留他继续忽悠了。实话说，尽管我和王留柱同住一个村，但是在此之前，我已很长时间没见过他了。听人说他一直在外跑生意，具体做啥生意，我不得而知。只是听说这家伙好像发了财，仅从穿衣和打扮来看，他的父母，他的老婆孩子，包括他本人，每个人都衣着光鲜，容光焕发。他家的厨房里，经常飘散出一种与肉有关的特殊的香气。种种迹象表明，王留柱已经跟从前大不一样了，但是谁也不知他在外究竟念的什么经。

王留柱来家里找我的时候，我已经高中毕业回家务农了。说起来以我的学习成绩，考取大学的希望还是蛮大的。可是，我还没来得及开始报名，考试资格就被取消了。究其原因，还是跟父亲的历史遗留问题有关，虽然他老人家已经不在人世，但是那些问题，却像孙悟空头上的紧箍儿一样，死死地卡在我头上。我唯一的出路，只能叶落归根回家务农。

现在，尽管王留柱手提礼物来到我家，但是我仍对他保持高度警惕。常言说得好，害人之心不可有，防人之心不可无嘛。以前吃过他的亏，上过他的当，说明他这个人的人品有问题，今后无论如何也不能再往他设计好的陷阱里跳。

碰过一杯酒后，王留柱试探着问我家里的情况怎样。

我叹口气说：

“上天无路，入地无门呗！”

又反过来试探着问他：

“几年不见，听说你在外发大财了。”

王留柱极其谦虚地说：

“发财倒是没有，最起码日子还能凑合着过得去。”

我又问他：

“你在外到底做的啥生意？”

王留柱的双眼机警地扫视一圈后，压低声音说：

“既然是老同学，我也不瞒你了，我倒腾的是烟疙瘩的生意。”

又叮嘱说：

“你可得为我保密啊！咱村的所有人当中，我只告诉了你自己。”

我心里“咯噔”了一下，警惕性再次拔高到一个层次。贩卖烟疙瘩可是违法犯罪行为，政府已经着手管理了。又想，难道这家伙知道我家藏有一团烟疙瘩，这才提着礼物过来，试图将我灌醉后，再花言巧语从我手中骗走？奶奶的，这次任你王留柱说得天花乱坠，也绝不会再出现上次的情况了。

正寻思着，王留柱又主动跟我提起上次的事：

“还记得小时候我拿弹壳换你的烟疙瘩的事吗？唉，现在想起来都觉得惭愧和内疚，这件事一直让我耿耿于怀。这么多年来，我始终欠你一份人情债哩。”

我故作大度，摆摆手说：

“都是些老掉牙的事了，还提它干嘛。”

王留柱突然神秘兮兮地问我：

“贩卖烟疙瘩的生意你做不做？如果想做的话，我可以带你出去跑两趟。挣点儿钱，把家中的生活条件改善一下，最起码不至于让老婆孩子跟着你挨饿受冻。”

又嘱咐说：

“我可有言在先，做这种事绝不能贪心，适可而止最好。常言说，常在河边走，没有不湿鞋的时候。”

又辩解说：

“我这么决定，可没有别的企图，只想弥补一下之前的亏欠而已。”

我没有立即答应王留柱，毕竟这件事对我和家人来说非同小可，搞不好就有全军覆没和声名狼藉的危险。我开始心不在焉，思想像飘忽的旗帜一样摇摆不定，思想一抛锚，有几次竟差点儿把酒灌到鼻孔里去。我的眼前甚至出现两条路，一条是生路，一条绝路。究竟该朝着哪个方向走呢？

王留柱显然看出我的心思，接着说：

“识人劝，吃饱饭。放心吧，你跟着我，两趟之内若是出了问题，所有责任全包在我身上。但是，如果两趟后你仍不收手，再执迷不悟地干下去，出了事可跟我一毛钱的关系都没有。”

看王留柱起身要走，我伸手拉住他的衣襟，说：

“再出去闯荡的时候，就顺便带上我吧。我决定跟着你干！”

又说：

“与其这样窝窝囊囊地活下去，倒不如出去冒险闯一闯。”

王留柱将双手一摊：

“这就对了嘛。我还以为学问越高的人，脑子反倒越死板呢！”

第一趟外出，我仅是跟着王留柱熟悉一下路径，顺便捎带着把父亲留下的那个烟疙瘩给卖了。因为父亲留下的那个烟疙瘩，已经保存了很长时间，外表都干裂出一道道缝隙，再不出手的话，恐怕要发霉变质，白白地浪费掉了。第二趟才算真正意义上的做生意。我用卖烟疙瘩的钱作本金，以每两二十块钱的价格，收购了一斤多，然后再以三百元一两的价位，出售到甘肃一个叫西和县的地方。那里有个买家叫陆雪生，好像还在当地公安部门上班，而且是个副局长。我们按照约定，在天水火车站附近接头。把货交给陆雪生后，他没直接给钱，而是安排我住在他家等候结果。陆雪生不给现钱的原因，说是暂时不凑手，等货出手后，再分文不少地付给我。

陆雪生一走就是二十多天。在他销声匿迹的二十多天里，我如坐针毡、彻夜难眠。尤其是最后那几个昼夜，我简直快急疯了，精神几近到了崩溃的边缘。我一天到晚不敢合眼，实在困乏了，睡意上来了，刚一闭上眼睛，就看见一群身穿白色制服的人冲进来，不由分说一把将我摁住，然后五花大绑地推上警车。除此之外，我还意外地看见我的父亲了。父亲就站在卧室门后，一声不响地默默注视着我。我想哭，却又哭不出来，脖子像被人紧紧扼住一样，连呼吸都觉得困难。我一边挣扎，一边焦急地问父亲：

“怎么办？爹，你说我该怎么办？”

父亲好像并不着急，操着沉闷而又嘶哑的嗓门说：

“是福不是祸，是祸躲不过。”

我很不理解父亲的话，我这边都快支撑不住了，他怎么可以说这样话呢？我索性扑过去，想抱住父亲的大腿，求他将我安全带回老家，哪怕是帮我拿拿主意也好。但是在关键时候，父亲却像天上的流星一样，只是闪了一下便没了踪影。我焦急地大声喊叫，醒来后发现自己正满头大汗。

我也想干脆放弃等待拔腿走人，可是伸手摸下衣袋，里面的钱已经所剩无几，甭说乘车的路费了，就连吃饭都成了问题。如果这样继续耗下去，又怕陆雪生万一翻了船，肯定会把我牵扯进去。身在遥远的甘肃，在别人的地盘上，人生地不熟，我一旦出了事，很可能连个通风报信的人都找不到。怎么办？下一步该怎么办？我不停地抓挠着自己的头发，即使把头皮抓破，却仍犹豫不决难下定论。

正焦躁不安之际，陆雪生终于回来了。他一身便装，肩上斜挎一个草绿色背包。不等我问话，陆雪生便垂头丧气地说：

“真他娘的倒霉！货在外县被查扣了。若不是找得力人选从中帮忙协调，咱们这会儿究竟在哪儿，恐怕都是个未知数。”

我的头上立马洇出豆大的汗珠。

价值几千块钱的货，说没就没了？鬼才信！我怀疑陆雪生在跟我撒谎，却又对他无可奈何。我很想跳过去跟他打上一架，又考虑到自己身单力薄，也根本不是他的对手。报案这条路更行不通，我身在人家的一亩三分地上，干的又是违法的事，搞不好连小命都得搭进去。我只能选择吃哑巴亏了。临走时，我恳求陆雪生给我一些路费，总得让我坐车回到家吧。陆雪生肯定急于将我打发走，他二话没说，就甩给我一百块钱和十斤粮票，然后以处理后事为借口，匆匆离开了。

从甘肃回到家，王美丽抱着失而复得的我，号啕大哭。

母亲也凑过来问原因。我对她撒谎说：

“我出门这一个多月，钱倒是挣了不少，但是回来的路上，在火车上被人偷走了。”

母亲忙不迭地点着头说：

“偷了罢，偷了罢，财去人安乐，只要你没事就好！”

这次行动，我是瞒着王留柱私自操作的。所以也只能将自己的牙齿打掉往肚里咽，除此之外，还能怪谁呢？

我像得了一场大病，不吃不喝，在床上一连躺了数天。

三

结识王保华，是在安徽界首的一个自由贸易市场。初见他时，他正挎着个深蓝色的布兜，里面装得鼓鼓囊囊的，鬼鬼祟祟地在人群中穿梭。一旦看到单个儿的行人，王保华便主动凑上去，跟人家打招呼。如果对方感兴趣，王保华就会掏出布兜里的宝贝，神神秘秘地给人家看。起初我还以为王保华是个贼，正在以布兜为幌子，准备出手偷窃呢。现在看来，他又不像个贼了，贼怎么会主动跟人家打招呼？出于好奇，我开始暗暗对他进行跟踪，想看看这家伙的葫芦里到底卖的什么药。王保华机灵得很，他始终对外保持着高度警惕，除非是觉得目标非常稳妥可靠，才主动走过去跟人家搭讪。追踪了一段时间后，我才知道他原来是个地道的投机倒把分子。

王保华倒卖的是火柴和打火机用的火石。

那个年代，所有物资都异常紧缺，尤其像火柴、火石之类的生活必需品。商店里倒是有货，但均是采取定量供应政策，老百姓想多买多用一些，没有过硬的关系，根本办不到。

我一下子对王保华的职业产生了浓厚的兴趣。等他将货物卖完后，我急忙跟上去，主动与他攀谈。王保华是开封尉氏人，他之前的情况跟我差不多，也是因为在老家犯了事，无奈之下才被迫跑出来，靠倒卖这些日用品赚钱混日子。

也许是出于同病相怜吧，在我的苦苦哀求下，王保华终于动了恻隐之心，答应带我跟他一同去上海进货。出发前，王保华又慷慨解囊，预借给我一百块钱作为本金。原本是素昧平生的两个人，王保华竟然对我如此仗义，怎不令我万分感激和感动。当天晚上，在我的强烈要求下，我和王保华一起来到城中一座破败不堪的关帝庙，对着关二爷破败不堪的塑像磕头跪拜，义结金兰。

第一次到上海，我像刘姥姥进大观园一样，算是真正开了眼界。鳞次栉比的高楼大厦，车水马龙的街道，到处张灯结彩，到处人头攒动……无处不彰显着一座大都市应有的兴盛与繁华。在王保华的带领下，我们不敢走大路，专挑位置偏僻的小巷子，看周围无人盯梢，这才仓皇钻进小商店开始采购。当时的上海也有明确规定：每人每次只能买一盒火柴或者一包火石，价格都是二分钱。我和王保华若想买到一定数量的物品，就必须沿着街道的商店，挨家挨户去采购。我俩辗转了几十条街道，进出了上百多家商店，总算把货买足，终于可以满载而归了。

从界首到上海，我们来回都靠扒着载货的火车行走，这样做有诸多好处：既节省了来回路费，也无需担心相关人员的严格盘查。选择扒火车的人，不只是我和王保华，像一些讨饭的难民、流窜犯、投机倒把分子，还包括那些真正想出门办事又买不起车票的家伙，均是采取这种不花钱的方式达到自己的出行目的。虽说是货车，但是几乎每节车厢内都热闹非凡，各行各业、形形色色的人拥挤在一起，在大风呼啸中依然谈笑风生，相互倾诉着彼此的辛酸经历和喜怒哀乐。货车速度本来就慢，中途还要为来往的客车让道，从安徽到上海，虽然只有几百公里的路程，但是往往需要两三天才能到达。坐得时间久了，黑乎乎的煤炭和灰尘，会荡满我们全身的每一个地方，说句毫不夸张的话，连筷子一样大小的耳道里都塞得满满的，直接导致我们的听力严重下降。大家你看着我，我看着你，无论谁在开口讲话，立马就会成为大家关注的中心或者焦点。那一刻，每个人都会齐刷刷地转过头去，咧着嘴，像个耳背的老人一样，极其费力地去用心倾听。说话的那个人，同样被厚厚的煤灰包裹得跟个麻团一样，很难看清他的真实面目，唯独能瞧见的，是他那双骨碌碌转动的眼球，以及鼻子下面两排还算洁白的牙齿。

卖货的时候，我们不必再跟采购时那样辛苦，仅用一两天时间，肩上的那个鼓囊囊的挎包，宛如分娩后的妇女，一下子瘪了下来。二分钱进的货，出手就能赚好多倍，本金和利润之间的差别实在太诱人了，几乎跟白捡的差不多。这趟生意，让我们收获颇丰。晚上，我请王保华吃了顿饭。感激之余，我给王保华出主意，我们每次放空去上海，资源实在有些浪费，倒不如再增加一些新项目，这样来回都能赚到钱。

王保华“咦”了一声，问我增添啥项目。

我颇为得意地说：

“我看淮南的生姜不错，每斤才两毛钱，带到上海就变成了一块五。如果每人每次带一百斤的话，一趟就能多挣一百多块钱，何乐而不为？”

王保华兴奋得一拍大腿说：

“我看行！”

带着上百斤重的东西扒火车，确实是件非常吃力和困难的事。毕竟我们不是电影中的铁道游击队员，也不具备他们那种上天入地、神出鬼没的身手和本领。王保华建议我们走水路，从芜湖乘船到上海，价格也很便宜，每人单程票价才四毛钱。我当即表示赞成。我们坐的是五等舱，因为票价比较便宜，船舱内显得鱼龙混杂，拥挤不堪，三教九流的人都有，完全不必考虑稽查人员的盘问和骚扰。

来回跑了几趟，手中便有了积蓄，我又给王保华出主意，劝他改做化肥生意。那时候化肥刚刚往农村开始普及，价格很便宜，碳氨才四毛钱一斤，尿素的价格稍高，一般卖到七毛钱左右。因为化肥和尿素属于新生事物，尚且不被内地的农民认可和接受，本地的一些生产门市部里，经常积压着大批货物卖不出去。我的意思是把这些积压商品低价买过来，然后转运到上海去卖。上海到底是个大城市，郊区的农民跟内地的农民相比，从思想观念到科学认知度，都有着天壤之别。在内地不受欢迎的化工产品，到了上海郊区的那些菜农手中，比宝贝都金贵。他们一旦看到有装载化肥的车辆来到，不等货主招揽生意，便会主动地一拥而上，很快将货物抢个精光。物以稀为贵，凡是紧俏的商品，就必定能卖个好价钱。

经过几个月的磨合，王保华已经对我佩服得五体投地，他经常对我竖着大拇指，夸我是个地道的生意精。

转行做化肥不到一个月，市场监管突然莫名地严格起来，铁路上成立了稽查队，对所有铁路干线进行严防死守，就连任何载货的车皮都不放过。各地也组织大批检查人员，开始对公路运输车辆实行严格盘查。一旦发现私营货物，全部没收充公不说，人还要被送进当地开办的学习班参加学习。说是学习班，其实跟进劳改队的性质差不多，连人身自由都会被剥夺。眼看风声渐紧，我和王保华只能选择悬崖勒马，像入冬的田鼠一样，躲进洞穴等待复出的机会。

由于长时间没事可做，我和王保华终日揣着手四处游荡。转悠到利辛县时，结识了那里的包工头佟晓明。佟晓明说他一直在江南水乡包活儿干，此次回家的目的，主要负责筹备成立一个运输队，现正在招兵买马。佟晓明告诉我们，他刚谈妥一个项目，任务是往新修的公路上送石头。工钱按劳分配，多劳多得。而且他负责包吃住，条件是每月从个人工资中扣除十个百分点。

我跟王宝华正发愁眼下无事可做，听佟晓明这么一说，觉得条件还不错，要比游手好闲的滋味强得多。于是就跟随佟晓明一起，先乘船到铜陵，又改坐汽车，沿山路盘旋而上，穿过一座座深山，越过一片片密林，终于来到一个叫青阳的县城。一路上高高低低，忽上忽下，颠簸得很多人忍不住趴在地上呕吐。大家都以为终于到达目的地了，刚想松一口气，佟晓明却说：

“还远着呢。”

再往下面行进时，全是山间小道了，因为车辆无法通过，只能靠双腿徒步而行。我们背着行囊，才翻过一座山，接着又是一道岭，一路上除了陡峭的高山，就是茫茫林海。我累得气喘吁吁，感觉双腿软得如两根纤细的面条，几次差点跌倒。刚入山林时的那种新鲜感，以及让我啧啧称奇的秀美景色，顿时消失殆尽。我身强力壮尚且如此，更别提身单力薄的王保华了。以前扒火车去上海的时候，我总是让他空手先上，然后再把货物甩给他，为他省去不少力气。现在，看王保华累得龇牙咧嘴的样子，我就知道，他很快就会打退堂鼓的。果不其然，王保华坐在一块儿大石头上，垂头丧气地说：

"奶奶的，早知道要遭受这份大罪，即使跪下来冲我磕仨响头，老子也绝不会来!"

在接下来的行走当中，我主动从王保华手中接过包裹，一并背在自己肩上，又腾出一只手挎住他的胳膊，搀扶着他并肩往前走，并劝他说：

"老弟呀，既然到这份儿上了，咱总不能无功而返吧？我们再努努力，目的地应该不会太远。"

自从那次王保华对我慷慨解囊，我一直把他当作自己的亲兄弟看待。"患难之处见真情"这句话，用在我俩身上恐怕再也合适不过。

习惯了走山路的佟晓明，不断回头催促我们说：

"快点吧，别磨蹭了。天黑之前到不了那地方，我们只能被困在这荒无人烟的山道上，等着挨饿受冻了。"

佟晓明的话让大伙儿心中一紧，不自觉地加快了脚步。

天即将黑下来的一刹那，我们终于来到一个叫“双河”的寨子。双河寨坐落在一道深山沟里，四面环山，周围全是茂密的树林和胳膊一般粗细的毛竹。因为山高林密，这里的光照时间特别短，上午十点多才看见太阳，下午三四点后，日光便逐渐被高耸的大山所吞没。虽说这里的地理位置极其偏僻，但是山民们居住的房屋建筑的精巧程度却非同一般：清一色的青砖蓝瓦，屋檐处还镶嵌着一尺多宽的镂空浮雕，造型巧夺天工，人物活灵活现，整个双河寨就是一幅古香古色的山水画。

听山民讲，这里距青阳县城约三十公里，而且全是蜿蜒崎岖的羊肠小道，属于真正的山高皇帝远。因为无大路可走，想来回运输货物的话，只能靠挑夫沿山道一步步攀爬行走。交通不便导致这里的物品价格奇贵，任何一样东西都比外面高出好几倍。正因为偏僻和闭塞，被困在这里一二十年的女孩子，大都愿意跟外人走出山去，目的是尽早脱离苦海，跟这寂寥和肃穆得有些瘆人的深山老林匆匆告别。

我们分别被安排在山民家里食宿。听说要帮他们修路，质朴地接近于可爱的山民，显然把我们这些不速之客当贵宾招待了，除了雪白的大米饭外，间或还有山羊、野鸡、野兔之类的美味佳肴呈上。那段时间，很坦率地说我和王保华都有些乐不思蜀了。我们住在半山腰的一户山民家。他们一共三口人，父母和女儿。女儿小梅十七八岁的样子，是个眉清目秀、娇俏动人的姑娘。不到半个月，小梅就跟我们混得厮熟。每次赶到收工时候，我发现小梅经常站在家门口翘首以待，在等着我们归来。看见我们，小梅的脸欢喜得如同盛开的荷花，先是忙着端洗脸水，接着又是可口的饭菜。有她这般尽心照顾，我们虽说累点儿，仍感觉好像沐浴在温润和煦的春风里，幸福和甜蜜经常如水波样，浸润着我们几近干涸的心田。

短短三个月时间内，我发现王保华跟小梅的关系已经到了如胶似漆的程度。其实小梅原本先是喜欢我的，因为在每次盛饭时，我发现自己碗里的肉，总要比王保华多出几块来。王保华显然不是瞎子，他心里比明镜还明镜。一次在出工的路上，王保华故意跟我套近乎：

"哥，看出来没？小梅喜欢上你了。"

我装作一副满不在乎的样子：

"得了吧，哥已经是两个孩子的父亲了，难道小梅看不出来？你想让哥犯重婚罪不成？"

王保华又故意跟我绕弯子：

"哥长得面嫩，显年轻嘛！"

我一脸庄重地说：

"哥即使有那个心，也没那个胆了！"

王保华一脸窃喜，这才把真心话向我挑明：

"哥要真没那个意思，兄弟我可要下手了。"

又说：

"你知道的，兄弟我至今还是光棍一条哩。"

我鼓励他说：

"要下手的话，趁早加大力度。你没发现吗？跟咱一起来的年轻人当中，有几个家伙正对小梅暗送秋波呢。"

话虽不多，却把王保华感动得热泪盈眶。

赶到吃饭的时候，我当着小梅的面，故意大声说：

“等这个月发了工资，我必须得回家一趟，看看老婆孩子过得怎么样。好几个月不见，想她们喽！”

我发现小梅愣了一下，站在那儿半天没回过来神。

没多久我又发现，王保华碗里的肉，无论是块头儿还是个数儿，均比我的碗里要多出几许来。

因为佟晓明以前曾在这儿干过一年多时间，跟这里的村干部混得很熟。加上我们都是通过他招兵买马过来的，所以大家对他不存在任何防备之心。工资的事，也由他负责跟村里会计一并结算。第一个月下来，佟晓明只给了大家每人二十块钱，说是剩余的钱，会计在下个月一块儿支付。

第二个月依然如此。

到了第三个月月底，我们都满怀希望，以为终于可以把所有工资拿到手了，就跟辛勤的庄稼人一样，劳动了一春一夏，辛苦了一秋一冬，只等着敞开怀抱去迎接收获了，可是结果却是悲哀的。这件事也给我们留下不可磨灭的惨痛教训。

那天我们正在工地上拼命劳作，小梅气喘吁吁地跑来说：

“你们快去看看吧。佟晓明在会计那儿结过账后，突然不见了。”

我们心里都不约而同地“咯噔”了一下，然后迅速抛下手中的石头，一窝蜂地往山下跑。我们压根儿就没想到，佟晓明原来早有准备的，他已经提前收拾好自己的必带物品，拿到钱后就迅疾逃走了。

村会计也闻讯赶来，他一边替我们感到惋惜和遗憾，一边给大家解释说，我知道你们挣的都是血汗钱，所以也从来不曾拖欠过你们的工资。只是以前我们之间缺乏交流而已。说着又默默地掏出佟晓明给他写的几张收据让我们看。

我们一边谩骂着，一边携起包裹，顺着崎岖的山路匆匆追去。

王保华却不愿意就此离开，他眼巴巴地看着小梅，嘴唇嚅动了半天，终是没说出一句话。

我明白王保华的意思，上去拍拍王保华的肩膀说：

“老弟呀，你若是真不想走的话，就留下来再等些时日吧。”

又说：

“如果今后有缘再相见，我还在界首的自由市场等你。”

王保华重重地点点头。

四

在界首城中心的凤凰台大市场，我重新结识了两个朋友：赵满仓和徐富贵。

那是我在街头一家小饭馆吃饭的时候，无意中跟赵满仓和徐富贵坐邻桌。听那个叫徐富贵的说话的口音，估计他跟我应该是老乡。我有心结交他们，便拎了瓶酒凑过去。相互一搭话，原来徐富贵的老家竟然和我是同一个县。赵满仓和徐富贵都在水泥厂上班，看我暂时没事可做，他们答应介绍我去为水泥厂拉石头。就这样，我又操起了跟石头打交道的老本行。不仅如此，赵满仓还极其热心地让我跟他们一起，住进了他姐姐家。他姐姐同样是个爽快人，给我提出的条件是房租免费，但每月需交五十块钱的生活费。有吃有住有活儿干，上哪儿去找这等好事？我几乎想都没想便答应了。

真应了那句老话，“在家靠父母，出门靠朋友”啊。

论年龄，我比赵满仓和徐富贵年轻好几岁。正因为有了年龄上的优势，每次装石头时，我仗着自己年轻力壮，总是力所能及地将石块儿往车上搬，恨不得一下子将整座山都拉回去卖掉。因为水泥厂的结算方式是以量计价，多劳多得。回去一过磅，我拉的每车石头都在三千斤以上。结完账，我一边数着花花绿绿的票子，一边屁颠屁颠地笑。赵满仓却不止一次提醒我：

“可别贪心啊，下坡时山路不好走，一不小心就有翻车的可能。”

平时走下坡路时，都由我们三个人共同帮扶来完成，直到车辆进入安全地带再停下来，返回去接着摆弄下一辆。积累一些经验后，我的胆子越来越大，像幼儿学走路一样，又像小鸟开始沿树枝一样，逐渐便忘乎所以了。一次走下坡路时，我试探着一个人驾起车把，向后倾着身子，一步步地往下滑。到了更陡的地方，车子因为惯性，产生了巨大的冲击力。我开始把持不住了，在车子的助推下不得不强行往下走，而且速度越来越快。眼看前面转弯处就是悬崖峭壁，再往下冲的话，随时会有粉身碎骨的危险。还是先丢车保卒吧。我当机立断，将身子迅速往地上一趴，车子“嗖”的一下从我身上飞速滑了过去，先是如疯牛般撞上石壁，而后又反弹回来跌入悬崖，随着一声巨响，山谷里顿时腾起一团白蒙蒙的烟雾。我满脸沮丧地从地上爬起来，双眼发直、面如土色、心惊肉跳。

所幸的是，除了后背被车轴擦伤之外，我身上的其他部位尚无大碍。用赵满仓的话说，“已经是不幸中的万幸了”。

从山上下来，我重新买了辆架子车，并且连一天都不肯歇息，又跟着赵满仓他们继续上山操练。

我后来一直在想，我那段时间的运气大概已经背到极点了吧？人一旦倒霉起来，喝凉水都会被噎着，放个屁都能砸中自己的脚跟。新车刚刚上手，我的贪念又起。一次装满石头后，我握着车把平衡了一下重量，觉得前面稍有点儿轻，于是又挑了块儿较大的石头压在车把上。赵满仓看见了，顿时像踩到带电的插板一样跳起来，厉声说：

“赶快卸掉！前重后轻，你犯了拉重车下山的大忌。”

我不以为然，笑着说：

“没事，我路上倍加小心就是！”

下山的时候，我将车尾巴贴紧着路面，凭借强大的摩擦力缓缓往下滑。车子在我的努力驾驭下，顺利度过一道道难关，一路上倒也相安无事。到了平地，车子需要用力牵引才能向前行进。正常行走时，车把是要略微朝上倾斜的。而用力拉套时，因为人的身子需要奋力往前冲，车把就改变为朝下的方位了。我的肩膀拼命拽着缰绳，迈开脚步艰难地往前走，来到一处凸凹不平的路面时，车子猛地抖动了几下，没等我将后脚收回，架在车把上的那块儿石头突然滑落了，而且不偏不倚，刚好砸在我的后脚跟上。一块二百余斤重的石头，整体落在地上是啥概念？幸亏触及我后脚跟的只有石块的一处边角，但是我仍疼得“嗷”的一声趴在地上。我趴下的同时，车子跟着我一起往下趴，上面的石块像用簸箕倒豆子一样，“轰轰隆隆”地滚下来。这下我算倒了血霉了，我的身子被石块压得死死的，连呼吸都成了问题。我很快昏了过去。

走在前面的赵满仓和徐富贵，闻声丢下车子赶过来，帮我将身上的石头一一搬去，又千呼万唤地把我叫醒。后来听他们说，我醒来后，所问的第一句话是：

“我还活着吗？”

又紧紧抓住赵满仓的手说：

“我可不能死啊！我家里还有年逾半百的老母，还有两个弟弟和妻儿老小。”

又哭着说：

“我父亲临终时，还交代我很多任务呢，我可千万不能死啊！”

看我语无伦次地胡乱说话，赵满仓拍拍我的肩膀说：

“你没死。你只是被石头砸中了后脚跟，身上还有些皮外伤而已，到医院包扎一下就好了。”

石头好像比任何凶禽猛兽下手都狠，我的后脚跟被它连皮带肉吞掉一大块儿，骨头大概因为过于坚硬，实在是啃不动了，也就罢了。就这么白森森地裸露着，血流如注。

医生的建议是让我住院治疗，徐福贵和赵满仓把钱都已经垫付了，可我舍不得花钱住院，只是让医生做了简单的包扎处理后，便不顾赵满仓和徐富贵的劝阻，硬是跟着他们回到住处，一歇就是两个多月。一个忙碌惯了的人，突然闲置下来，感觉也不怎么好受，好像在遭受某种大罪。我的身子躺在床上，脑子却不肯闲着，有了充分的遐想空间了。那段时间，我越发思念我的母亲，还有弟弟和妻儿老小。上次离家出走时，妻子王美丽已经怀上第三胎，按时间推算，现在差不多也该生产了吧？母亲和弟弟呢，是不是依然畏手畏脚不敢出门？是不是仍在遭受监视或围攻？家里现在究竟是个什么样子？我不得而知。

一连数天，我甚至都不敢闭上眼睛，眼睛一旦闭上，父亲便立马跳了出来，像一棵枝繁叶茂的大树一样立在我面前。父亲的表情威严得有些可怕，他以审讯犯人一样的口气，不停地质问我：临走时我是怎么安排你的？你答应我的事，都完全做到了吗？你母亲、你弟弟、你的老婆和孩子，都还处在水深火热之中。你倒好，撇下她们不管不顾，独自一人跑出来享清福，你还算得上个男人吗？还算得上个“孝子”吗？对于一个没责任心、没担当意识的人，跟披着人皮的畜生有何区别？……

父亲显然越说越气愤了，他的胸脯像海面的波浪一样起伏不平着。也许是无奈到了极点，或者说气愤到了极点，父亲突然抡起胳膊，一巴掌掴在我脸上。父亲出手很重，打得我的脸火辣辣地热，仿佛在一处娇嫩的肌肤上，涂上一层殷红的辣椒水。

我“忽”的一下坐起来，发现自己浑身上下早已被汗水浸透。一股股冷风顺着衣服间的空隙，像蛇一样“哧溜溜”地不停地往里钻。我裹紧了衣服，想认真地去跟父亲解释一下缘由。可是父亲却故意躲了起来，像藏猫猫似的不肯出来见我。我瞅瞅门后、墙角、屋顶，还有床下，都没寻觅到他的影子。我满面是泪，跪在地上抱头痛哭：

“我的爹呀！”

在父亲的不断“催促”下，我决计再冒险回家一趟，去看看我的家以及家里的亲人。把想法说给赵满仓和徐富贵时，俩人都不约而同地摇起头来。赵满仓忧心忡忡地说：

“且不说此时家里风声正紧，就你现在这个样子，连走路都要靠拐杖作支撑，如何回去得了？”

我说我的伤口差不多已经好了，也可以丢掉拐杖了。边说边站起身，当着他俩的面，挣扎着走动几步。倒是能走路了，但是头上却很快疼出许多细密的汗珠。

我不顾他俩的强烈反对，迅速收拾好东西，带上剩余的一点儿积蓄，向他们匆忙告别后，立即踏上返乡之路。

终于又回到阔别已久的家乡了。一切仍是那么地熟悉，那么的亲切。在村外的小河边，我扒开水面上漂浮的杂草，俯下身去，用嘴直接对着清澈的河水，“咕咚咕咚”地痛饮一阵子。河水是温和的，甘甜清冽，沁人心脾，瞬间赶走了我浑身的疲劳和疼痛。那种久违的感觉，是多么的美好和舒畅啊！我又折了一株高粱，挑出中间的一截，大口大口地咀嚼着。高粱秆的汁液虽说不多，但味道却很纯正，感觉比现在的甘蔗还甜。吃饱喝足后，我拍着鼓胀的肚皮，先绕着村庄转了一圈，发现村口的岗哨已经不复存在，偶尔有人进进出出，却一个个像投胎似的，煞有介事般匆匆而过。

村子寂静得如同一个熟睡的婴儿。

尽管如此，我仍不敢放松警惕，一直等到天黑下来的那一刻，方才偷偷摸摸地进了村。

很久不见，我的家早已面目全非：原先的两间草屋已经整体向北挪动了位置，只剩下一间低矮得像狗窝一样的侧房——是我后来跟王美丽结婚时搭建的厨屋，在那里孤零零地矗立着。没有主房的衬托，那间厨屋反倒显得伟岸、高大和挺拔起来。如果不是生于斯长于斯的话，我恐怕真的难以相信眼前的这幅景象。

在那间无比狭小的厨屋内，我和王美丽抱头痛哭。王美丽悲痛欲绝地向我讲述了事情的全部经过：

你走后，“造委”的人直接把矛头指向我们，他们几乎天天派人来家里，逼我们说出你的藏身地点，还把家里翻了个底儿朝天。如果单纯是针对我一个人，日子或许还好过些。他们就连你娘和你的两个弟弟也不放过，经常拉她们出去批斗，甚至关小黑屋，有时一关就是好几天，真是生不如死啊！为此，娘和弟弟都恨你恨得要命，都说是你给他们带来的祸端，才让他们受尽磨难。

提起我母亲，王美丽突然哭得更凶。她对我母亲的称呼，已经由先前的“咱妈”改为现在的“你娘”了。王美丽掰着手指头，开始跟我数落起母亲的不是：那些人打我骂我，我心里还能承受，回过头来还要遭受你娘的无端责骂。你娘经常骂我和孩子，说我们的孩子属于“有人生、没人养”，老是在拖累他们，给他们添累赘。生咱家小三那天，家里没有吃的，我扛着一袋红薯干，想去集上磨面。刚走到半路，肚子突然疼得厉害。我知道自己要生了，可是半路上连个人影都看不到，该咋办？我急得团团转。正不知所措，从远处过来一位大嫂，挺热心肠的，在她的帮助下，我才算在路边把孩子生下来。回到家，天已经黑透，我想喝点儿热水，家里没有锅。还是隔壁的周大爷听说后，在他家烧了一瓢热水送过来。周大爷问我生的男孩还是女孩？我说是男孩。你娘听见后，非但没过来伸手帮忙，还大声挖苦我说，男孩又能咋地？搞不好跟他爹一样，是个进监狱的命！声音尖酸而又刻薄。第三天，我们的小三开始发高烧，久而不退。我把两个大家伙送给周大爷照管，自己抱着小三去了卫生院。小三的肚子鼓得像个皮球，浑身油光发亮。医生让住院治疗，我没有钱。最后央求我爹卖了两块儿粗布，孩子才算住上了院。住院又能怎样？医院缺少一种叫“西林”的消炎药，所以治疗起来效果不佳。情急之下，我跑到附近的兽医站，买回五支兽用西林针给孩子打上，才算保住他的一条小命。从有小三到现在，你娘从没主动抱过孩子一把，哪怕是正儿八经地看上一眼，也能温暖一下我这颗冰凉的心啊。

更可恶的是你那两个弟弟，为了跟我们彻底划清界限，他们竟然在危难时候，提出分家的要求。你娘正巴不得我们趁早滚蛋呢，当即答应了他们的条件。分家时，你的两个弟弟连两间破草房都不肯放过，说是他们兄弟俩每人分一间，把这间小厨屋给了我们。第二天，他们就逼我和孩子挪窝到厨屋内，紧接着又动手将两间主屋扒掉，在北边重新选址盖起了新房。他们原计划是要盖瓦屋的，刚把四周砖土混合的墙面垒好，手里就没钱了，只能在房顶上匆忙铺上干草，然后欢欢喜喜地搬进去。与我们划清界限后，他们便撒手不管了，本来是一奶同胞的亲情关系，在他们眼里却比仇人还要恶心。

王美丽正说得起劲儿，床上的小三突然“嗷嗷”着啼哭起来。王美丽这才转移了话题：

“哦！只顾说家里的破事，竟忘记床上还有个你未见过面的孩子。”

我一把抱起小三，不住地亲吻他娇嫩的脸蛋。小三的长相还算俊美，只可惜骨瘦如柴，额头上的青筋突暴，像爬满无数条蚯蚓。胸前的肋骨也一根根地突兀着，除了皮和骨头外，很少见到他身上的肉，仅剩下一副骨头架子了。王美丽说：

“孩子还没有名字，正等你回来给他起名字呢。”

我不假思索地说：

“孩子既然是在路边出生的，干脆就叫他‘路生’吧。”

又说：

“等孩子长大后，我再给他起个正儿八经的学名。”

趁着天还没亮，我就匆忙起了床，想去北边的屋里看母亲。身子还未开始行动，就被王美丽伸胳膊给拦下了。

“不准去!”王美丽咬牙切齿说，“还不胜个邻居呢，看她干嘛。”

又继续辩解说：

“即使去了，她也未必会欢迎你。说不定恼怒起来，还会打你的耳光呢。”

我叹口气说：

“再怎么说，她也是生我养我的母亲啊。即使他们拎刀杀了我，我也得去看看她老人家。”

果然跟王美丽所说的差不多。一见面，母亲便喋喋不休地抱怨起来：

“这个家被你给害惨了。你一个人犯错，全家人都跟着受连累。人家指着鼻子骂我们、打我们，我们非但不敢吭声，还得对人家磕头作揖说好话。你的两个弟弟，都已经过了成家的年龄了，至今还打着光棍呢。家里就这么个样子，谁敢往我们身边靠拢啊……”

母亲的话让我羞愧难当，我恨不能找个地缝钻进去。

临别时，我从口袋里掏出一沓钱，默默地递给母亲。母亲二话没说，心安理得地把钱装进口袋，好像我压根儿就欠她一笔巨额债务似的。

这次回家，我一共带了八百块钱，劈出一半给了母亲，剩余的四百给了王美丽。那时间，四百块钱已经是个不小的数目了。王美丽攥着钱，紧紧地捂在胸口上，激动得连呼吸都有些急促了。可是，当她听说我将另外四百给了母亲时，这个平常看似温顺贤惠的妻子顿时跟我翻了脸，她宛若一头疯狂的母狮冲我咆哮：

“谁让你私自给她钱的？你眼里究竟还有没有我这个媳妇！我生孩子时，她问候一声了吗？端过一碗水吗？洗过一片尿布吗？照看过一下孩子吗？……有次孩子玩耍时掉进粪坑上不来，你的两个弟弟却形同路人，揣着手站在一旁袖手旁观，眼睁睁地看着我跳进污水去捞孩子。他们可是孩子的亲叔啊，简直连畜生都不如，值得可怜、值得同情吗！”

王美丽越说越激动，越说越来气，她又像个泼妇一般，一边撕扯我的衣服，一边继续大声哭闹：

“看样子，你心里只有你娘和你弟弟了，一见到她们，立马将我们娘儿几个抛到九霄云外了。你也不想想，我们是怎么挣扎着活过来的？是怎么硬撑着活到现在的？难道你的良心让狗吃了？”

我争辩说：

“娘和弟弟做得确实有些过分，但是，她们毕竟是我的至亲。几十年的亲情，岂是说割就能割断的？而且我两个弟弟至今还打着光棍，如果能靠这些钱找到媳妇的话，我也算弥补自己的过错了。”

又自言自语说：

“钱是身外之物，没了可以再挣。爹临终时交代我的话，我永生不忘！这段时间，爹每次训斥我的情景，瞪着眼凝视我的镜头，你永远都体会不到的。我不能欠家人这份良心债！能给她们点儿钱，最起码可以让我心安了，再见到我爹时，也能给他个交代了，问心无愧了。”

对于我这番话，王美丽听得稀里糊涂，她懵懵懂懂地看着我，惊骇地问：

“你爹不是已经死去多年了吗？”

我故意吓唬她说：

“我也不知道咋回事，最近我经常跟他见面哩。”

本来打算在家多住些时日，但是医生李天明的一番话，让我瞬间改变了计划。回来的第二天，王美丽病了，突然发起高烧。我不便露面，便派女儿小翠去找医生李天明。李天明见了我，惊讶得半天没合拢嘴巴，手里的玻璃针管差点儿跌落在地。我先递给他一支烟，而后笑说：

“李医生，又给你添麻烦了。”

李天明一边弹着针管里面的药水，一边关切地说：

“你可不敢在家长待啊。现在‘造委’对你们采取的是外松内紧的办法和手段，表面上看似松散了，其实到处都有他们的眼线。你过去的同伙杜小东和王卫利，刚进家门就被他们逮到了，现在是死是活都不清楚。所以，我劝你还是赶快离开这个是非之地。”

王美丽本来正因为钱的事跟我闹气，听李天明这么一说，立马抓住我的手，焦急地说：

“听李医生的话，赶快走吧。万一走漏了风声，或者被人看出破绽，你就彻底完蛋了。”

我拍拍王美丽的肩膀说：

“没事，等你病好后我再走也不迟。”

王美丽固执地说：

“不行！你现在就得走。”

又说：

“你放心，我会竭尽全力照顾好这个家的。不管今后的日子再苦再难，我都能扛过去。”

我挨个儿吻了一遍孩子，又过去向母亲告别后，再次依依不舍地离开故土。

五

故地重逢，赵满仓和徐富贵一起抱住我，激动得差点儿往我脸上亲吻了。赵满仓颤着声说：

“还以为你回不来了呢。”

我打趣说：

“有两位好哥哥在此，我怎么舍得在家长待呀。几日不见，想你们想得都快想不起来了啊。”

说完又掏出事先备好的香烟，打算每人分发一包。可是徐富贵和赵满仓知道我手头比较紧，所以说啥都不肯要。我只能装作生气的样子，强行把香烟塞进他们口袋。

徐富贵俯下身子，掀开我的裤腿查看一番后，皱着眉头说：

“你的伤口还未完全愈合，眼下也不能干重活儿呀。”

没等我接话，赵满仓拍着胸脯说：

“没事！你别为生活犯愁。先在家好好休息，等把伤养好后，咱们再接着干。这段时间，我们出钱来养活你。”

我再次紧紧地抱住他们，眼含热泪说：

“三百六十行，行行出状元。我重活儿干不了，轻活儿还是没问题的。哥哥们就放心吧，我不会饿着自己的。”

此后，赵满仓和徐富贵继续上山拉石头。我决定重操旧业，独自经营原来的贩卖火柴的生意。

一试手方才知道，当前的市场行情，比以前糟糕多了。政府加大了对投机倒把分子和行为的打击力度，无论市场上还是火车上，到处都有纠察队的人，戴着红袖章，拎着黑警棍，耀武扬威地在人群中来回穿梭。他们一个个板着面孔，瞪着眼睛，模样比正儿八经的侦查员还要正规。在他们的严防死守下，那个很容易引人注目的挎包不能再背，而且推销时也要机动灵活，要想不被他们发现，我必须像开展游击战一样，打一枪换一个地方。也许今天还在界首推销，说不定明天就会跑到淮南。更为麻烦的是，以前跟王宝华合作的时候，大部分时间是在冬天，身上的衣服较厚，松松垮垮的，随便掖藏几包火柴，都能卖上一阵子。但是现在正处于炎热的夏季，身单衣薄，哪怕只装一包火柴，就像揣着个小兔子似的，鼓囊囊的，很打眼，极大程度上影响了我赚钱的速度。

但是这种轻巧简便的生意，与我伤残的右腿刚好对路。除此之外，我还有什么更好的生存办法呢？所以只能硬着头皮干下去。

有次在上海进行采购时，许是因为我过于急躁，也可能是便衣伪装得太深的缘故，我在不知不觉中被一个便衣盯上。他尾随了我大半天，我仍旧浑然不觉。直到他认为证据足够确凿时，方才毫不客气地对我下了手。浑身上下装满火柴和打火石，我百口莫辩，只得乖乖地随他去了拘留所。

在赃物登记簿上，他们从我身上搜出的钱物账目如下：

现金二百三十八块五；

火柴四百一十三盒；

打火石一千一百零六块。

因为涉案数额巨大，警察对我进行了严格审讯，但均被我以虚假的地址和身份搪塞过去。因为当时通信不便，唯一可用的固定电话，还没普及到农村去，他们在一时半会儿，很难查清我到底姓甚名谁。只能将我送到上海市收容站，等候遣返。上海市收容站，是我目前见过的规模最大的收容站，共分前后两个院子，里面人口众多，鱼龙混杂。进去后我并没老老实实地待在那，而是时刻在寻找逃跑的机会。我经常以各种理由，在南北两个院子之间来回转悠。收容站有两栋十多层高的大楼，因为规划设计不怎么合理，楼和楼之间所间隔的距离，仅有五六十厘米。收容站里有两个女孩儿，想法大概跟我类似，有天竟赤手空拳，双腿分别蹬着两栋楼间的墙壁往上爬。后因体力不支，也可能是受到恐吓和惊吓，结果一个掉下来被摔死，另一个被抓获。看到她们的悲惨下场后，我心惊胆战，瞬间打消了从此处逃跑的念头。

由于收容站人满为患，两个星期后，站领导决定以省为单位，在专干的押送下往回遣返。遣返之前，领导还专门把我们召集在一起，进行严格的训话并宣布遣返纪律。

在他们眼里，我属于那种顽固不化的重犯，所享受的“待遇”肯定与众不同。坐上火车后，两位专干一左一右，我像夹心饼干一样被挤在中间，不给我任何逃脱的空间和机会。

为了更好地麻痹他们，我故意装作一副木讷的样子，一路上始终低着头，闭着眼，昏昏欲睡。晚上六点左右，火车到达南京。那时南京还没修建长江大桥，火车车厢需要一节一节的轮渡通过。我打算在此趁乱逃跑。我所乘坐的车厢在半小时后开始过江，听他们说时间大约需要两个小时。在这个时间段内，车上恰好赶上开饭。逃跑是个体力活儿，饿着肚子可不是什么好事，必须得先把它打发满意再说。我摸摸口袋，里面空空如也——钱早已被他们尽数搜去充公，一分一厘也没给我留下。在裤袋里，我意外翻出一双尼龙袜子，原打算买回去送给赵满仓的姐姐的，毕竟欠了她不少人情。可惜眼下只能委曲求全了。在征得押解人员的同意后，我将袜子以三毛钱的价格卖掉，买回一盒米饭充饥。

我不得不佩服押解我的那两位专干较强的责任心和敬业精神。场面越是混乱，他俩越小心谨慎，越严阵以待，不为我留出片刻的空隙和机会。眼看逃跑无望，我只能再次安静下来，伺机为下次逃跑做准备。

夜间，火车到达临淮关。在临淮关停留的时间是两分钟。赶巧的是，火车进站时，站里恰好停电。手电筒射出几柱明亮的灯光，把黑夜撕扯得七零八落。看机会来到，我向押解人员报告说要去厕所解手。为了能自圆其说，我还顺势向他们索要了一个空烟盒纸作掩护。在此之前，我已经对厕所的布局结构作了缜密细致的侦查，一套如何越窗逃跑的思路在我脑海里基本考虑成熟。进厕所后，我先用鞋带将门闩缠死，再奋力用脚踹开装在窗户上的护栏，玻璃窗自然而然地被我轻松推开了。就这么一会儿工夫，大概前后也就三两分钟吧，站在门外为我站岗放哨的专干，好像听到什么动静，他一边焦急地喊着我虚构的名字，一边“砰、砰、砰”地接连敲击厕所的门。此时，我的一条腿已经迈出车厢，半截身子也钻了出去，正待观察好地形后，再飞身往下跳。没想却被他们及时发现了。

这时火车已经开始全速向前飞奔，风在我耳边“嗖嗖”直响，刮得我几乎睁不开眼。夜黑得伸手不见五指，即使睁开眼又有什么用？我不敢贸然往下跳的原因，主要是考虑轨道的两边，相距不远便栽有稠密的线杆，贸然跳下去的话，一旦撞到线杆上，就等于自寻死路，即使不死也得落下终身残疾。我内心因此充满恐惧。正犹豫着，厕所的门“啪”的一下被专干撞开了，就在他们冲进来抓我的一刹那，我的心一横、眼一闭，只管纵身跃了出去。

在火车速度的作用下，我感觉我的身子像树叶一样轻盈，又像被卷进旋涡里的一截朽木，茫然和恐惧一并向我袭来。我终于像断线的风筝一样落了地。慌乱中，我的一只手紧紧地抠住地上的鹅卵石，另一只手则牢牢抓住路边的一撮荒草，以防身子被吸到火车的铁轨里去。火车的速度已经够快了，可我仍觉得那一刻竟然无比的漫长。

火车走远后，风渐渐平息下来。我感到我的手心里黏糊糊的，像握着一泡刚拉下的稀屎。我知道那是鲜血应有的黏度。我的膝盖部位好像也被磕破，风正顺着破裂的裤子洞口，“呼呼”地往裤腿里灌凉气。我再摸摸额头，上面应该有个鹅蛋一样的大包，正像酵子面似的缓缓地鼓起。

尽管浑身疼得要命，我的心情却极是轻松和愉悦的。我咬紧牙关，勉强支撑着站起来，又在路边找到一截木棍做拐杖，然后步履蹒跚地行走在茫茫黑夜中。

这里的夏夜相当美丽，天上的星光闪闪，身边的清风徐徐，下面有蛙声阵阵……多美的一派风景，我却无暇去用心欣赏，我只想赶快逃离这个是非之地，然后找到个栖身场所，先避避风头再作打算。

天终于亮了。我仔细辨认一下方位，发现这里竟然是凤阳县。我内心一阵狂喜，这里离我的根据地只有二百多公里的路程，而且每天都有公共汽车通行。麻烦的是，我旧伤未愈又添新疾，如何走回界首？眼下我只能临时找个地方，先包扎一下伤口再说。我又伸手摸了摸口袋，里面空荡荡的，没有一分钱。怎么办？无奈之下，我只能选择在较为热闹的凤阳汽车站，将身上那件的确良外衣脱下来，以六块钱的价格卖掉。这六块钱可算帮了我大忙，让我既有了包扎伤口的费用，又美美地吃了顿饱饭，还买了张发往界首的车票。我必须以最快的速度赶到界首，因为那里有我的亲人，有我温暖而又舒心的“家”。

听我讲完这段传奇般的经历，赵满仓和徐富贵既激动又心疼。赵满仓建议我休息几天，等身子养好后再外出谋生。徐富贵也表示赞成，他语重心长地对我说：

“老弟呀，听哥一句话，‘留着青山在，不怕没柴烧’，千万不能再出去冒险和任性了，你这是在拿自己的性命开玩笑啊。”

尽管赵满仓和徐富贵的态度都很诚恳，但是对我来说，很快就把他们的话当作耳旁风给忘掉了。口袋里没有钱，我心里发慌啊，哪还有心思蹲在家里享清福？我开口向赵满仓借钱。赵满仓翻遍身上所有口袋，才凑够三百块钱交给我。我仅留下一百，又将其余的两百还给他。毕竟他们都是有家室的人，谁不等着养家糊口呢？

用赵满仓的钱作本金，我又跑了几趟上海。很快，我口袋里的钱，一直成几何倍数在迅速增长。有了积蓄后，我心里踏实多了，终于如一块儿悬着的石头落了地。

正当我野心勃勃，准备接着大显身手的时候，父亲又不失时机地出现在我眼前。父亲的表情依然那么威严，他板着脸对我说：

“你又跑出来大半年了，该回家看看了吧。”

又说：

“因为心中牵挂你，你娘都想出病来了。再不回去看她的话，说不定你这辈子就甭想再见到她了。”

我知道父亲明显是在撒谎。我为那个家创造了那么多的灾难和不幸，母亲应该恨我还来不及呢，怎会想我想出病来？她即使生了病，或许是因为别的原因，绝对不能赖到我头上。

父亲像是洞穿我的心思，摇头叹息说：

“唉，羊羔还知道跪乳，乌鸦尚懂得反哺。可你呢？不要说鸟雀了，依我看你连个猪狗都不如！”

我当时心烦意乱，急忙打断他的话：

“爹，你别再往下说了。我听你的话，回趟老家还不行吗？”

对于我这次回家探亲，赵满仓似乎有什么预感，他先是拼命阻拦，后来看劝说无效，又拉来徐富贵，坐在一起商议对策。徐富贵倒是支持我的想法。看赵满仓满脸狐疑，徐富贵笑着解释说：

“我也有好几年没回老家了，现在刚好也想回去看看。有我和有福老弟做伴，你就放一百个心吧。”

赵满仓咂咂嘴，默认了。

我和徐富贵先来到我干娘家打探消息。干娘家离我家有十多里路，而且位置偏僻，“造委”的人恐怕做梦都不会料到，我这个令他们朝思暮想、魂牵梦绕的“通缉犯”，竟然会绕开他们的视线，悄悄地潜回故土。

多年不见，干娘眨巴着眼，许久才将我辨认出来。干娘对我还像原来那般亲热，她一把将我拥入怀中，抹着泪说：

“乖乖儿啊，你的事干娘早就听说了。这辈子，干娘还以为再也见不上你了。”

我一边安慰干娘，一边招呼徐富贵坐下。听完干娘的诉说，我明白这些年头，干娘的日子也不怎么好过。干娘从小练就一手绝活：蒸馒头。经她的手蒸制的馒头，又白又大又暄。最关键之处是，用同样多的面粉，我干娘往往要比别人多蒸出好几个馒头来。还有就是，在不添加任何防腐剂的情况下，她蒸的馒头很耐放，出锅好几天仍然风吹不裂，久存不霉。究竟有何诀窍，恐怕只有干娘一个人知道。干娘原打算开一家馒头铺子，还没等门店开张，灶台就被造反派砸了个稀巴烂。干娘性格直爽、脾气倔强，眼看着瞬间报废的灶台，既心疼又气愤，就跟在场的他们据理力争。

结果那些家伙二话没说，就将干娘五花大绑起来，当作暴发户和资产阶级典型代表，拉出去进行游街批斗。

干娘咬牙切齿地大声对我说：

“我现在最恨的，就是那些不分青红皂白的王八蛋！”

话音刚落，“呼啦”一下子，从外面涌进一群戴红袖章的人——后来我才知道，原来干娘也一直被处在长期监视中。领头的指着干娘的鼻子骂：

“老乞婆，真是不知死活了，竟敢公开骂老子，看我接下来怎么收拾你！”

作为干娘的同伙，我和徐富贵自然未能幸免。

干娘被他们推搡着不知去向，我和徐富贵则被扭送到公社大院分别关押。我被关在东头的一间屋子，关押徐富贵的地点，应该离我不远。他们先对我的身份进行核实。为避免暴露，我又像在上海收容站那样故伎重演，用虚假姓名和地址去忽悠他们。因为我供述的地址离干娘这里较远，他们一时无法落实，所以暂时没怎么刁难我。正当我为自己的明智之举感到沾沾自喜时，却听见远处传来徐富贵那杀猪般的嚎叫声——首次遇见这样的事，徐富贵显然缺乏跟我一样的聪明才智和应对经验，乖乖地如实招了供。

由于我始终固若金汤，他们知道很难从中得到任何有价值的情报，所以只能选择在徐富贵身上寻找突破口。果然，徐富贵禁不住他们的严刑拷打，如实供出了我的真实身份和地址。这些人听后不敢怠慢，立即派人去调查落实。两天后，派出去的人回来了，并且兴奋得像得了个外甥一样振臂高呼：

“我们抓住了一条大鱼。反革命分子常有福终于落网了！”

他们立即我解去绳索，重新换上脚镣手铐，然后又按照“造委”的指示，将我送进箕县看守所。当时的看守所条件极差，里面人满为患不说，墙角里屎尿成堆，蚊蝇成群，臭不可闻。他们对我这个要犯倍加“关照”，把手铐去掉后，又换成了背铐。“背铐”就是将一只胳膊从肩膀上迈过去，再把另一只胳膊从腰间背过来，在背后将两根大拇指铐在一起。这样的独特造型，让我一直持续了七天七夜。那滋味甭提多难受了，我的吃喝拉撒均无法自理。就拿睡姿来说吧，我想仰面朝天休息，那么胳膊就得被迫压在身子底下，因为血液流通不畅，很快变得又酸又麻。我想面朝下趴着睡，身子就像被绳索反吊起来一样难受。侧身睡觉更为不妥，单条胳膊被压迫在身子下面，一会儿便疼痛难忍。我根据几天下来的生活经验，总结出的最好办法就是坐着睡觉。我经常像个不倒翁一样，坐在地上晃来晃去，几乎昼夜不得入眠。

第一次提审我，是在第八天的上午。按照提审要求，也为方便在询问记录上签字，他们需要重新将我的背铐换成前铐。换铐的时候，我死活都不答应。因为铁铐早已深深嵌入我的皮肉里，与凝结的血痂融合在一起，密不可分。每动一下，我便有一种拿锥子钻心般的疼痛。

第四章

一

我被捕入狱的消息，像超强台风一样迅疾传遍整个家乡。也让那些反对派们高兴得犹如过年一样，个个儿拍着手欢呼雀跃。我的家人也为此迎来新一轮的、更为残酷的痛苦折磨。后来听母亲说，我的两个弟弟原本正在田间锄草，听到消息后，便默默地扛起锄头，像刚刚挨过打的丧家犬一样，用布衫蒙住脸，灰溜溜地往家里走。孩子们去上学时，也都悄悄地溜着墙根儿，战战兢兢地往前挪动。母亲的内心更为沮丧，她那痛不欲生和羞愧难当的模样，比在众目睽睽之下跟汉子偷情还要难堪。她索性不再出门了，整天跟个老鼠一样窝在家里，倒是省去很多不必要的尴尬和麻烦。不过老躲藏也不是办法，家里如果缺少生活必需品，总得有人出门去买吧？母亲想派大弟去供销门市部买盐，不料大弟的头摇得像打尿颤一样，死活都不肯去。再改口让二弟去时，二弟同样摆摆手，垂着头对母亲不理不睬。这下把母亲彻底给激怒了，母亲索性抹了一把脸，踮着小脚疾步来到我家门口，“砰”的一下撞开屋门，不由分说拎起我家的盐罐子就走。王美丽气得差点儿吐血。王美丽伸伸脖子，像玩杂耍的人在表演吞铁球似的，强忍愤怒，把委屈和怨气一并咽下去，从而化解一场一触即发的内部斗争。她之所以选择沉默，没去跟母亲大吵大闹，大概也觉得理亏吧。只是，从母亲拎走盐罐子的那天起，王美丽和孩子接连吃了好几顿的粗茶淡饭。

说起来最为凄惨的还数王美丽，除了遭受他人的侮辱和责骂外，她的人身安全也随时面临威胁。反对派的人来家里找她，她带着孩子躲进屋里，用碗口粗的木棍将房门顶牢，宁死不肯与他们见面。王美丽的这种做法，让外面的人大为恼火，他们一边抬脚踩门，一边往屋顶上扔砖头。结果不但大门被踩烂了，屋顶也砸出几个大窟窿，阳光从洞口钻进来，犹如在舞台上安装的几盏异常明亮的射灯。王美丽搂着几个孩子，躲在墙角里瑟瑟发抖。因为过度惊吓，他们已经哭不出声来，只是咧着嘴，瞪着一双双惊恐的大眼睛，身子抖动得像风中的树叶。

一个叫孙有利的大队干部，趁天黑把王美丽叫到大队部，直接问她想死还是想活下去？王美丽反问孙有利：

“想死怎么样？想活又怎么样？”

孙有利奸笑着说：

“想活的话很容易，跟我保持那种非同寻常的关系就行。”

说着孙有利伸出手，试探着拧了一下王美丽的脸蛋。王美丽把脸扭到一旁，气鼓鼓地说：

“还是让我去死吧。”

孙有利又指着桌子上的搪瓷茶缸说：

“别那么死心眼儿好不好？你又不是个黄花大闺女，都几个孩子的女人了，还想为自己立贞节牌坊怎么着？”

又说：

“赶快醒悟过来吧，常有福这辈子是彻底完蛋了。即便不死，也得被判无期徒刑。跟了我才是你的明智选择。”

王美丽的嘴唇都快被牙齿咬破了，却仍异常倔强地说：

“我认命。”

看自己属于剃头挑子一头儿热，孙有利瞬间又改变了话题：

“要不你跟常有福离婚吧？只要你们公开断绝关系，我保证你们母子平安无事，今后谁也不会再找你们的麻烦。”

王美丽依然摇头。孙有利顿时恼羞成怒，拍着桌子说：

“没见过像你这么信球的人！”

临走又说：

“你就等着继续挨收拾吧。”

王美丽的固执和冥顽不灵，还像四处蔓延的火苗一样，燃烧到我岳父一家头上。反对派正愁找不到借口，我岳父竟然主动寻上门来。我岳父知道我家生活困难，不忍心自己的女儿在困苦中饱受煎熬，老两口儿便时常送些粗粮或者生活物资过来，给王美丽补贴家用。这下可好，又被反对派们抓住了把柄，把他们作为犯人家属捆绑起来，跟王美丽一起游街批斗。

王美丽抱着她父母的腿，跪在地上哭成个泪人。我岳父倒是挺大度的，他抚摸着王美丽的头发，惨淡一笑说：

“放心，我们没事。”

最让王美丽头疼和苦恼的，是每年定期要往上头缴纳“缺粮款”。所谓“缺粮款”，性质跟农民以前所缴纳的公粮差不多。这些钱如果不能按时缴纳的话，生产队就不分给她们口粮，没有口粮，全家人只能眼巴巴地坐等着挨饿。在巨大的压力面前，王美丽干起活儿来，可以说夜以继日，她必须像个成年壮汉一样，白天下地劳作，晚上还要加班加点，坐在油灯下纺棉花到深夜。没有柴油灯照明的时候，她便用香火代替。纺车转动起来带起的风，把香火吹得很旺，屋里忽明忽暗的，在黑夜里格外醒目。只是香火的烟气特别重，房间又太狭小，整个屋内比冬季的雾霾还要猖獗。

深更半夜还能听见王美丽那接二连三的咳嗽声。

二

1966 年对我来说是个刻骨铭心的日子。初春的一天上午，公安局的同志主动找上门来，说我曾经贩卖过烟疙瘩，要对我进行突击审讯。到地方我才知道，我的同学王留柱因贩卖烟疙瘩被抓，为争取立功赎罪的机会，这个厚颜无耻的家伙，又将我当作礼物贡献了出来。

我想起当年在甘肃，那个曾经跟我做交易的公安局副局长陆雪生，对我说过这样一句话：记住，坦白从“严”，抗拒从“宽”。在明知对方缺少证据面前，只要你死不认账，他们就无法给你定罪。现在，我想检验一下陆雪生的话到底是不是真理，所以面对他们的严刑拷打和百般刁难，我始终拒不承认有过贩卖烟疙瘩的事。

果然，因为时间久远和人物、地址不详，公安局也暂时拿我没办法，只能将我重新送进看守所继续关押。

跟我同住一个号子的，有个名叫王铜印的杀人犯，入狱时好像还不满十八岁。许是因为王铜印系重犯，看守对他格外的关照。号子里的规矩甚多，一般情况下，犯人家属是万万不可送食物进来的，唯独到王铜印这儿是个例外。看守们好像特意在给他开绿灯，隔三岔五就有馒头、油条之类的东西送进来。王铜印对我也格外看重，每次家人给他送东西时，总是第一时间拿来与我同享。除此之外，王铜印还主动跟我讲述了他的杀人经过……

说完，王铜印脸上没带有半点儿的懊悔和悲伤，他面无表情，只管拿起馒头，大口大口地咀嚼着。

我安慰他说：

“唉，咱们都是出于被逼无奈呀！好则你还年轻，未达到成人年龄，又属于被逼迫犯罪，相信政府会对你宽大处理的。好好改造吧，争取立功赎罪的机会，早日从这里走出去，脱离这片苦海。”

每次被提审回来，王铜印还像个魔术师似的，偷偷摸摸地从口袋里拿出支烟让我抽。香烟在看守所里可是绝对的违禁品，不是一般人能弄得到的。我觉得我跟王铜印之间的关系，已经到了莫逆之交、心心相印的程度。

有次王铜印回来，悄悄塞给我一个铅笔头，又附在我耳边说：

“哥，你进来这么久，想嫂子了吧？如果需要给她带什么话，你写好后，我负责替你转出去。”

又信心满满地说：

“我在这儿时间长了，内部有好多熟人。”

危难中能遇上这样的知己，我自然感激涕零。

一天，王铜印又被带走接受讯问。同号的张德富神秘兮兮地凑过来，一副推心置腹的样子对我说：

“老常啊，我得提醒你一下，可千万别上了王铜印那小子的当，别看他年龄小，心里的鬼点子多着呢。”

看我满脸狐疑，张德富又说：

“这段时间，所里接二连三地提审王铜印，比他妈的赶集还勤快。每次提审，均由所长亲自过来带人，你不觉得奇怪吗？”

对于张德富的话，我只能半信半疑，但是防人之心不可无。想起前不久委托王铜印往家里转纸条的事，我头上的汗，“呼啦”一下子冒出来。

正忐忑不安着，所长带两个警察闯进来。所长掐着腰，皮笑肉不笑地看着我。两个警察分别架起我的胳膊，把我拽了出去。在审讯室，所长拿出一张纸条问我：

“这是你写给家里的信吧？用不用进行笔迹鉴定？”

我情知赖不过去，索性点头说是。

所长带着揶揄的口气说：

“挺不老实的一个人啊！背地里竟然唆使你的同伙去北京告状，让他们想方生法来解救你。还让你妻子王美丽去王留柱家打探情况，试图掩盖你贩卖烟疙瘩的罪行。”

所长神态自若地点上根烟，接着说：

“我劝你还是别再痴心妄想了，老实交代你的问题吧，省得接下来再吃苦头。”

看我一直闭着嘴巴不说话。所长皱了皱眉头，又说：

“还挺倔强的一个人啊！那好吧，我看你是不见棺材不落泪，不到黄河心不死。”

说完又让刚才那俩警察把我送回号子。

接下来，果然如所长说的那样，我的苦日子像黑夜一样迅速降临。管教们把我“全副武装”起来，手上不仅戴着背铐，脚上也被砸上拇指粗的铁镣。戴背铐的滋味已经够难受的了，再加上沉重的脚镣，让人越发难以承受了。脚镣分为三种：头号的最重，有一二十斤重；中号的估计也有十来斤；最小号的六七斤重，我很荣幸地争取到最重的那个待遇。一二十斤重的铁链固定在脚脖上，比习武的小伙子绑着沉重的沙袋还过瘾，让我每走一步都觉得举步维艰。不到半天时间，我的脚脖便被磨去一圈皮肉，血水顺着脚踝淌进鞋里，黏糊糊的，滑溜溜的，一走一哧溜，多次让我身体失去平衡，像被剪断羽毛的鸟雀一样栽倒在地。

三

在很长一段时间内，我像个被人遗忘的孤儿，在箕县看守所一关就是一年。一天夜里，我刚迷迷糊糊地进入梦乡，突然看见父亲神仙一样来到看守所。父亲好像很长时间没洗过脸了，他的面部模糊得让我几乎认不出来，只是声音和腔调却跟以前一样熟悉。父亲说：

“该是回家看看的时候了。”

我说：

“爹呀，难道我不想回家吗？你睁开眼看看，我现在身陷囹圄，手上脚上都戴着镣铐，如何脱身？即便想回也回不去呀。”

父亲像算卦先生一样掐了掐手指说：

“快了，你很快就能回家了！”

我伸出舌头，舔了舔干裂的嘴唇，苦笑一下说：

“爹，你这不是痴人说梦话吗？”

亲冲我晃动着食指，连声说了三个“不”字，然后一副神秘的样子说：

“你最快明天就能启程。”

我哀求父亲说：

“爹，你要是真有能耐，现在就带我离开吧。我真的不想在这儿待下去了，一分一秒都不想待了。”

说完，我挣扎着站起来，试图伸手去抓父亲的上衣。可是父亲好像比猴子都麻利，他“嗖”的一下就不见了。

醒来后，我本以为自己又做了一场梦，不料还真被父亲给说中了。

第二天上午，我正百无聊赖地掰着手指，推算自己进来的具体时间和日期。所长突然打开门，先给我松了绑，后又将我提了出去。长时间保持一种姿势，我早已习惯成自然了，现在陡然变为自由之躯，我反而觉得有些别扭，一时间不知道该如何应对。我前后甩动着胳膊，两条腿像仪仗队里的士兵一样，迈着相当标准的步子，紧跟在所长的屁股后面往外走。

走路的感觉实在太爽了，我的身心都觉得轻松利落。可是，还没等我过足走路的瘾，仅仅相当于运动员赛前的热身一样，忽然看见公社干部杜子兴，正腆着大肚子朝我走来。一年多时间没见，杜子兴确实有些发福，他的肚子扛得像个孕妇，想看清脚下的路估计都异常困难。杜子兴的身后，还跟着他的秘书和几个副职。我起先以为杜子兴是亲自来接我回家的，转念一想，不对，他若真想接我回家的话，完全没必要这么兴师动众。都是乡里乡亲的，干嘛对我如此客气！我赶忙迎上去，想跟杜书记握个手。杜子兴却将双手放在自己的肚皮上，自始至终都没舍得抬一下，好像被钉子钉住的两个乒乓球拍。我只好识趣地咂咂嘴，又把伸出的手重新缩了回来。杜子兴突然换了个表情，由极其严肃变为极其喜庆了，他轻声问我：

“在这儿待着的滋味很不错吧？”

我用手挠挠头，不好意思地说：

“杜书记，您就别再跟我开玩笑了。”

杜子兴像个笑面佛一样，乐呵呵地说：

“走吧，我们都来迎接你回家哩！”

他身后的几个人，也跟着放肆地大笑起来。

我当时真是脑子进了水了，居然没看出这帮人的险恶用心，急切地说：

“咱们走吧，我一分钟也不想在这儿待下去。”

杜子兴指着我，回身对后面的人笑说：

“瞧他，好像比我们还着急哩。”

我心说，我咋能不着急呢？家里现在到底啥模样？政策有没有新变化？“造委”的人是不是仍追着我和家人不放？……

正胡思乱想着，突然扑上来几个人，不由分说就用绳索将我五花大绑起来。我一边挣扎一边嚷嚷：

“你们这是干嘛？回家还需要捆绑吗？”

那几个人不说话，只管将我身上的绳子紧了又紧。杜子兴命令他们说：

“把手铐也给他戴上，省得在半路上节外生枝。”

老实说，我实在不想再戴铐子了，看见那两个明晃晃的金属圈，我的心里直发怵。所以，我拼命扭动着身子，奋力挣扎着，试图以反抗的方式来摆脱这种束缚。杜子兴走过来，冷不丁地飞起一脚踹在我屁股上，他踹的力量很重，简直像一把大铁锤直接将我击倒。我的门牙重重地磕在地面的砖棱上，瞬间满嘴是血。我当时还不知道嘴里究竟哪个地方受了伤，拿舌头四下打探了一下，才发现少去两颗门牙。我当时还很纳闷：我的牙齿原本很坚固耐用的呀，怎会如此不堪一击，说掉就掉了呢？记得上高中时间，有人指着一条装满粮食的麻袋跟我打赌，说如果我能用嘴将这袋粮食叼起来，他就给我半斤粮票。我蛮有把握地说，叼起它不用吹灰之力。那人鄙夷地说，吹牛吧。如果能叼起来的话，我不但给你粮票，还愿意从你裤裆下面钻过去。我二话没说，走上去扎稳马步，用牙齿咬住麻袋口，一用力，麻袋就随着我的身子离开了地面。把那个人惊讶得张大嘴巴，半天没缓过来神。等他醒悟过来后，大概是怕钻裤裆的事传出去影响不好，所以匆忙将半斤粮票塞给我后，便飞身跑掉了。我捏着粮票冲他大笑说：“哪能真格让你钻呢，我还怕你不小心撞疼我的蛋哩。”

正津津有味地回忆着，杜子兴再次走过来，对准我的后背又是一脚。

我又倒下了，并且故意趴地上不肯起来。我以哭诉的方式问我父亲：

“我的爹呀，杜子兴书记到底是咋回事啊？我在牢里过得好好的，他干嘛非要绑我回家？”

一提及我爹，杜子兴似乎有些胆怯了，他大概是怕我爹在阴间里对他打击报复吧，所以不敢接着对我下狠手。杜子兴召唤过来几个人，像抬一头死猪样，一口气将我抬到大门外，又将我举起来扔到一辆浅绿色的军用卡车上。杜子兴拧开前门钻进去，一屁股坐在副驾驶的位置。我挣扎着坐起来，发现车厢的面积可真大，如果仅仅容纳我一个人，实在有些亏吨。

汽车一路颠簸着往家的方向开，我像装在竹筒里的豆子一样，一路蹦蹦跳跳地回了家。

我又看见那座我曾经在上面撒过尿的草绿色办公楼了，还有镶嵌在前面的那颗红五星，以及随风飘扬的红旗。一切都令我感到无比的亲切和熟识。办公楼前面的广场上，一场专门为我准备的批斗会现场早已布置完毕。这里可真热闹啊！到处人头攒动，到处彩旗招展，到处呼声震天。几个水桶般粗细的喇叭里，播放的是革命歌曲《大海航行靠舵手》，戴着袖章的红卫兵大呼小叫着，好像我跟他们之间，真有着什么刻骨铭心的深仇大恨。

我默默地对自己说，他们想喊就喊吧，想骂就骂吧，此一时彼一时。想当初老子在这里整人的时候，阵容比他们还强大，队伍比他们还威武壮观。

我的脚刚一着地，接踵而至的便是一阵拳打脚踢。因为人多，到处都是黑头发和黄皮肤，他们究竟是谁先下的手？谁下手较重或者较轻？我一时无法辨认。眼下最要紧的，我只能用胳膊拼命护住自己的头部，其余部位就任他们为所欲为了。拳头如雨点般落在身上，我却连哼都没哼一下。

有个人肯定是个倒霉蛋，他个头儿比较低，充其量一米六五的样子，人又站在圈子的外围，他上蹿下跳了好几次，都没能够打到我。他大概彻底被激怒了，弯腰从众人的裤裆里钻过来，然后瞅准空隙，猛地跳起来，对准我的头部挥拳就打。因为用力过猛，他的拳头结结实实打在我的额头上。骨头碰到骨头，双方都不怎么好受。他的手显然更疼一些，我看见他迅速将手缩了回去，然后咧着嘴，使出吃奶的力气甩了几下，又对着手哈了几口仙气，接着一副懊恼的样子，转身离开了。看着他那副垂头丧气的样子，我差点儿忍不住笑出声来，心说，别走呀小子，有能耐你再来打几下嘛。老子必须让你整明白：秤砣到底是不是铁打的！

正沾沾自喜着，突然有人挥拳打中我的太阳穴，我立即昏死过去。杜子兴赶忙上前制止。又有人拎来一桶冷水，劈头盖脸地泼在我的脑袋上。我又睁开眼了。泼水的那个人“咦”了一声，对着主席台欣喜地喊：

“这家伙醒啦。”

又自言自语说：

“这一桶凉水下去，还怪灵敏哩。”

批斗会很晚才结束。人们像是早已对我失去耐心和兴趣，一个个伸着懒腰打着哈欠，拖着疲惫的身躯渐次散去。

我看杜子兴还没走，便向他苦苦哀求：

“杜书记，向你请求个事中不中？这里离我家近在咫尺，能不能准许我回家看看我母亲？”

杜子兴白了我一眼，恶声恶气地说：

“看个球！你万一逃跑咋办？”

我说我已经筋疲力尽，身上还带着硬伤，即使你现在放我敞开去跑，我能跑得掉吗。

杜子兴没再接我的话，而是扭过头去，跟身边一同事商量对我的处置方案。

看他们的态度有所好转，我又不失时机地哀求说：

“求求你们了，给我松松绑吧？我实在疼得受不了了。”

杜子兴转过头来，大声吓唬我说：

“再多说一句废话，就让人继续修理你！”

又反讥道：

“你现在知道痛苦了？体会到挨整的滋味了？当初你弄别人的时候，你咋不问问人家疼不疼？”

一句话让我彻底无语了。想起当年被我整过的大队干部白可善、孙树林，还有王晓雅的爹……他们的感受，估计跟我现在差不多吧。俗话说“三十年河东，三十年河西”。这才几年时间啊？境况就发生了天翻地覆的变化。唉，早知如此，何必当初。我开始为我先前所犯的罪行而深感懊悔。

消息传到老家，就在天即将黑下来的一刹那，母亲带着我的妻儿，一同来公社看我。女儿小翠还不满五岁，大儿子方青刚过完三岁生日，小儿子路生还不到两周岁，真可谓老的老，小的小，他们像守灵一样围着我，哭得一塌糊涂。

我的心更像刀子剜一般难受。

王美丽的脸比以前明显消瘦和苍白了，表面几乎看不到一丝血色，身子也单薄得如同一根面条，随时就有被风刮倒的可能。我顾不得母亲和孩子在场，上去一把搂住王美丽的肩膀，安排她说：

“我这次应该是躲不过去了，下一步生死难料。与其这样下去，还不如尽早离婚为好，省得你们都跟着受牵连。一会儿我去跟娘商量一下，看她是否愿意帮我们带孩子，实在不行，就找个家境好些的人家，能送人就送人吧。你也重新寻个好人家，跟着他好好过日子……”

没等我把话说完，王美丽伸手捂住我的嘴，泣不成声地说：

“别说了！嫁给你，这辈子我认命了，无论发展到哪种地步，我生是你常有福的人，死是你常家的鬼。记住，无论你判多久，我和孩子都等你回来。”

正说着，生产队长常景轩也闻讯前来看我。说起来，常景轩跟我还是同一大家族，论辈分，我应该叫他叔叔。虽说不在“五服”以内，但是常景轩平时对我和家人都很关照。我父亲当初因病去世时，还是他出面帮忙料理的后事。只为这一条，我就对他感激不尽了。常景轩一边为我整理衣服，一边幽幽地问我：

“人都到家门口了，想不想回去看看？”

我摇头苦笑说：

“景轩叔啊，你瞧，我都成这般模样了，又不是荣归故里，哪有脸去面对乡亲父老？再说，今天该见的亲人也都见了，不回也罢。”

那晚，母亲和我的妻儿都没走，就在公社大院里默默地端坐着，一直陪我到天亮。到了该将我转移至看守所的时候，几个公社干部开始催促她们离开。王美丽从包裹里拿出些干净衣服，想给我换上，但是却很难将我身上的旧衣服脱下来。我的肩膀以下部位，起满又白又亮的水泡，像鱼儿的眼睛一样透明。我的衣服已经跟麻绳粘连在一起，每撕扯一下，水泡则会立即烂掉，鲜血顺着衣服“啪叽啪叽”地往下滴。在母亲的点拨下，王美丽先用冷水将我的衣服浸湿，待伤口得到充分滋润后，才勉强把旧衣服扒下来，重新为我换上新衣。

不久，县公安局的人赶来了，他们要将我重新收监。眼看又要骨肉分离，王美丽死死抱住我不放。警察上去掰她的手，手指甲都抠进她的肉里了，却依然没能将我们分开。无奈之下，警察两次鸣枪示警，倔强的王美丽仍无所畏惧——我真的佩服这个女人关键时候的坚强和勇敢了。最后还是所长亲自出面谈条件，答应不再拿绳索捆绑我后，王美丽才迟疑着松开臂膀，然后哭喊着，眼巴巴地看我离她远去。

从公社回来，我基本已成为废人：两条胳膊完全不听使唤，任凭我的大脑如何指挥，它都像两截腐朽的枯木一样，始终耷拉着不肯动弹。我的日常生活不能自理是小事，身上的伤口也在逐渐发炎，有很多袒露的地方，竟然生出一群令人作呕的蛆虫来。那段时间，我真的已经万念俱灰，不断寻找着自取灭亡的机会。一天深夜，趁大家睡熟时，我用牙和脚将被褥轻轻撕成布条，系在牢房的铁窗上。头刚套进去，父亲就出现了。父亲摇着头、叹着气，缓缓地替我把绳套从脖子上取下来，然后一连串地向我发问：

“你的命咋这么不值钱？”

“你咋能这么没出息呢？”

“你究竟是不是我的儿子？”

“你的脑袋瓜让驴踢了？”

父亲喘了口气，感叹说：

“多少大风大浪都过了，我们岂能在小河沟里翻了船？就拿我来说吧，发大水那年，我一个人推着沉重的木筏在水里游。我水性本来就不怎么好，再加上木筏上还坐着咱们一家人，至少有几百斤重吧。黄河水一浪接一浪地打过来，好几次险些把我吞没。我接连呛了几口水，人差点儿昏死过去。浑身没有丁点儿力气的时候，有几次我都产生放弃的想法。如果我选择了轻生，结果无外乎有两种：我沉入水底喂鱼，你们和木筏一起随波逐流。可是，每当我抬起头，看到木筏上大大小小的一家人，看到你娘茫然的目光，还有你稚嫩的小脸的时候，我只能再次鼓起勇气，拼命支撑下去。我就凭借自己仅存的一点儿绵薄之力，紧紧地抓住木筏，一边躲避着风浪，一边奋力向前推……儿子呀，你静下心来好好想想，人活着究竟图个啥？说白了，不就是压在我们肩头上的那份责任和担当吗？”

在父亲的威严目光下，我瘫软的身子像滑滑梯一样，顺着铁门悄无声息地滑落在地，感觉喉咙里像卡着一团麦糠，感觉自己像一条被束缚住四肢和嘴巴的狗，“呜呜呜”地闷声哼唧着，心说，爹呀，我总算明白你刚才所讲的道理了。

四

狱友周明亮，以前做过几年赤脚医生，他为我诊断过病情后，安慰我说：

“没事的，你的胳膊抬不起来的原因，主要是因为捆绑时间过长，神经系统受到损伤，加上血液流通不畅，才导致出现的麻木感觉。今后只要多活动、多锻炼，一定会慢慢好起来的。”

病来如山倒，病好如抽丝。两个月后，我的胳膊才逐渐有了好转，虽然活动起来仍觉得有些吃力，但是最起码能像两三岁的孩子那样，勉强听得懂大人的言语和召唤了。我兴奋得像摔倒捡个兔子，抱着周明亮的身子很久不肯撒手。

在此期间，我日思夜盼，主要是想让政府尽快给我个说法，是死是活？是去是留？总得有个结果吧。可是在那动荡不安的年代，外面的人终日忙得像个绿头苍蝇，谁还顾得上理会我们这些被遗忘在角落里的囚犯。看守所里，十天半月不见有人来号子提审犯人。看守所就像被堵死的马桶一样只进不出，很快便人满为患。从 1967 年春节开始，管教们为了图省事，将犯人的一日三餐压缩为每天两顿饭。早饭时间改为上午九点，午饭和晚饭合并为下午四点。不仅如此，饭菜的供应量也在跟着减少，由每人每天的八两减少到六两。这样一来，问题就出现了：一个馒头必须分给两个犯人去吃，想达到每人一个的标准是绝不可能的事。由于号子里没有刀具，分馒头时只能靠手去掰。用手掰开的馒头，茬口像山峰一样参差不齐，在大小不均的情况下，两人之间经常会因发生争执而大打出手。管教们懒得去管这事，后来干脆在每个号子里挑出个所谓的“能人”，把分馒头的任务交给他去完成。我所在的号子里的人，一起把我推向风口浪尖。说实在话，我的脑袋瓜虽然赶不上诸葛亮，甚至跟司马懿都没法比，但是对分馒头这档子事，还算是小事一桩。我按照屋里的人头数，尽可能将馒头掰得均匀一些，然后排成一溜摆在地上，先尽着别人去挑，最后把最小的一份留给我自己。

尽管每次都是我吃亏，但是仍避免不了有人发牢骚，说这样分不公平，谁先挑谁就占便宜。我灵机一动，又想出个新的招数来。我用细绳子从中间把馒头捆住，然后使劲拽绳子两头，这样很容易就把馒头给“切”开了，基本避免了大小不均的情况出现。然后，我又将席篾折成长短不一的竹签，握在手中让大家来抽。谁抽到最长的那根，谁就可以先下手挑选，先拿到自认为分量最足的那块儿馒头。

这确实不失为一个分割馒头的好办法。在大家的一致认同下，号子里总算平稳下来。而其他号子里的当家人，显然不具备我的头脑和智商，他们想不出这样的好办法出来，所以每天仍因为分馒头的事而打得不可开交。每次听到或远或近的地方传来鬼哭狼嚎般的叫喊声，我们号子里的人都会咧着嘴开心地笑。

大雪覆盖整个豫东平原的时候，犯人们的日子愈加艰难。饥寒交迫之下，很多人生了病，甚至出现“抬死人”的现象。这种境况一直持续到来年的春暖花开时节，看守所才被迫恢复到往日的一日三餐制。

我也是在那个严酷的寒冬中病倒的，先是感觉浑身发烧，害冷，莫名地打战战，缺乏食欲。管教给我几粒药片服下后，却仍不见效果，病情日益加重。一周后，我已经水米不进，只剩下大口喘气的空了。危急时刻，我又想起父亲临终时的场面。父亲差不多将要咽气的时候，不也是如我现在的状态吗？难道我这么快就要步他的后尘？难道我们父子很快就会在地下重逢？我一直在郁郁寡欢中担心和思索着。

值得庆幸的是，负责掌管犯人伙食的杨师傅，心眼儿特好，他特意给我准备了个暖水瓶，让我放在身边取暖，还隔三岔五地熬些米粥给我喝。正是在他的精心照顾下，我那脆弱的生命才算得以延续。

杨师傅把我的情况直接汇报给监狱长，监狱长可能担心我死后不好跟“造委”交差，这才忙不迭地找来医生，接连为我输了几天水，病情总算得到控制。看我有所好转，杨师傅又专门为我做了一碗鸡蛋汤，并安排同号的犯人：

“这段时间，老常的口粮，都让你们这些没良心的家伙给分吃了。现在我宣布，从今天起，政府给他发放双份的口粮，好让他尽快恢复体力。你们中间有谁敢抢他的口粮，小心我给你们砸上脚镣手铐。”

次年，县里成立了管委会，很多被积压数年的案件，才算得到合理处置。好多人都被平了反，兴高采烈地走出看守所。我却因贩卖烟疙瘩，被判处七年有期徒刑，送往位于黄泛区腹地的五二农场进行劳动改造。

第五章

一

准确地说，我服刑的地点是在五二农场三分场的刘堤中队。

刘堤中队规模很小，满打满算才四十多个服刑人员，且大部分是外地人。劳教所的干部跟看守所的人相比，本质上有着很大的区别。他们平时大都和颜悦色，在跟改造对象谈话时，好像处朋友或者拉家常一样，让你丝毫不觉得有那种管理者和被管理者之间的关系，倒像是熟知已久的朋友和伙伴，总之一句话，让人由衷地感到贴心和亲近。

我的聪明才智在这里得到充分的认证和发挥。

秋天是收获的季节，头上天高云淡，地上硕果累累，空气清新得很，简直令人舍不得大口呼吸。中队种植的三十多亩棉花，因为人手较少，工作量大，经常忙不过来。一朵朵一束束的棉花，正在秋日的阳光下极其卖力地盛开着，满山满海都是一派雪白景象，远远望去，如同集结在天边的一片羊群。正因为长势喜人，惹得中队周围的群众眼红。每年的这个时候，他们都会吹响偷棉的“集结号”，成群结队地到棉花地里偷棉花。说“偷”已经很客气了，更准确地说，他们的行为应该是“哄抢”。中队就那么几个管教，面对四周黑压压的人群，如何照管得过来？每到这个时节，管教和老百姓之间难免会上演一场激烈的拉锯战：管教们去东边捉人时，西边的人便乘虚而入；管教们去南边抓人时，北边的人就会一拥而上。为此，中队的指导员周广立经常气恼而又无奈地说：

“辛苦了大半年，本应顺理成章得到的劳动果实，却被这些违法乱纪的人不劳而获了。他们的行为，跟过去的土匪、强盗有啥区别？”

为了减少损失，中队在无奈之下只能放出犯人，将棉田交给他们看管。但是问题和麻烦也随之而来，偶尔出现犯人逃跑的现象不说，打架斗殴事件也时有发生。有一次，一个犯人因为用力过猛，失手将一个偷棉人的面部打伤，嘴角还淌了血。说起来是一桩小事，不要说包扎伤口了，估计拿手摁一会儿就能将血止住。但正是因为那几滴新鲜血液，让周围的老百姓揪住他们的小辫子不放，最后很夸张地演变成围攻事件。正愁没窟窿下蛆的偷棉人，在当事人的招呼下一哄而上，大声呼喊着，随便看到一个犯人，上前便是一阵穷追猛打。

眼看局面无法收场，中队立马吹口哨进行紧急收兵。犯人们撤回大院后，偷棉人仍然不依不饶，依仗着人多势众和法不责众，竟然硬闯监狱的大门，扬言要找出打人凶手，交给地方的派出所进行惩戒。看有人强行越过警戒线，场面马上一发不可收拾，中队长果断地下令开枪，事态才算得到有效遏制。

也有个别打算借机逃跑的犯人，让中队管教人员防不胜防。对犯有一般错误的服刑人员，管教往往会网开一面，轻则找他们诫勉谈话，重则批评教育，绝不会动用刑具的。但是对于那些企图逃跑的重犯，却是丝毫不留情面的。有个叫王举生的家伙，有次借机趁乱逃跑，被抓回后，管教别出心裁，将他绑在一根固定的树桩上，对着火辣辣的太阳一个劲儿地暴晒，直把他晒得嘴唇上裂口子、嗓门嚎不出声音、满身泛着油花、不住地哀求讨饶时，才将他释放归队。

我向指导员周广立毛遂自荐，主动要求去地里看棉花。周广立盯着我看了一会儿，伸手拍拍我的肩，表示信任和默许。要知道，像我这样新来的犯人，在缺乏彼此信任和了解的情况下，不到万不得已或紧急关头，中队一般是不允许单独外出过夜的。

或许因为我是本地人，周广立让我负责的，居然是离中队最远的那块儿棉田。那晚的月色极好，把原本就白花花的棉花，硬生生地镀成一派金黄。我潜伏在半人高的棉花丛中，丝毫不敢放松警惕，双眼像探照灯一样，不停地扫描着四周各个方位。突然，我看见有几个人影正鬼鬼祟祟地向田间摸过来。从个头儿和身形来看，肯定是几个家庭妇女。我屏住呼吸，决计采取守株待兔的方式逮住她们。一个妇女大概眼神不怎么好，或者属于大家经常说的“死眼子”吧。眼看她的人都快撞到我头上了，我都能闻到她身上散发出的女性独有的气息了，她还在冒冒失失地往前走。我“呼”地一下站起身，我的脸差点儿就要碰到她的鼻尖了，她好像才看清楚原来棉花丛中还蹲着一个人呢。看那妇女转身想跑，我厉声喝道：

“站住！否则我就对你不客气了。”

听到喊声，其余的人“呼啦”一下四散逃窜，眼神差的妇女却被我死死地拽住。明白无法脱身后，那妇女突然转过身来，“扑通”一声给我跪下了，边磕头作揖边央求说：

“大哥，你饶了我吧！孩子缺少过冬的棉袄，我也是万般无奈，才到你们这里弄点儿棉花的。”

那妇女瞅瞅四下无人，胆子顿时大了起来，又跟我商量：

“大哥，只要你肯放过我，要什么我都愿意给你。”

说着，那妇女开始主动动手解自己的裤带。

我大义凛然地说：

“少跟我来这一套！想让我放你可以，你必须答应我两个条件。第一，从此不能再来我们中队偷棉花；第二，回去告知乡亲们，就说这块棉花地里一直有人站岗巡逻，一旦被抓住，罚款不说，还要被送到公社进行游街批斗。你能做到吗？”

妇女顿时磕头如捣蒜，说：

“能，我保证能做到。”

此招果然有用，一连数天，我再也没看见过辖区有偷棉人的身影。就连整个中队领导都感觉新奇，指导员周广立为此专门把我叫去，问我到底使的哪门子招数。

我微笑着说了一个成语：恩威并施。接着又将那晚的事详细讲述一遍。周广立内心也挺感动，冲我竖着大拇指说：

“好！有勇有谋，有思想有尺度。你为我们中队立了大功了。”

我当时还满不在乎地说：

“这算个啥！我立功的机会还在后面呢。”

每年的麦收，是中队一年当中最为繁忙的季节，也是最令人头疼的季节。中队地多人少，收割起麦子来，是个相当头疼的事。整个五二农场仅有一台收割机，按照惯例都是先尽着最近的地方，像水中的涟漪一样，呈扩散放大的模式一圈一圈地向外蔓延。因为刘堤中队比较偏远，往往轮到我们使用的时候，麦子已经熟到自行掉穗的程度，所谓麦熟一晌。所以中队一般不会指望收割机来收割的，想尽快把麦子割完，必须依靠犯人手中的镰刀去完成。每年这个时候，中队便如临大敌，宛若要打一场攻坚战，从上到下都摩拳擦掌、严阵以待。指导员周广立亲自安排部署，先是接二连三地召开麦前动员会，号召犯人要抓住此次立功减刑的机会，尽心尽力去打好三夏麦收这一仗。另外对犯人的伙食也重新做了调整，由原来的每人每天一斤二两的标准，一下子猛增到二斤半，而且是清一色的白面馒头。这样的生活待遇，即使饭量再大的人，也可以极其任性地放开肚皮吃个痛快。有部分饭量较小的人，则会把吃剩下的馒头切成馍干进行晾晒，然后像松鼠一样储存起来，以防冬季的不时之需。

发给每个犯人的镰刀，通常都是两把，一把为主用，另一把为备用。开镰时，中队为提高大家的积极性，特意将一盆煮熟的鸡蛋放在地头，且明码标价：凡进入前五名者，每人奖励鸡蛋四枚；凡入围前十名者，每人奖励鸡蛋两枚。这是多么诱人的奖品啊！大家平时连白面馍都很少吃到，现在突然面对一盆令人垂涎三尺的鸡蛋，个个儿都红了眼，个个儿都奋不顾身地使出吃奶的力气向前冲刺。

在我们中队服刑的大多是外地人，并且以南方城里人居多。跟我们这些本乡本土、地地道道的庄稼人相比，真正割起麦子来，他们哪里是我们的对手。看我每次都能吃到数量最多的鸡蛋，有个上海人心生嫉妒。一个正常人在正常情况下，眼睛是黑的，心是红的；一旦有了嫉妒心之后，眼睛是红的，心是黑的。上海人开始在我身上打主意，寻思着如何拉我的后腿。后来我才知道他是铁匠出身，既深谙如何将镰刀变快的秘诀，又懂得如何使镰刀变钝的诀窍。于是趁我去食堂吃晚饭的时候，他在我刚刚磨过的锋利无比的刀刃上，悄悄涂上一层大蒜汁。

奇怪的事发生了。第二天割麦时，无论我怎么用力，原本锋利的镰刀突然变成一把“梳子”，刀刃顺着麦秆“哧溜哧溜”直打滑，把麦秆刮得“磕巴磕巴”直响，却始终不见麦子被割掉。我换上另一把备用镰刀后，发现也是如此。眼看伙伴们一个个冲在我前面，即使平时表现很差的那几个家伙，也把我远远的撇在后面。我急得满头大汗，却不知手中的镰刀究竟咋回事？我甚至怀疑自己不小心得罪了哪位大神，派一些鬼怪精灵来故意刁难我。于是我悄悄闭上眼睛，双手合十，异常虔诚地暗自祷告一番。再弯下腰继续割麦时，镰刀非但没把麦子割掉，还差点儿伤到我的左手。眼看着鸡蛋被他人抢走，我心中懊恼，索性丢掉镰刀，一屁股蹲在地上。

这个问题一直困惑了我很多年。直到有一天，我在一个铁匠家里闲聊时，无意间提及此事，听过铁匠的一番讲解，方才明白万物相生相克的事实真相。

赶上第二年收麦时，我觉得用普通的月牙形镰刀太过于落后，于是主动向指导员周广立提议，要求打破传统的收割方式，改用“戳子”进行收割。戳子是我有次路过安徽淮南时，无意中发现的一种收割工具，当时出于好奇，我还向操作人央求，想亲自体验一下这玩意儿的收割效果。那人当时正累得招架不住，巴不得找个人替换，于是忙不迭地将戳子交给我，并详细讲解了使用方法和基本要领——我原打算学会后回老家割麦时使用的，想不到竟然在这儿派上了用场。

根据大脑里仅存的一点儿记忆，我简单绘制了一张图纸，并注明工具的结构、尺寸和组成部件，然后交给周广立。周广立显然也没见过这玩意儿，他紧盯着这个形如簸箕似的物品，心里直犯嘀咕。我拍着胸脯说：

“周指导员，您就按照我的图纸说明，找个木匠开始加工吧，我保证不会给您丢脸。”

戳子一共做了十把。我操起一个试了试，觉得还不错，又让中队精挑细选出十多个强壮劳力，由我负责向他们传授使用方法：先在麦子前面扎好马步→右手紧握戳子的把柄→左手猛拉顶部的绳索→手和脚之间相互配合→从右往左呈扇形状使劲挥舞。戳子这东西拼的是力气，臂力小的人，可以少吃进一些，一下接一下地稳步向前走。臂力大的人，则可以大胆地挥动戳子，依靠惯性使其有节奏地上下翻飞，这样既节省了力气，又能提高工作效率，达到事半功倍的效果……

除此之外，我还向周广立特别建议，要求在上半晌和下半晌之间，分别对使用戳子的人加餐一次。因为戳子操作起来，确实需要耗费大量的体力，不及时“充电”的话，如何保证生产效率？

戳子的使用效果非常明显，在我的带领下，中队提前数天完成麦收任务。“三夏”结束后，中队对我的这项伟大发明和杰出贡献，专门召开了一场表彰会，并当众宣布为我减刑一年。

我的刑期一共七年。在看守所蹲了三年，又在劳教所改造了两年多，再加上减刑一年，剩余的服刑时间，已经屈指可数了。眼看很快就要结束自己的牢狱生涯，我的心情越来越好，精神越来越足，干劲也越来越大。

中队有个叫罗保卫的犯人，老家淮阳的。罗保卫以前是跑江湖出身，嘴皮子自然特别利索，能把死蛤蟆说出热尿来的那种。一个人的优点，很多时候反而会成为他的缺点，而且是要命的。罗保卫吃亏就吃在他那张破嘴上。罗保卫通常喜欢见什么人说什么话，遇上思想积极、拥护政府的人，他就说国家政策是怎么怎么的好；碰到思想落后、对政府有成见的人，他则立即改了口，又说政策是如何如何的坏。时间长了，了解罗保卫的人，都知道他是一个地地道道的见人说人话、见鬼说鬼话的家伙。所谓病从口入、祸从口出。一句话不符合哪个人的心思，或者触犯到他人的利益，很快便会招致一场横祸。经常有人在管教面前悄悄打罗保卫的小报告，说他这个人思想消极，而且经常散布谣言，蛊惑人心，不利于犯人的思想和劳动改造。

罗保卫很快就为他那张嘴付出了代价。在姥姥不疼、舅舅不爱的情况下，犯人们经常拿他当出气筒。“拿架子、架飞机”等一系列惩罚方式，对他来说是家常便饭。而且即便是受了冤屈，等他将情况反映到政府那里，管教一般都不会给他扶理，甚至说他是罪有应得、自作自受。我当时是罗保卫所在班组的组长。每次看他因气恼而伤心落泪的样子，我便于心不忍，总是想方设法替他解除后顾之忧。久而久之，我居然跟罗保卫成为好朋友。

有一天，周广立让我带几个人，外出到芝麻地里薅草。我顺便把罗保卫也带上了。走到一片苹果园时，我看地上跌落有很多坏苹果，就挑拣一些品相较好的，分发给大家吃。罗保卫显然很感动，他悄悄将我拉到一旁，迅速塞给我一个纸团，并神秘兮兮地嘱咐我说：

“一定要把它保管好，等出去后对你有用。”

而后不等我说话，就转身跑开了。

找到一处僻静的地方，我偷偷地将纸团打开，上面记录的竟是一套“江湖秘术”。我当时仅仅是出于好奇罢了，将所谓的秘术记牢后，就把那张纸撕成碎片，丢掉了。

二

回到家乡应该是 1973 年的孟秋。家乡跟以前相比，基本上没什么大的改观。因为刚刚获得自由，我的心异常兴奋。我像一匹脱缰的野马，沿着低洼不平的黄土路，尥开蹶子往家里跑。

一路上我在想，自己有思想，有学问，又有足够的社会经验，只要手脚不受束缚，用心大胆地去干一番事业，肯定不成问题的。我相信不久的将来，呈现在我面前的，一定是一条宽阔得像飞机场一样的光明大道！

然而现实却很快给了我一记闷棍，让我继续无限地忧伤和惆帐起来。尚处在尾巴阶段的阶级斗争还在无休无止地进行着，权力之争依然呈现出愈演愈烈的趋势，当权派们依然一手遮天，肆无忌惮，横行霸道。在他们所掌控的一亩三分地上，哪容得下我这个刚出狱的劳改犯去展示手脚？我的生存状况依旧跟从前一样，得不到任何改善。以孙有利为首的大队干部，无论何时召开“地、富、反、坏、右”五类分子大会，都会及时派人把我叫去，先是一番训斥，接着又被勒令写“守法公约”。此外，冬天挖河，夏天掏粪，雪天拉煤，雨天筑堤等一系列的苦差事，样样都少不了我。更有甚者，就连公社的一些干部，也常拿我当典型，大会小会的进行宣讲和批斗——我俨然已经成为他们眼中的活靶子。

我全家五口人，依然生活在那个不足十平方米的小厨屋内。每次烧火做饭时，屋里便烟熏火燎，呛得人睁不开眼。每逢此时，女儿小翠总是拿袖子掩着口鼻，领着两个弟弟争先恐后地往外跑，而且边跑边喊：

“快点走吧，再不出去的话，我们的眼睛非得被熏瞎了不可。”

最让人感到畏惧的当数寒冬时节了。每到这时间，生产队都会组织男女青壮劳力，带上自家的铁锨和架子车，到或远或近的河道上参加义务劳动。在那冰天雪地的日子里，我的衣服被磨破，肩膀和手上生出一层厚厚的老茧。最让人心惊胆战的是，我还要脱去棉衣棉裤，赤身裸体地跳进水里去清理河道中的淤泥。河水可真凉啊！如同刀刃一样的冰凌茬子，割在肉上的感觉甭提有多疼。每每想起那段非人的生活，都会令我浑身发抖，苦不堪言。

除此之外，拉煤的滋味也不怎么好受。离我们这里最近的煤矿在禹县。进入冬季后，拉煤的架子车在马路上排成两条长蛇，行走在路右边的是空车，左边的是拉煤回来的重车。从家乡到禹县，来回有四五百里路，全靠两条腿一步一步地走下来，劳累程度可想而知。我们实在是累极了，感觉双腿发软、浑身湿透了，才肯停下来在萧瑟的寒风中喘息片刻。越是接近目的地，时间就越觉得难熬。每走一步，我的脚都像踩着钉子一样钻心地疼。同伴们知道我平时鬼点子较多，便开玩笑似的问我有没有解困的好办法。我故意绷着脸说：

“有，但是你们得先给我一根烟抽，然后再教你们具体怎么做。”

同伴们半信半疑，果真从口袋里掏出烟来，恋恋不舍地挑出一根皱巴巴的烟递给我。等我缓缓地抽上几口后，才告诉他说，感觉累了你就开始数路边的电线杆，一数起线杆来，精力便转移了，就再也不觉得累。等线杆数到头儿，自然也就到家了。同伴顿时有种上当受骗的感觉，妄想在趁我不注意时，冷不丁从我口中把吸剩下的半截烟掠去。我早已明白对方的不良企图，赶忙猛吸几下，一根烟很快抽得只剩下个烟屁股了，再问他，还要不要？想要的话你只管拿去。又嘱咐他说，我说的方法确实很管用，你自己知道就行了，可千万别对外人说哦。

同伴们立马哭笑不得。后来，据听说同伴也采用此方法，居然骗取不少人的香烟抽呢。

很多个繁星满天的深夜，因为苦恼、悲观和绝望，因为看不到苦难的尽头，我老是睡不着觉，常常睁大眼睛盯着黝黑的房顶发愣。我经常对王美丽发出感叹：早知道回家后过的是这种苦难日子，我还真不如待在劳教所继续服刑。

正郁闷期间，我突然想起狱友罗保卫在苹果园传授给我的那套江湖秘术，心中登时喜出望外，陡然有种拨开云雾见青天和醍醐灌顶般的感觉。

家中养了一头母猪，纯白色的，浑身不带一根杂毛。品种是好品种，可是由于营养不良，母猪被饿得黄皮寡瘦。到了发情期，因为该办的事儿没办，母猪急得上蹿下跳，厚厚的嘴唇都快把圈门和围墙给拱烂了。大概同样因为缺乏营养吧？找公猪给它配了好几次种，结果均以失败而告终。配种是要付给人家费用的，猪掏了力，人挣到钱，也算是各取所需、两全其美。白白浪费了一块多钱，却没达到预期目的，王美丽心里似乎比母猪还要急，不断催促我去县城的酒厂附近买些酒糟回来，好给母猪补充一下体力和营养。

我借着去县城拉酒糟的时间，在那里小试了一下身手。罗保卫教给我的那套江湖秘术，论其性质和手段，跟现在市场上常见的“倒钱”差不多。不同之处是，现在的人玩的是手疾眼快，把真钱在自己手中悄悄换成假币后，再迅速退还给人家——我管这招数叫“瞒天过海”。我采取的作弊手段，则是在数钱时间，趁人不备从中抽取一部分，然后偷偷塞进自己的袖筒内。比如说，我买了一斤生姜，价格是七毛五分钱。我给了卖家十块钱，他理所应当找回九块两毛五。我数罢找回的零钱后，再以找到身上的零钱为借口，将他找我的钱退回去，把刚才给他的整钱再要回来。卖家哪里知道，就在我清点他找回的零钱的时候，已经从中抽出一些钱，悄悄地藏匿起来。接过我退回的钱，卖家连看都没看一眼，便直接装进了钱袋。我就这样毫不费力地黑了他的钱。第一次玩抽老千，我的心“扑通扑通”地跳得厉害，生怕人家察觉后跟我拼命。然而事实证明，我的担心完全是多余的，罗保卫的江湖秘术也是久经考验的。逃离现场后，我心中大喜，恨不得立马找到罗保卫，朝他脸上用力亲吻几口。靠着罗保卫传授的江湖秘术，当天我就赚取了十五块钱。

回到家，我并没把用秘术赚钱的事告诉王美丽。我知道她心胸狭窄，一旦知道我不务正业的做派后，肯定会将我骂得狗血喷头。

接下来，尝到这套秘术的好处，让我从此一发不可收拾。那段时间，我犹如着了魔一般，隔三岔五的便找借口向生产队请假，然后一溜烟地奔向集贸市场。

看我手头儿逐渐宽松，生活和消费方面跟以前大不相同，王美丽起了疑心，问我钱从哪儿来的。我知道纸里终究包不住火，也是在得意忘形之下，才把真相如实告诉了她。王美丽勃然大怒，手指着我的鼻子，骂我是“改不了吃屎毛病的狗”！我当时还觉得委屈，理直气壮地说：

“我也是为了这个家嘛。”

又争辩说：

“钱弄到手后，我连个馒头都没舍得买，全部拿回来补贴家用了。你也不想想，我这么做到底为了谁？”

王美丽气呼呼地说：

“再这样下去，你就等着继续蹲大狱吧。”

我愤愤不平地抱怨说：

"即使重回监狱里劳动改造，也比以前缺衣少食的日子好过。你想想，我身为堂堂的一家之主，一个顶天立地的大男人，总不能眼巴巴地看着孩子们挨饿受冻吧？总不能看着这个家继续破败下去吧？咱家的生活条件一天得不到改善，我就于心不忍、寝食难安！"

在我的循循善诱和精心开导下，也是出于对现实的无奈吧，王美丽居然默认了。

征得王美丽的同意后，我索性以外出搞副业为由，与生产队签订了脱岗协议。我所履行的责任是每月向生产队交五十块钱；生产队所履行的义务是，为我家发放一份男劳力的工分。其实对我来讲，工分具体发不发？发多少？已经无所谓了，最起码我又获得了名正言顺的外出挣钱的机会。

积攒了几千块钱后，我开始跟王美丽商量盖房子的事。王美丽幽幽地说出问题的关键：没有宅基地，我们总不能建空中楼阁呀！我说我自有办法。晚上，我提着两份礼品，来到队长常景轩的家。一是感谢他长期以来对我和家人无微不至的照顾；二是央求他代我去找大队协商，尽快给我划一处宅基地。常景轩好像自打当生产队长以来，还从未收受过如此厚重的礼物，所以很爽快地答应了。话又说回来，农村的土地压根儿就不像城里土地那么金贵，很多闲置的土地上，都长满了一人多高的荒草，对于那些没有经济实力的人，即使白送给他，他还懒得要呢。

盖房子需要用芦苇做顶棚。我知道淮阳的湖多，湖边的芦苇也多，于是就一个人骑着自行车，又将一辆架子车固定在自行车后座上，然后满心欢喜地哼着小曲上了路。

淮阳是座古城，有着“三皇故都”的美誉。“三皇”指的是天皇伏羲、地皇女娲和人皇神农。一座能将天、地、人都融入其中的城市，自然有着她独特的文化底蕴和自身魅力。小城的面积不大，却繁华得不得了，也热闹得不得了。我骑车赶到淮阳城的时候，正赶上农历二月二到三月三之间的庙会，城中几乎每条大街小巷都挤满善男信女和小商小贩，用“人山人海”和“热闹非凡”两个词语去形容，一点儿也不为过。

这不正是我大显身手的好时机吗？我的手和心同时痒痒起来。我先把车停到旅店，等挣些钱后再去拉芦苇。现在想起来，我当时的行为和心态是多么的可笑，同时也应了“做贼的见不得月黑头”这句老话。

殊不知，这里的很多商贩大概早已有了吃亏上当的经验，对一些江湖骗术早有防备。刚干完第二炮活儿，我就被他们抓了个现行，被扭送到当地派出所进行处理。在我的百般抵赖和狡辩下，派出所的民警终于答应放我回去开证明，但是，自行车和架子车必须暂扣下来作为抵押物。唉，真是偷鸡不成蚀把米呀！

我当时确是有些鬼迷心窍。如果我愿意舍弃财产保住前途的话，大不了可以从头再来，自身安全绝对不会有问题。坏就坏在我不甘心将价值不菲的自行车和架子车白白丢掉，所以从派出所出来后，我并没回家，而是找到一个私人刻章的摊点，花钱刻了一枚假章盖在纸上，然后拿着所谓的介绍信去了派出所。

结果弄巧成拙，值班民警老练得很，一眼就将我的假介绍信辨认出来。民警将信件狠狠一甩，冷笑说：

“少在这儿糊弄人！实话说吧，你在哪家摊点刻的章我都知道。”

为尽快查实我的身份，派出所专门派出人手，亲赴我家乡落实情况。我情知事情不妙，便以如厕为借口，溜出派出所的大门后，慌不择路地匆忙坐上开往山东的客车，继续了以前的流亡生活。

三

身上的钱很快花光。但是钱对我来说根本就不是问题。我在山东的泰安、莱芜一带转悠数天后，又重蹈覆辙，骗取了一些钱作为本金，改行做起了海鲜生意。

在渤海湾，我采购了五十斤鱼干和虾米之类的水产品，尝试着带到开封或者郑州出售，一趟下来居然赚了上百元。但是好景不长，厄运就像大海里的回头浪一样，很快朝我席卷而来。一次，我带着几箱货物，路过山东章丘地界时，被市管会的人查获，他们以“投机倒把罪”将我关到章丘看守所。

章丘看守所前身是当地一处大地主的老宅院，依据地势修建在河堤的斜坡上，因地势相对较陡，楼房的台阶就有二十多个。这里一共设有六个监号，除南边朝阳的三个条件稍好外，靠北边的三个，室内一天到晚都湿漉漉的，像是蒸馒头时用过的馏布。每个监号的角落处，都置放着一个铁皮马桶——那是供犯人大小便的地方。马桶没有盖子，周围的铁皮上因为长期遭受尿液的侵蚀，已变得斑斑驳驳，最严重的地方，像得了胃穿孔一样出现渗漏。从马桶里散发出的气味，既看不见又摸不着，却出奇的刺鼻。尤其是最里面的地铺，因为靠马桶比较近，呛得人几乎睁不开眼，晚间更是无法入睡。监号里关押的大多数是本地人，加上他们进来得比我早，彼此之间已经混得厮熟。对于像我这样的外来户，他们一贯采取的是排斥和欺压的态度。这种诟病已经不是三两天就能形成的，而是早已常态化。我自然也不例外，被他们安排在紧挨马桶的位置睡觉。

看守所每天有两次放风时间。所谓放风，无非是给你个机会，让你在那个狭小的区域内，解决一些必需的生活琐事，比如清理马桶、打扫卫生等。我初来时间，几乎包揽了这里所有的脏活儿和累活儿，直到一个叫杨纯先的外地人进来后，我才算彻底得以解脱。杨纯先的家比我更远，他是辽宁人，操着一口极富东北地域特色的家乡话。杨纯先的个头儿不高，而且特别的瘦，他犯的是反革命罪。因为罪大恶极，他进号子时便镣铐加身，让人一看就知道属于那种犯了大案的人。所长又特意安排号头儿，平时要认真管教一下杨纯先，让他多学习毛主席语录，一旦不听话，或者有丝毫懈怠，你们自己看着办。

一句“自己看着办”，顿时让号子里热闹起来。大家像过完冬眠的昆虫一样，纷纷从被窝里爬起来，对着杨纯先一哄而上，将他包围在中间，要求他背诵毛主席语录。杨纯先是个非常顽固、倔强的家伙，任凭大家如何逼迫和威胁，他始终闭着嘴巴不肯开口。好像他的唾沫星子异常金贵；好像过去的皇帝有着金口玉言似的。一阵拳打脚踢后，杨纯先依然绷着嘴、闭着眼，脖颈上的青筋暴突着，宛若趴着两条粗大的蚂蟥。看他那副旁若无人和高高在上的样子，号头儿更加来气，索性找到一根棍子，试图撬开他的嘴巴。结果牙没撬开，血却顺着嘴角淌下来。杨纯先抬起胳膊，拿袖子抹了一把，终于开口说话了。杨纯先仍然一副极其傲慢和蔑视的口气说：

“大家既然有缘相聚于此，说明咱们都是犯错之人，既然彼此不存在任何深仇大恨，你们这样苦苦折磨我，到底为了啥？”

从进号子的那天起，沉重的镣铐一直戴在杨纯先身上。晚上没办法脱衣服，杨纯先就和衣而卧。他现在睡觉的位置，是我以前曾经躺过的离马桶最近地方。我看他浑身像被针扎一样，不停地来回翻动，就问他：

“你是不是被尿骚味呛着鼻子了？”

杨纯先摇摇头。

我又说：

“你这样不停地翻滚，搅和的我也睡不踏实呀。”

杨纯先这才吭吭哧哧地说：

“没办法，我……我身上生虱子啦。”

我翻身爬起来，扯开他的衣领一看，天哪！他的整个内衣缝里爬的都是虱子，密密麻麻的，跟春运期间的车站一样拥挤。

征得所长的同意后，第二天我把杨纯先带到大院内，先替他卸去镣铐，又将衣服扒下来，摁进滚烫的开水里。几分钟后，我再把衣服提出来，发现脸盆里的水居然稠乎乎的，里面到处都是虱子。我又将衣服轻轻抖动几下，地上立马又是黑乎乎的一片，如同撒了一层厚厚的麦麸。

一天，所长意外地把我叫到办公室，安排我说：

“交给你个重要任务，也是在为你争取立功赎罪的机会。从今天起，无论白天黑夜，你都要提高警惕，看好杨纯先，不能让他出现任何意外。”

听所长这么一说，我心中暗觉不妙，杨纯先的生命，恐怕快要走到尽头了。于是内心像水中的漩涡一样，禁不住泛起一股股悲凉。紧接着，我们号子里的伙食，也开始得到明显改善，除了主食随便吃外，还额外增加了一道萝卜菜。伙食放开的第一顿，我一连吃了八个窝窝头，肚皮撑得像个即将临盆的妇女，感觉直发胀。杨纯先似乎明白个中原因，微笑着说：

“多吃点吧，你们这是沾了我杨纯先的光。”

时间不长，杨纯先便永远的离我们而去了。送走杨纯先不久，我接到所长通知，说是打算将我遣返回原籍。听他这么一说，我高兴得都不知道该先迈哪条腿了。是啊，我身在异乡一关就是两年多，对家人来说就像突然失踪一样，不知道她们早该急成啥样子？再想起我那年迈的母亲、打光棍的弟弟、贤惠善良的妻子王美丽，还有聪明可爱的儿女们，我满面是泪，禁不住仰天长叹：

“我的命咋这么苦啊！”

那天晚上，父亲又来到我身边了。父亲好像已经明白我的心思，叹口气说：

“你还算有点儿良心！没有彻底忘记你的亲人。”

我好奇地跟父亲打招呼：

“爹，你咋知道我被关在山东哩？”

父亲说：

“不是早告诉你了吗？我会算卦。”

我说：

“爹，你现在就为我推算一下，看我几时能脱身？”

父亲又将手指压在唇边，“嘘”了一下说：

“天机不可泄露。”

我说：

“爹，咱俩啥关系？你还跟我保密哩。”

父亲想了想，狠狠心说：

“明天你就该走了，我顺便过来看看你。”

父亲说完，像猴子一样纵身一跃，便“嗖”的一下不见了。

我急忙喊：

“爹——，爹——，你这是要去哪儿？带上我好不好？”

睡在我旁边的人，抡起巴掌盖在我头上，没好气地说：

“都多大岁数的人了，还在半夜三更发癔症，耽误老子睡觉！”

我原以为我已经按照所长的指示，圆满地完成任务，应该算是戴罪立功了。再说我也没犯什么大错，仅仅属于投机倒把而已，看守所肯定会将我无罪释放，还我一个自由之身的。没承想回到老家后，我又被移交给箕县看守所继续关押。

毕竟我曾经在这里生活过三年，如今再次故地重游，不得不说是一桩稀罕事。

我被押解到县城后，家里很快知道了消息。不就是个投机倒把罪吗？还能有多大的事。王美丽找到队长常景轩，恳求他出面为我托人找关系说情。本来已经活动得差不多了，只差公安局领导签字后就能放人，却在关键环节出了岔子——公社干部杜子兴知道情况后，死活不同意释放我。他亲自跑到公安局，并威胁领导说：

“常有福是个作恶多端、屡教不改的家伙，一旦被释放后，还会对国家和人民的利益造成威胁。你们胆敢放人的话，我会带领全公社的人民群众进行集体上访。”

又继续耍赖说：

“真到那个时候，我们公社的广大社员在愤怒之下，不把你们公安局的门槛踏破才怪呢！”

在杜子兴的威逼利诱和暗自操作下，我竟然又被莫名其妙地判处了七年有期徒刑。

第六章

一

第二次服刑的地点，在五二农场三分场的黄桥中队。

在黄桥中队立功，准确地说是沾了马金明的光。马金明是漯河人，二十来岁，从小无父无母，孤苦伶仃，十几岁时就学会偷鸡摸狗，甭看年龄不大，却有着好几次“进宫”的经历，后因盗窃罪被判处有期徒刑十年。马金明平时放荡不羁，且性格孤傲，经常因生活琐事与别人发生争执。有一次，中队为我们改善生活，马金明见菜里有肉，便拿着勺子拼命往自己碗里捞。他的自私表现很快引起大家的公愤，众人一拥而上，围住他劈头盖脸就是一顿狠揍。马金明被孤立后，情绪低落，终日耷拉着脑袋，见谁都没个好脸。中队长怕他再出意外，特意将他调到我们班组，并安排我多注意观察他的思想动态，发现异常及时向中队报告。

马金明抽烟很厉害，基本上一根接着一根，不给自己留下丁点儿的喘息空间。他经常用来夹烟的两根手指，早已被烟熏得黄腾腾的，像两根炸焦了的油条。因为对烟的需求量比较大，马金明抽烟的档次很低，像“雪虎”“白鹅”“茅庐”等，每盒零售价都不超过一毛钱。那时间，政府给我们的生活补贴是每月两块钱。马金明的钱，平时连抽烟都不够用，更别说置买其他物品了。他的账面上经常出现负数——这样对他也好，最起码在抽烟方面可以得到有效控制。没了烟，马金明就像没了魂似的，坐卧不安，心烦意乱，连手脚都不知道该怎么摆放。看他整天思想消极、情绪低迷，我悄悄从自己的账面上，支些钱给他买烟吸。每次给他烟时，他总是一副感激涕零的样子望着我，那种激动之情，比幼儿园里的小朋友见到前来接他的父母都兴奋。

我不想和马金明的关系处得过于亲密，因为中队对此有严格规定，不许犯人和犯人之间拉帮结派。但是马金明显然没把我当外人，一天到晚像个尾巴似的，尾随在我屁股后面不离不弃。有天，马金明悄悄地将我拉到一旁，神秘地说：

“哥，我想逃跑。”

我被马金明的话吓了一跳，而后不敢怠慢，立即把他的想法向中队长做了汇报。中队长亲自找他谈话，想尽各种办法安顿他的思想情绪。马金明表面上装作服服帖帖的样子，但是心里却没放弃，仍在不停地寻找逃跑的机会。

一天深夜，我睡得正香，突然被值班人员紧急叫醒：

“快点儿起来，中队长叫你过去呢！”

我知道，中队长之所以半夜三更叫我，一准是队里面出了大事。但是我无论如何都没想到，起因竟然会出在马金明身上。因为情况紧急，中队长一边穿衣服，一边简明扼要地告诉我：

“马金明逃跑了。中队需要你配合我们一起抓捕。”

又叮嘱我说：

“路上可得注意安全啊。”

追捕马金明的人共分三个组，我和中队长一组，沿颍河逆流而上，边走边仔细观察周围动静，试图尽快找到马金明的逃跑路线或相关蛛丝马迹。

夏夜异常寂静，明亮的月光把大地万物统治得一派金黄。追了四五里路的时候，我依稀听见远处有“哗啦哗啦”的水声，于是赶忙示意中队长停下脚步，然后将手捂在耳廓旁，屏住呼吸去侧耳倾听。我们循着声音走过去，发现不远处有个人，正蹲在河里洗澡。从个头儿和模样判断，应该是犯人马金明。中队长一边掏枪，一边跟我打手势，示意我从前方包抄过去。我俩像两条蛇一样，悄无声息地朝着目标方向游动。

马金明是通过翻越厕所墙头的方式逃跑的，墙头外面，挖了一条又长又深的粪池。马金明可能是因为不小心掉进粪池里，弄得浑身臭烘烘的，大老远都能闻见那种特殊气味。为避免引起他人察觉，很容易循着臭味找到他，他才在不得已的情况下跳进水里洗澡的。这小子洗得实在太投入，我们快要接近目标时，他竟还浑然不觉。中队长突然一声断喝：

“马金明，哪里跑！”

出其不意地一声叫喊，当时就把马金明吓傻了。犹豫片刻后，马金明像撒欢的小马驹一样，尥蹶子朝对岸游去。没等中队长下令，我便奋不顾身地纵身一跃，跳入冰凉的河水中。河水深不见底，而且还在不疾不徐地流淌着。我一边甩开膀子划水，一边大声对马金明喊：

“金明老弟，哥平时待你不薄吧？关键时候，你咋偏不听老哥的规劝呢？你这样下去是自寻死路，这么宽的河面，你能游得过去吗？即使是抓不到你，你也得被淹死在这河里。听哥一句劝，赶快回来自首吧！争取政府对你的宽大处理。”

马金明水性本来就不怎么好，接连呛了几口水后，他开始手忙脚乱地挣扎，脑袋像漂浮在水面上的西瓜，时隐时现。我以为马金明快要撑不住了，便以最快的速度游过去，试图架住他的胳膊，将他托出水面。出人意料的是，马金明大口大口地喘了几口气，待体力稍微恢复几许后，竟然接着跟我玩起花招来。他突然抬腿踹了我一脚，在我松开手向后倒的一刹那，他又一个猛子扎进水中，顿时不见踪影。

中队长也跟着下了水，并大声提醒我不要慌乱，沉住气待在原地，看马金明从哪地方冒出来，然后再游过去擒他。片刻工夫，马金明终于憋不住了，在离我不远的地方浮出水面。

作为淮河的主要支流，颍河的水面少说也有几十米宽，可以任由马金明尽情地去折腾。所以后来我并不急于抓到他，让他充分过了把藏猫猫的瘾后，他显然已经筋疲力尽，不等我动手就主动说：

“哥，你别过来了，我跟你回去自首。”

通过抓捕马金明这件事，中队长对我的勇敢和机智大加赞赏，并报经上级主管部门批准，为我记了一大功。

还有，在中队长的热心帮扶和指导下，我在劳教所的地位得以迅速提升，不仅当上了小组长，还另外获得一项特别待遇：可以单独外出到市场上为犯人采购生活用品。至于夜间出去看护庄稼的事，对我来说更是不在话下。

二

在我们中队，孙同新算得上个彻头彻尾的顽固派。孙同新是许昌人，当时才二十三岁，因流氓罪被判处十年有期徒刑。要说长相，孙同新绝对属一流的，大高个儿，细长条，白白净净，五官端正，像“风流倜傥、玉树临风、温文尔雅”之类的词语用在他身上绝对恰如其分。殊不知，他却是个“驴屎蛋子外面光”的家伙。早在老家许昌的时候，孙同新就成为有名的花花公子，游手好闲，不务正业。来中队服刑后，他依然旧病难改，经常以身体有病为借口，逃避生产劳动。为此，中队给他强加了脚镣手铐，用强硬手段逼迫他下地干活儿。效果却仍不尽人意。中队长多次找他谈话，恩威并施说，只要你愿意跟大家一起参加劳动，便可立马卸去你身上刑具。孙同新瞥了中队长一眼，说你还是继续让我戴着吧，我觉得这样蛮舒服的。

中队长火了，索性叫来两个犯人，用木棍穿在孙同新的手与脚之间，像烤乳猪一样将他架到太阳下暴晒。不消半个时辰，孙同新便大汗淋漓，口干舌燥，嘴唇像干涸的河滩样，起了一层白花花的浮皮。即使在这种情况下，他依然选择宁死不屈，一副死猪不怕开水烫的样子继续跟领导对抗。无奈之下，中队长只能摇着头，让人给他松了绑。松绑后他还不肯走，仍旧躺在原地一动不动。队长命令他说：

“孙同新，你还不赶快回到监舍去。”

孙同新懒洋洋地说：

“队长，我走不动啊。”

又说：

“你们怎么把我抬出来的，还得怎么把我抬回去。”

众人闻言，皆哭笑不得。原本正在气头儿上的中队长，也忍俊不禁，“扑哧”一下笑出声来，挥着手安排犯人说：

“你们就把他抬回去吧，真要晒死了，队里还得负责任呢。”

完事后，中队长主动把我叫去，想听听我对孙同新的看法和意见。我没作过多地考虑，只跟他提要求说：

“将孙同新分到我们班组吧。”

中队长高兴地说：

“要的就是你这句话！”

我又向中队长提建议说，既然孙同新不肯参加体力劳动，倒不如让他带上被褥，搬到外面的杨树林里住，目的是让他负责看管队里的苜蓿地，总算是派上个用场了。队长当时顾虑很多，担心孙同新如果趁机逃跑怎么办？

我说你就放心吧，我会经常跟孙同新进行沟通的，争取让他尽快转变思想，积极改造。

这样一来，孙同新就跟恢复了人身自由差不多，可以得意扬扬地在中队的地盘上随意走动。时间稍长，这家伙居然有点儿乐不思蜀了，索性在杨树林里支起锅灶，一个人单独开起了小灶，弄得整个中队的犯人都对他很是艳羡。说归说，孙同新倒是能够自觉履行职责，他经常握着一根小棍子，耀武扬威地在苜蓿地里走来走去。那种认真和神气的模样，还真能产生一种巨大的震慑力，唬得那些附近的村民，基本无人再敢来这里偷割苜蓿。

为此，孙同新还破天荒地受到中队长的点名表扬。

错就错在，孙同新关键时候不知道该如何约束自己，做出指甲盖那么大的一点儿成绩，他就开始飘飘然，或者说得意忘形了。一次，分场有个领导来黄桥中队检查工作。临结束时，领导看天色尚早，便乘兴与中队管教们一起打篮球。孙同新和其他几个犯人也在旁边围观，间或为篮球队员们呐喊助威。谁都没想到，赛事结束后，等领导穿上衣服，居然发现口袋里的钱不见了。这还了得？丢了面子的劳教所领导觉得比掴自己的耳光还难受，立即组织人员对在场的犯人挨个儿进行盘查询问。最后大家一致认为，孙同新最有作案的机会——整个看球赛过程中，只有他来回在现场走动过几次。

中队为此专门成立了专案组，负责对孙同新进行新一轮的审讯。但是，无论他们如何威逼利诱，孙同新均是采取矢口否认的态度，拒不承认钱是他偷的。没拿到真凭实据，专案组暂时对他无可奈何，最后只得将他放虎归山。

在外面住久了，孙同新的胆子变得越来越大，居然与附近村庄的人拉扯上了关系，他经常拿着中队的东西，跟村里一些人换烟抽。这还不算过分，更有甚者，孙同新竟然和村里一个叫刘菊花的姑娘谈起了恋爱。许多个晚上，都有人看见孙同新像个幽灵似的，一个人在村庄周围转悠。孙同新嘴上叼着烟卷，亮光在黑夜里忽闪忽闪地跳动着，很让人觉得不安。

也难怪，那时的农村生活条件极差，很多姑娘都梦寐以求进城生活，哪怕吃不上商品粮、端不上铁饭碗，即使在城里捡个垃圾，也比在乡下的土里刨食强得多。说起来刚开始还是刘菊花主动追的孙同新。孙同新正处在饥饿难耐时期，突然送到嘴边一块儿鲜肉，他就顺其自然地张口给吞下了。最担心和犯愁的是刘菊花的父母，老两口儿一听说女儿找了个劳改犯，心里比吃面条时挑出个臭虫都恶心，这事一旦传扬出去，他们今后就别打算在村里抬头做人了！刘菊花的父亲气得要死，当即叫来刘菊花，问她是不是真有这事。刘菊花毫不避讳地说：

“有啊！”

又据理力争说：

“年轻人都有追求自己幸福的权利，这事儿你们谁都无权干涉。”

刘菊花的父亲顿时火冒三丈，拎起鞋底子对她劈头盖脸就是一顿毒打。打完还不算事毕，还将她关在屋内不让出门。刘菊花这姑娘也真有个性，她一时想不开，当晚就自缢身亡了。

那段时间我也听闻许多关于孙同新的风言风语。无风不起浪。作为他的组长，我当初可是在中队长面前拍着胸脯作了保证的，应当对自己的承诺负责的。所以，一旦腾出时间，我就往野外的苜蓿地里跑，生怕孙同新再给我惹是生非。那天，我干完地里的活儿，觉得口渴，就到孙同新的小屋找水喝。刚走到门口，就见孙同新蹲在地上，揉着眼睛痛哭流涕。孙同新的鼻涕，像用地锅下粉条一样扯得老长，将地上的黄土浸湿一大片。

我很是纳闷，还以为他家人遇到什么不幸，忙问他怎么回事。

孙同新哭得更凶，一边甩着鼻涕，一边向我讲述了事情的经过。我这才注意到，孙同新身边的袋子里，装满了祭祀亡灵时所用的黄表纸。我顿时气不打一处来，飞起一脚，将袋子给踢翻了。

孙同新突然止住哭声，红着眼站起来想跟我拼命。我指点着他的鼻子说：

“孙同新啊孙同新，你摊上事儿了，你摊上大事儿了！你等着接受处分吧。”

孙同新又像个涉世未深的孩子，撒泼一样坐在地上号啕大哭。泪水、鼻涕和口水交织在一起，都快汇成了一条河。

这个看似玩世不恭的家伙，居然还有动真情的时候。

所谓民不告官不究。刘菊花的家人，大概担心闹腾起来对她家名声反而不好，所以采取的是认吃哑巴亏的态度，匆匆将刘菊花拉出去埋葬。此事算是不了了之。

但是，很多知晓内情的人，都摇着头唉声叹气地说：

“真可惜呀！一朵鲜花毁在孙同新这泡牛粪上了。”

也有人说：

“孙同新这回算是捡了个大便宜！”

有了这个深刻教训，孙同新按说应该老实一阵子了。是老实了一阵子。在相当长的一段时间内，孙同新基本很少与他人沟通和联系，也不再拎着小棍子四处晃悠，他整天像个瘟鸡似的趴在小屋里，要么看些乱七八糟的书籍，要么呆坐在床上发愣。中队长不知内情，有一次还当众表扬孙同新说，我发现孙同新这小子，突然间像变了个人似的，不但喜欢思考问题了，学习方面也有了明显进步。真是难能可贵呀。

其他犯人听了，都撇着嘴不说话。我却暗自为他捏了一把汗。

三个月后，孙同新又旧病复发，再次生出祸端：他又跟另外一个村的年轻寡妇好上了。村里的人经常看见孙同新丝毫不顾负面影响，大白天的翻院墙往寡妇家里跳。寡妇跟他都正值壮年，一个干柴一个烈火，哪经得起半点儿火星的碰撞？俩人刚凑到一块儿，便像烧热的柏油一样迅速黏合在一起。寡妇倒是没什么话可说，犹如一口枯井再次汩汩地涌出新的泉水；一朵即将枯萎、凋零的花儿再次迎来第二个春天；一个生命垂危的患者重新注入新鲜血液。她的整个人迅速活泛起来。寡妇的家人却看不下去了。她的几个小叔子开始蠢蠢欲动，一人握着一根胳膊粗的棍子，要去中队找孙同新算账，却被他们的爹给拦住了。他们的爹自然老谋深算，建议他们说：

“捉贼捉赃，捉奸捉双。没有足够证据，孙同新能认账吗？中队领导能认账吗？孙同新虽说是劳改犯，但是中队却跟他同穿一条裤子，一旦东窗事发，肯定会用心庇护他。”

几个孩子这才将棍子重新放下，然后头对着头，像一骨朵大蒜样抱在一起，密谋用何办法和手段来整治孙同新。

深秋的一个晚上，天气较凉，我正蒙头酣睡，突然有人掀开我身上的被褥，急匆匆地说：

“快起来吧，中队长在值班室等你呢。”

又说：

“附近的村干部，刚刚过来通知中队，说是孙同新在村里被打死了，想必是派你去村里拉人哩。”

我头上和背上禁不住冒出一层汗珠。这个王八蛋，一准是去村里干那些鸡鸣狗盗的事了。真是自作自受啊！

中队长也跟我一样急得满头大汗。来到值班室，我看见他正像热锅上的蚂蚁，在办公室背着双手踱来踱去。情况果然跟刚才所说的一样，孙同新被人打死了。队长嘱咐我说：

“你先去把人拉回来，其他什么都不要问，等天亮后中队自会派人处理此事。”

在村干部的带领下，我走进寡妇家的院子。月光下，我看见孙同新满身是血，侧卧在一个粪池旁一动不动。在整个抬人过程中，我只咬着牙说了一句话：

“孙同新啊孙同新，你他妈的完全是咎由自取呀！”

我拉着架子车，心情和双腿均像灌了铅一样沉重。我一边流泪一边嘟囔：

“孙同新啊，你还正年轻，即使不为自己着想，也总该为家人想想吧。你父母费尽力气将你养活这么大，容易吗？早知道你这么调皮捣蛋，我压根儿就不该把你调到我身边来……”

正自言自语着，突然觉得车把猛地一个下沉，孙同新居然在后面说话了：

“哥，我没死呀！在他们面前我故意装死哩。”

我吓得猛地一下丢掉车子，半天才敢转过头去看他。

孙同新确实被打得不轻，他挣扎了半天才爬到我面前，然后往我手里塞了一样东西，说：

“哥，你不用怕，我真的没死。我是怕他们继续打我，才躺在地上装死的。要不是这样，我的这条小命早就葬送在他们手里了。

他们出手重着呢!”

孙同新塞给我的，是一块精美的机械手表。无功不受禄，我刚要把手表还给他，孙同新又态度恳切地说：

“哥呀，多谢你的这次救命之恩。这辈子，兄弟我定当永世不忘。”

又说：

“若不是你来得及时，他们还打算将我丢进粪坑内，以不小心掉进去淹死为借口，来逃避法律责任哩。”

我当即训斥他说：

“这次算你小子命大！看你今后能不能管住裤裆里的玩意儿吧。”

一路上，孙同新向我讲述了事情的经过。午饭时间，寡妇专门到苜蓿地找他，让他晚上抽时间到她家里幽会。刚翻过墙头，就听见有人喊“捉贼”，他还没来得及逃跑，大门就被推开了，紧接着涌进来一群人，拿着棍子像捣蒜一样往他身上打。有一棍刚好扪在他头上，他蒙了片刻，但是还不至于上升到晕倒的程度。他转念一想，还是倒下去为好，不然的话，这群人的棍子打到啥时候才算个头儿呢？于是，他借机装作昏死的样子，软绵绵地倒在地上。有人拿手指在他鼻子下试探了一下，惊慌失措地说：

“坏事了！没气了，人已经死了，咋办?”

有人出主意说：

“赶快去找村干部，然后以村里的名义通知劳改中队，就说我们在家里打死个小偷。”

村干部很快赶到现场，问明原因后，觉得事关重大，便立即马不停蹄地去了中队……

在分场医院治疗一个礼拜后，孙同新双手拄着拐杖，浑身包扎得像个残兵败将一样，狼狈不堪地回到中队。

中队领导给了孙同新一个处分后，仍决定让他到杨树林附近看苜蓿。毕竟，在全中队的所有犯人当中，孙同新仍是看守苜蓿地的最佳人选。

多行不义必自毙。这句话对孙同新来说最恰当不过。翌年五月，大麦已经收割完毕，再有几天就要正式步入三夏麦收了。大家正摩拳擦掌，铆足干劲，准备打一场硬仗的时候，孙同新再次出事了。他因故意伤害罪被加刑七年，合并服刑时间为十六年，已经超越了五二农场的改造时间标准，最后被送往新疆阿克苏地区，在渺无人烟的沙漠地带继续改造。

这次孙同新的犯罪经过是：他背着一个麻袋，趁夜深人静的时候到中队的麦场上偷大麦。负责看麦场的，是一个叫王五的老头儿。王五发现后上前制止，孙同新非但不听，还将王五臭骂一顿，并威胁他说：

“老子腰包里缺钱了，想弄点儿大麦换几个钱花。你不要狗咬耗子多管闲事！再不识抬举的话，没你的好果子吃！”

说完孙同新扛起装好的麻袋就走。

同样作为犯人，王五的思想境界，要比孙同新高得多。看孙同新完全不把自己放在眼里，王五急了，追在他后面高呼：

“孙同新来偷大麦了，快来抓孙同新！”

王五这一喊不当紧，几乎所有的外宿人员，齐刷刷地操起家伙往麦场上跑。孙同新看情况不妙，将麻袋扔到附近的小麦地里，匆忙逃回杨树林。中队干部找他谈话时，他死活不承认，此事也就不了了之。

眼看即将到手的东西，在王五的搅和下泡了汤，孙同新内心对王五恨之入骨。一天深夜，孙同新怀揣着一把螺丝刀，悄悄来到麦场上，趁王五熟睡之际，将螺丝刀一下子插进他的右眼。王五的眼球被螺丝刀生生刺穿，拔出来时，像个吃掉下的、孤零零的糖葫芦一样，悲惨得很。经过治疗，王五的性命是保住了，从此却成了独眼龙。

三

李来安是沈丘人，因盗窃罪被判刑三年。中队经过认真总结，发现凡是有李来安的地方，总会有一些稀奇古怪的事发生。他所在的监号里，经常出现丢鞋子的怪现象。中队担心犯人没鞋穿会影响工作，只能重新发放一双给失主。当然，丢鞋子只是其中之一，像衣服、脸盆、茶缸等一些无关紧要的日用品，也经常不翼而飞。时间长了，次数多了，管教都觉得奇怪，便组织人开始寻找。监区就屁股大的一片地方，难道还能飞了不成？结果，所有丢失的物品，却在别的监号被找到。中队想尽快查出到底谁是内鬼？又专门安排两个信得过的人，装作睡觉的样子，秘密对每个犯人进行暗中监视。

很快发现作案人是李来安。审讯李来安时，他的回答让人哭笑不得：习惯了，一天不偷东西，手就痒得难受！

李来安虽然经常被关禁闭，却仍屡教不改。后来，他又以外出看护庄稼为名，深夜潜入到附近村庄盗窃，被发现后，又失手将村民砍伤。谁都没想到，李来安最终竟会被判处死刑。中队替他打扫卫生时，发现在他睡过的铺位下，填满了嘎七马八的、近似于垃圾一样的东西，均是在他手痒时顺手拈来的。

杜政珉，驻马店人，因强奸罪被送到中队服刑。杜政珉是个木工，除了会做桌椅板凳和衣柜等家具外，他还精通于耙耧之类的农具加工。在农村，会做家具的人，已经算得上个挺不错的手艺人了，但是能做耙耧之类的农具的人，绝对算得上是顶尖的能工巧匠。因为耙耧所需的零碎部件较多，而且拐弯抹角的，既要掏孔又要整形，工序相当繁杂。在尺寸方面要求更为精细，不得出半点儿差错，否则便会驴唇对不上马嘴，再也组装不到一块儿去。杜政珉是门里出身，这些活儿对他来说均不在话下。但是杜政珉有个最致命的毛病，好色。外出做活儿时，看主家有女人长相不错，就会故意消磨时间，增长工期，想方生法给人家套近乎，看软的不行，索性就来个霸王硬上弓。事发后，遇见好说话的主家，工钱不要，反过来再包赔人家点儿钱财，也就作罢。碰到难缠的或者认死理儿的主家，他就得跟现在一样，进监狱服刑。

虽说是几进宫的人了，但是杜政珉却依然本性难改。一天，中队批准他下乡帮农民拾掇耙耧。原本是想让他去农村做好人好事，尽心尽力为人民服务的，没想到事与愿违。回来的路上，杜政珉见瓜田里有个女孩，正独自坐在那看瓜，他顿时起了淫心……完事后还不肯走，又切了个西瓜，像猪一样狼吞虎咽地啃起来。没等他把西瓜吃完，恰好赶上女孩的父亲过来送午饭，当场把他抓了个现行。服刑期间再犯案，自然罪加一等。但是这罪名加得也够重的，杜政珉把自己送上了断头台。

李来安和杜政珉之所以被判处死刑，背后也有客观因素存在：当时全国上下正在搞“严打”。若不是赶上严打，就他们所犯的那些错误，不要说“死刑”了，恐怕连个“无期”都挂不住，却在一念之间白白丢掉性命。可见当时的法律制度是多么不可思议。

四

服刑期间的枯燥和单调生活，倒是让我养成爱学习的好习惯。在箕县看守所关押期间，所里有个很不错的惯例，每天为监号提供一份报纸供大家阅读。报纸是轮流传阅的，今天先发给这个号，明天再转到那个号，一份报纸折腾下来，基本上烂得跟泡馍差不多。我请求负责发放报纸的同志，每次先从我所在的号子开始发放。这样不但可以看到完整的报纸内容，而且能够在第一时间了解国内外的最新消息。我最喜欢阅读的内容，是发表在副刊上的散文和诗歌。遇到好文章，我通常会爱不释手，不达到倒背如流的程度，报纸拿在手里始终不肯往下传。除了背诵以外，我还将一些美文按体裁进行分类整理，然后想办法记录下来。号子里没笔，我就将筷子削尖，又在上面刻满道道浅沟，便于往瓶子里蘸墨水的时候，可以多浸一些墨水。号子里的墨水和纸张，原本是供犯人写犯罪材料使用的，结果被我占了便宜，犯人平时所用的量，还不及我个人的一半。从箕县看守所转到五二农场时，我所带走的记录材料，足足有三四斤重。

让我受益匪浅的，是来自周口的政治犯周玉国。周玉国向所长提出的唯一条件是，可以不让家人给他送食物，但是必须保证按时送书给他看。周玉国的书很多，将床铺下塞得满满的，有《鲁迅全传》《毛泽东选集》《马克思全传》《鲁迅杂文集》等。等周玉国离开时，我苦苦向他哀求：

“这些书你都看过好几遍了，能不能送几本给我？”

嗜书如命的周玉国，说什么都不肯送，板着脸坚持要将他的书全部带走。甭看我俩平时关系不错，但是在那一刻，我却对他“恨之入骨”。无奈之下，我拿出王美丽亲手为我编织的新毛衣，提出跟他交换的请求。周玉国拿起毛衣，反过来倒过去的看，大概是觉得比较合算吧，他才爽快地跟我完成交易。遗憾的是，当我离开箕县看守所时，尽管将口舌都费尽，那些书还是让管教给没收了。

到五二农场服刑后，无论学习条件还是生活环境氛围，均发生了翻天覆地的变化。其一，中队干部提倡犯人努力学习文化知识，对表现积极和有上进心的人，中队特意安排图书室的值班人员，哪怕是加班加点，也要保证我们尽可能地多汲取文化营养；其二，我们自己也可以买到或借阅想要的资料。我正是抓住这个来之不易的机会，专门为自己制定了一套系统地学习计划，无论严寒酷暑，每天坚持学习两三个小时。在那个漫长的日子里，我终日与书为伴，不仅熟读了《毛泽东选集》一到四卷，还看了很多小说，如《苦菜花》《青春之歌》《吕梁英雄传》《敌后武工队》以及四大名著等。几年里我共写了八本读书心得和日记，而且至今仍像宝贝一样珍藏着。

五

随着政策和社会发展的不断变化，劳教所的会见制度也作了重新调整，由原来的全封闭式管理，改为定期与家属会见制。永远忘不掉那年夏天，我刚收完工，正准备去食堂吃晚饭，管教通知我说：

“你老婆和孩子来看你了。快点收拾一下，去见见她们吧。”

我当时还真有点儿信不过自己的耳朵，愣了片刻后，扔掉手里的饭碗，撒腿就往大门口的方向跑。我在山东章丘关押之前，知道王美丽又有了身孕，她怀上我的第三个儿子，取名叫冬青。每每想起来我就觉得惭愧，冬青转眼已经到了上学的年龄，我却至今尚未和他见过面。

多年不见，王美丽更加清瘦，脸上的颧骨突兀，皮肤毛糙，感觉像是在陡然间憔悴和苍老了许多。儿女们也比以前高出许多，如果是在集市上相见，我想我恐怕都不敢与他们相认了。看见我，王美丽瞬间哭成个泪人，哽咽着迟迟说不出话来。

陪同的中队指导员打破了我们之间的沉默，他安慰王美丽说：

“你丈夫在这里表现很好，不但积极改造，还多次戴罪立功，为他今后的减刑创造了诸多机会。你就在家耐心等待吧！”

我看四个孩子只来了三个，就问王美丽怎么回事。一句话，算是捅到王美丽的软肋了，她的嗓门儿像决堤的洪水，比刚才哭得更厉害。半天，王美丽才强忍悲痛告诉我：前年老家出现传染病，瘟疫肆虐，大儿子方青不幸被感染，一直高烧不止。因为缺钱，刚开始没来得及医治，后来等家里卖了棉布，将他送到卫生院，医生说已经错过最佳治疗时机，加上卫生院缺少药物，方青还是带着遗憾走了……

王美丽说到这儿，我突然想起，好像是在前年的春上吧，我又看见我的父亲了。父亲的身后，还影影绰绰地躲着一个小孩，因为看不见小孩的头脸，我便问父亲：

“你身后带的是谁呀？”

父亲说是方青，又反问我：

“你不认识方青了吗？”

我纳闷地说：

“方青怎么会躲躲藏藏地不肯出来见我。”

父亲这才拽着方青的手，强行将他从身后拉出来，然后一把推到我面前。

果然是方青。方青戴着一顶破旧的草绿色火车头帽子，帽子的一侧，好像还破了个洞，里面的棉花白着从洞里钻出来，像盛开着一朵花。他身上的棉袄也脏不拉几的，因为常年拿衣袖擦鼻涕，他的那两只袖口上，分别涂着厚厚一层风干的鼻涕，黑乎乎的，像刷了一层沥青。

我责备方青说：

“都多大的人了，还不知道讲究卫生。你瞧瞧，你的袖口上都能划着火柴了。”

方青的回答就像天方夜谭，说起话来丝毫不着边际，让人摸不着头脑：

“爹呀，你还不知道吧？咱家那边发了大水，我妈带着我姐和我弟外出逃荒了，家里就撇下我一个人，没地方去，也没有饭吃。爷爷来了，才带我过来找你哩。”

我一边责骂王美丽不负责任，一边抱着方青失声痛哭。

哭声惊动了室友，他们把我叫醒后，才知道是一场梦。我却再也睡不着觉了，一直睁着眼撑到天亮。我在想，父亲带着方青来找我，到底啥意思呢？

在很长一段时间内，我都百思不得其解。

现在才算明白，我心爱的大儿子，那个最早与我血脉相连的亲骨肉，已经永远离我而去，此生再也无缘见面了。

我心如刀绞，任凭眼泪顺着面颊肆意流淌……

王美丽接着往下讲述：方青走后不久，天一个劲儿地下雨，家家户户都进了水。因为方青属于未成年人，死后也不能进咱家的老坟院，所以只能把他埋葬在东边河堤下的一个乱坟岗上。大水没过坟头，把庄稼都淹没了。那年，咱村方圆几十里基本颗粒无收，全靠政府救济才算度过了饥荒。

王美丽说着，从口袋里摸出一片报纸和一包碎烟叶，动作十分娴熟地卷成烟卷递给我。而后，她接着又裹了一支，叼在自己嘴上。

我吃惊地问她：

“你……你怎么吸上烟了？”

王美丽说：

“你不在家，我心中烦闷，无论干活、走路、吃饭、睡觉……

眼前随时都是你的影子。为了解闷，就把这个抽上了。”

……

从此开始，每隔一段时间，王美丽就会带着孩子来监狱看我，还给我带些吃穿用的物品。每次走后，我心中都像打翻的五味瓶一样，都少不了任凭泪水打湿整个衣襟。

第七章

一

1983年初春，对我来说是个刻骨铭心的日子。我又重获自由，再次回到阔别已久的家乡。这次回家，我惊喜地发现家乡的现状和面貌，跟以前相比都有了翻天覆地的变化：大集体生活方式彻底结束，土地已经分田到户，农民真正当家做了主人。我家共分到十多亩地，如果不出现天灾人祸，再也无需担心温饱问题了。

为避免我再次犯错，王美丽像收藏一件古董一样，一直将我窝在家里，不许我单独外出。哪怕偶尔去一趟集市，也由她紧跟在屁股后，寸步不离。

一天，王美丽跟我商量说：

“人家都有压水井了，咱还得天天到别人家去提水，时间长了，人家烦不烦呀？”

我拿出平时积攒的钱，交给王美丽，让她去集上买一台压水井。王美丽出手也够大方的，不但买了一台压井，还给孩子们带回几根棵甘蔗。那天晚上，我家的小屋里传出难得一闻的欢笑声。

清明节即将到来，我去集上买烧纸，回来好给我爹上坟。路上碰见一位高中同学，我正要跟他打招呼，同学却低着头，装作不认识的样子，匆忙走开了。

我心里一阵哇凉，立马明白了自己的处境。头上的那顶“劳改犯”的帽子虽然已经摘取，可是在别人心中，我过去的那些不光彩的历史事迹，却像镌刻成型的墓碑一样，清晰地印在他人的脑海里，怕是永远都抹不掉了，理所应当地被别人排斥了。说“排斥”都有些牵强，严格来说应该是“让别人看不起”才对。

同样对我产生敌意的，还包括我的小儿子冬青。从他出生那天起，王美丽身边就没睡过大男人，一直是冬青陪在她身边。现在看我鸠占鹊巢，冬青显然有些不习惯，老是推着我的身子说：

“去去去，你自个儿到地上去睡吧。”

这还不算个事。最让我倍感忧伤的，是我母亲和那两个弟弟。对于我的归来，她们仿佛置若罔闻，好像连一丝半点儿的亲情都荡然无存了。看起来，她们对我的愤恨，在短时间内是不可能化解和消除的。在我回家后的很多天时间内，母亲始终绷着脸，不咸不淡地说了一句话：

“能回来就好了！”

看我终日闷闷不乐，王美丽劝说道：

“何必跟他们计较这些事。”

又说：

“别人家里都有所改变，我们却仍旧家徒四壁，穷困潦倒。人家想躲还来不及呢，谁愿意跟咱们拉关系、套近乎？”

小厨房因为年久失修，东北角的墙壁上，早已裂开一道一厘米多宽的缝隙。北风一吹，屋里冷飕飕的，不要说人了，连煤油灯都支撑不住，火苗经常忽闪几下后，就被风吹灭了。

面对如此糟糕的境况，我终于沉不住气了，狠下心对王美丽说：

“咱们不能再这样继续熬下去了，还得赶快凭借眼下改革开放的东风，出去干点儿合法的买卖。”

尽管我把“合法”两个字说得很重，但是王美丽还是扑上来，紧紧将我抱住，生怕我再像以前那样，一走就没了踪影。结果不是身负重伤，就是再次被送进监狱。王美丽眼里浸着泪，叹口气说：

“唉，还是让我们老老实实地过几天安生日子吧。”

又过几个月，我实在撑不下去了，还是下决心要走。并一再向王美丽保证：每隔十天往家里修书一封，好让她随时了解我在外面的动向；至少每两个月回家一次，如果挣到钱就往家里送，没挣到钱的话，最起码也可以让她和孩子见到我本人。在我的一再坚持和喋喋不休中，王美丽终于默认了。话说回来，她即使不答应也没办法，家里眼看着一天比一天困难，马上都快揭不开锅了，孩子也在渐渐长大，今后用钱的地方多着呢，总不能就这样一直苦熬下去吧？

我的出行却面临很大问题，不要说做生意的本金了，家里连个活动的盘缠都挤不出来，我出去又能干些什么呢？无奈之下，我让王美丽打开尘封已久的木箱子，想看看能否找到一些值钱的东西。等王美丽将木箱打开，我一眼便看见里面还珍藏有一摞棉布，就故意跟王美丽打马虎眼说：

“这里面不是放着钱吗？”

王美丽迅速将头扎进木箱里，四下里瞅了瞅，然后茫然地问：

“钱在哪儿呢？”

我拍着棉布说：

“这就是钱！就看你舍不舍得拿去卖了。”

王美丽拿手在我腰间捅了一下，嗔怪说：

“命都交给你了，还在乎这几卷棉布？”

我用手指丈量了一下棉布的厚度，足有一尺多厚。棉布显然已经存放了很长时间，加上箱内长久不见阳光，里面潮乎乎的，散发出一股子霉烂气息。

我将棉布打成捆背在身上，然后在王美丽的千叮咛万嘱咐下，迫不及待地出了门。

在箕县县城，我很快将棉布出了手，正打算找地方吃饭，迎面碰上我的初中同学杨要紧。看见他，让我忽然想起，王美丽之前曾对我说过，在我服刑期间的一个春节前夕，一位自称杨要紧的人，贸然给我家邮寄了二十块钱和几斤猪油。杨要紧的家庭条件自始至终都比我强得多，只是没料到他居然能够想到我，并且在我落难的时候出手相助。此后我一直惦记着杨要紧，正愁无法当面向他道谢呢，如今竟然阴差阳错地在此相遇了，真是缘分呐！

许多年不见，杨要紧明显比以前白了，也胖了，浑身堆满赘肉，走起路来一颤一颤的，像个储满水的皮袋子。杨要紧一把将我抱住，激动地说：

“很多次打探你的消息，结果都没能见上面，今天倒好，无心插柳反成荫了。走，我请你吃饭。”

然后不由分说，拉住我的手走进一家饭馆。

席间，我把这些年的遭遇，一五一十地告诉了杨要紧。杨要紧一边给我夹菜，一边不断发出唏嘘和感叹。聊了好长一阵子后，他又问我接下来打算干什么。我把打算出来做生意的想法跟他说了。杨要紧当然很支持，并说现在国家政策宽松了，沿海一带的那些经济发达地区，正在大力推行改革开放，我们也应该抓住机遇，努力闯荡一番，有力吃力，有智吃智，不定从哪儿冒出来一股水，说不定就能让我们绝处逢生，重新打个翻身仗。

酒逢知己千杯少。那天，我和杨要紧都喝醉了，相互搀扶着，步履蹒跚地进入一家旅馆。杨要紧似乎仍觉意犹未尽，索性跟我一同住下。临睡前，杨要紧的酒意渐醒，他像故意炫耀似的打开自己的黑色提包让我看。天呐！里面装的全是一捆捆的人民币，码得整整齐齐的，很是让人觉得眼馋。

杨要紧经营的是水产生意。这两年内地的养殖业刚刚起步，杨要紧精明得像猴子一样，不失时机地抓住这个机会，四处跑着倒卖鱼苗，几趟下来，居然赚得盆满钵满。难怪他提包里的钱，比我家厕所里的擦屁股纸都要多。

第二天分手时，杨要紧拿出一千块钱给我，并且一副情真意切的样子说：

“你先拿去用吧。常言说，巧媳妇难做无米之炊。想做生意，没本金怎么成？”

又建议我说：

“你也可以尝试一下水产方面的生意，一旦遇到买主，很快就能见效益。”

我推辞不过，只留下了二百，又将剩余的钱还给他。接下来，我马不停蹄地来回奔波了二十多天，辗转了三个省和十多个地市，最终在汤阴县水利局落住脚，并与他们签订了一百多万尾鱼苗的供应合同。紧接着，我根据杨要紧提供的供货信息，又风风火火地赶到信阳，在一个水库附近的鱼苗场找到业务主管。主管手握订单，高兴得眉开眼笑——他正为一天天长大的鱼苗因找不到“婆家”而发愁呢。

三天后，按照合同指定的交货地点，我准时将鱼苗运到汤阴水库。只做了这一单业务，便让我一下子如同发酵的面团一样，腰包快速膨胀起来。我估计，说出来连老同学杨要紧都不会相信，我的第一笔业务，竟然净赚了两万多块钱。为了下次更好的合作，我以找领导谈业务为借口，悄悄将一千元塞到水利局领导的抽屉里。局领导高兴得眉开眼笑，主动拍着我的肩膀说：

“小常啊，下次我们继续合作！”

我另外又准备了五百元，给了局里的经办人。经办人好像比他们的领导还激动，手都颤抖得不听使唤了，他一只手捂着口袋，另一只手哆嗦着伸过来，紧握住我的手不放，好像我反倒帮了他很大忙似的，感恩戴德地说：

“我工作了大半辈子，还从没见过像你这么仗义的人！”

二

当我轻松地将两万元巨款丢在王美丽面前时，王美丽顿时张口结舌，目瞪口呆。从打娘肚子里出生以来，她似乎还从没见过这么多钱。所以，王美丽的大脑像短路的灯泡一样，很长时间没说出话来。紧接着，王美丽又开始胡思乱想了，以为我再次重操旧业，干了那些见不得人的勾当。不然的话，在一个多月时间内，去哪挣这么多钱？王美丽的眼珠子都快跳出来了，她用质疑的口气问我：

“这些钱哪来的？”

我得意洋洋地说：

“做生意挣的呗。”

“做的啥生意？”

“贩卖鱼苗。”

看我一脸的斩钉截铁，王美丽的紧张面孔这才逐渐缓和下来。

我又安慰她说：

“放心吧，今后那些违法乱纪的事，打死我都不会干。”

接着，我就将如何遇到杨要紧，如何贩卖鱼苗的事，详尽地告诉了王美丽。王美丽突然像个热恋中的少女，搂着我的脖子拼命撒娇。我感觉自己油光满面的脸上，遍布着王美丽那带有浓重口臭的唾液。假如她是那些爱用口红的女人的话，我想印在我面部的唇印，一定比政府审批房产手续时，加盖的部门公章还要多。

苦日子总算熬到头儿了。我让王美丽去集上买些肉，回来包顿饺子，给全家人改善一下生活。饺子煮好后，我先捞出一大碗，吩咐小儿子冬青，让他给我母亲端过去，也好让她老人家跟我们一起分享一回幸福的味道。可是令我万万没想到的是，冬青端着粗瓷大碗，竟然眨着眼睛问我：

“你让我端给哪个奶奶呀？”

我起初并没在意，只说：

“臭小子，你能有几个奶奶？”

冬青掰着手指头，一本正经地说：

“常宽家的奶奶，东亮家的奶奶，喜山家的奶奶，还有大伟家的奶奶……不都是我的奶奶吗？”

我抚摸着冬青的小脑袋说：

“让你送给咱后面屋里的奶奶。她才是你的亲奶奶呀。”

冬青突然不高兴了，噘着嘴说：

“我才不给她送呢。她从来没管过我，也从来没抱过我。还不如我刚才说的那几个奶奶呢！”

我假装生气的样子，吓唬他说：

“快点儿去吧，不然小心我揍你！”

这时王美丽在一旁开了口，揶揄我说：

“知道你妈平时的为人了吧？连孩子们都不认可，你又何必去勉为其难呢？”

我劝导王美丽说：

“再怎么说，她也是我亲妈呀。”

王美丽赌气说：

“既然是你亲妈，你自己去好了。”

在我的执意要求下，冬青还是乖乖地端着饺子出了门。等他返回时，王美丽轻声问：

“你奶奶吃了吗？”

冬青说：

“没有。”

我忙问冬青：

“她为啥没吃？”

冬青拍着自己的肚皮笑说：

“那碗饺子呀，我一边走一边品尝，刚走到屋后就把它吃完啦。”

饺子的味道虽然鲜美，可是吃到我嘴里却感觉如嚼白蜡。我心里一面责怪冬青太不懂事，一面又暗自抱怨母亲做事太过偏激，弄得一家人反目成仇，生疏得还不如个普通邻居。可是一只巴掌拍不响，这事如果论起来，究竟又该怪谁呢？

当务之急，我必须尽快着手化解家庭矛盾才是正理。

快到收麦时间，我和王美丽一起去集上买了头黄牛。因为农村刚刚分田到户，绝大多数家庭，还没来得及使用牲口去耕田种地，他们还在跟以前一样，采用面朝黄土背朝天的原始方式，依靠体力劳动去解决田间的耕种问题。我这么说，并不代表农民的思想境界有多么的落后，说白了一句话，他们属于罗锅上树——钱缺啊。牵着黄牛从集上回来，我和王美丽走得雄赳赳气昂昂，一路上也引来许多艳羡甚至嫉妒的目光。我还听见有人在背后悄悄议论：

“啧啧，还是人家有能耐，才从监狱出来几天啊，就能发家致富了。”

也有人对此嗤之以鼻：

“哼，等着瞧吧！别看他现在一副得意模样，我敢打包票说，过不了多久，他照样还得进去。记住，狗永远改不了吃屎的毛病。”

……

王美丽刚想返身去跟那些人理论，却被我伸胳膊拦下了。并劝她说：

“算了吧。为这个生气，划不来。今后是骡子是马，牵出来遛遛就知道了。”

又像反过来安慰自己一样说：

“鲁迅先生说过，走自己的路，让别人去说吧。”

一入冬，天气渐凉。忙活了大半个年头的乡下人，这才像落滚的水一样，逐渐安静下来，各自都守在家里开始静养生息了。这时间往往会成为媒人最为繁忙的季节，很快就有热心人来到我家，开始为我女儿小翠张罗亲事了。一个曾经的劳改犯的女儿，现在居然主动有人上门提亲，这样的稀罕事连我母亲都不敢轻易相信的，她为此专门来到我家，问我究竟有没有这回事。

我先是微笑着点点头，又说：

“放心吧妈，等您孙女下帖的时候，我还要亲自去请您过来掌控大局呢。”

母亲很是惊喜。我看见她那满脸的核桃纹，像烤热的塑料膜一样皱得更加厉害。

过完春节，我跟王美丽商量：

“把咱家的房子建起来吧。孩子们都大了，闺女眼看也要出门子，我们一家人挤在这间狭小的屋子里，压抑得让人喘不过来气。再说，宅基地也批下来好几年了，一直在那儿闲置着，蒿草都长有一人那么深了，再拖延下去的话，就没有任何理由和借口了。”

王美丽白了我一眼，嗔怪道：

“还好意思说！上次咱们准备建房时，你骑车去淮阳买芦苇，结果一走就不见了踪影。怪谁呢？”

又说：

“若不是你在关键时候掉链子，我们的房子恐怕早盖起来了。”

三

我家的房屋很快建成。新房一共有四间，除了三间堂屋外，还有一间偏房，外加一圈院墙和一个大门。远远望去，我家的新房矗立在郁郁葱葱的绿树丛中，青砖蓝瓦和高大伟岸的形象显得蔚为壮观，与周围那些低矮的茅草屋相比，越发有种鹤立鸡群的感觉。堂屋是主屋，主要用来住人和盛放物品。偏房是厨房，却比我们原先的住处还要宽敞。那时间瓦房才刚刚兴起，我在我们村是第一家。乔迁新居那天，我特意跑到集上，买回一些酒肉和长长的一挂鞭炮。酒菜是邀请村干部和邻居们一起分享的，几杯酒下肚，以前的对与错、是与非、成与败，都在这香浓的美酒里消融了。喝酒之前，我安排孩子们将鞭炮抖开燃放。路生和冬青还从没见过这么长的炮仗，喜得屁颠屁颠的，你争我夺地争抢着燃放权，最后竟差点儿打了起来。

鞭炮声震耳欲聋，铺天盖地，把邻居家屋顶上的灰尘都震落了，细细密密的，像下着一场雾蒙蒙的小雨。他们的地上、桌上、床上、衣服上、锅台上……都均匀地铺上一层尘埃。大红的炮纸，宛若地毯一样红遍半条胡同，踩上去软绵绵的，如同步入海边的沙滩。硝烟更是猖狂，在风的助纣为虐下，如同海水一样弥漫开来，溢满了村子的角角落落，连老鼠洞里都能闻见一股浓郁的火药味。

三月三的庙会期间，我和王美丽一起，特意到关帝庙为赤胆忠心的关二爷上香。我是在王美丽的怂恿下，并且带着对侠肝义胆的关二爷的仰慕和崇敬之情，才陪她一起去逛庙会的。周家口的关帝庙原本共有五座，当数沙颍河南岸和北岸的两座规模最大。据《周家口文史资料》和《周家口地方志》记载：两座庙宇均始建于清朝康熙年间，在乾隆、嘉庆时期多次扩修，直至道光十六年全部建成。每处建筑群占地两万多平方米，格局为三进院落，仿宫殿式造型。内有照壁、山门、钟楼和鼓楼，还有左右铁旗杆、石碑房、碑亭、药王殿、灶君殿、东西廊房、财神殿、酒仙殿、东西看楼、东西庑殿、老君殿、马王殿、温神殿及客舍。庙内古柏参天，环境清幽，碑碣林立，庄严秀丽。建筑设计布局严谨精巧，殿堂宏伟壮观，雕刻精湛瑰丽，装饰富丽华美，尤以其巧夺天工的“透雕”工艺而著称于世，又集民间建筑艺术之大成，在建筑构件上巧妙运用木雕、石雕、砖雕、琉璃、彩绘和铸铁等工艺，融合了圆雕、高浮雕、镂雕、阴刻等不同技法，让每件作品造型完美，生动传神。木雕、石雕、砖雕数量之多，内容之丰富，工艺之精湛，在当时的中原大地首屈一指。显尽了清代中晚期追求精雕细琢、装饰华丽的风格和做派。在建筑和装饰方面，采用了“二龙戏珠”“凤凰牡丹”“五福捧寿”“加官进爵”“金玉满堂”等各种吉祥如意的图案和一些“八仙过海”“竹林七贤”“天马行空”“喜上眉梢”等各种神话故事，以及“王祥卧冰”“张良进履”“刘海戏金蟾”“白状元祭塔”“鲤鱼跳龙门”“喜鹊闹梅”“狸猫戏蝶”“马上封猴（候）”等民间传说。还有很多珍禽异兽、山水花卉、人物仙灵等精美绝伦的绘画作品。是封建社会中传统伦理道德的形象反映和真实写照。可以说，周口关帝庙犹如一段凝固的历史，记载着昔日周家口商业领域的兴盛和繁荣。

可惜的是，经过一场十年浩劫，位于沙颍河南岸的那座年数最长、建筑面积最大、规模最为壮观的关帝庙已经不复存在，先是成为地方政府的办公场所，后逐渐演变成为一所学校。

因为年久失修，沙河北岸的关帝庙也早已失去昔日的辉煌。就拿披在关二爷身上的那件绿色战袍来说吧，不仅颜色变得暗淡，而且很多部位还出现大小不一的脱落，斑斑驳驳，花花搭搭，显示不出半点儿的威武和豪气。对于人们的过失和冷漠，关二爷显然很生气，他瞪着一双圆溜溜的大眼睛，怒视着三三两两的前来顶礼膜拜的人群，仿佛在说：你们分明都是些虚伪和矫饰之徒！如今我都破落成这般模样了，你们却视而不见、听而不闻。难道这就是你们所谓的虔诚吗？

这番话当然是出自我个人的想象。抬头望着关二爷的那副怒相，我在他老人家面前双手合十，暗自许愿说：

“关二爷呀，您只要能护佑我从此事业一帆风顺，将来我一定为您重修金身!”

我的“胃口”越来越大，已经不再满足从信阳水库购买鱼苗了。在汤阴和焦作，我分别承包了两座水库，成立了自己的水产养殖基地，并找来当地人负责代管。为在当地更好地扎根立足，我有意结识了一些有影响有地位的地方人物，以便在他们的关照下顺利开展工作。在汤阴，我把县水利局一个主管业务的副局长的儿子认作义子，让他全面负责当地的业务开展；在焦作，我拉拢了水库所在地——水上村的支部书记，让他作为我基地的兼职业务员，负责拉关系、跑订单。事实证明，这确实不失为一个极其高明的好办法，不仅让养殖基地的安全得到充分保障，还额外为我生出两条强有力的臂膀，很多时候可谓要风得风，要雨得雨。

很快，我就成为远近闻名的水产养殖大户。

正乐不可支着，连做梦都在哈哈大笑的时候，我突然收到家里捎来的口信，让我务必抓紧回家一趟。正常情况下，一般都是我主动回家探亲的，王美丽知道我业务繁忙，平时绝不会影响我的工作的。这次突然捎来信息，一定是家里出了大事。我深感不妙，于是赶忙启程踏上归途。

回到家，我首先发现大门紧闭，一个有半截砖大小的“三环牌”铁锁，明晃晃地挂在门环上。看见我，母亲急匆匆地跑过来，焦急地对我说：

“你终于回来了，快点儿去医院看看吧，冬青有病住院了，得的是肾结石，听医生说还得做手术呢。”

在公社卫生院，我见到了冬青。他脸色蜡黄，有气无力地卧在病床上。我找来医生，问冬青到底得的什么病？能不能确诊和医治？

医生一脸凝重地建议我说：

“不好说呀！你最好带孩子到县医院做进一步检查，以免延误他的病情。”

我一边埋怨王美丽不该送冬青到这个小医院来，一边迅速为冬青办理了转院手续，直接将他转到地区专科医院进行诊治。医生们为冬青会诊的结果是败血症。病情确诊后，接下来就是简单地输液、打针和吃药。一连折腾了三个多月，冬青的病情非但没见好转，反而越发的严重了，整个人消瘦得跟猴子差不多，一双眼睛倒是大得惊人，眼珠子不停地骨碌来骨碌去，很是吓人。

因为心中焦急，我提着礼品，将所有权威医生的家都走访了一遍，恳请他们再次为冬青来一次大会诊。会诊的结果又变成了“多囊肾”。我当即就傻了眼，对于这个病种我闻所未闻，连最基本的预防常识都不曾听说过。医生解释说，冬青的肾周围长满许许多多的小肾。这种病治疗起来很麻烦，如果选择做手术，将个头儿较大的肾切去后，那些小的肾囊又会逐渐成长起来，再次演变为现在的症状。所以，目前的治疗办法，只能像割韭菜一样，一茬一茬地割下去。

“就这么无休无止了？”我焦急地问医生，“即便是一个健康的成年人，也经不起如此频繁的手术呀？”

医生建议我们转院到大城市去，寻找技术水平更为高超的医院去接受治疗。

王美丽一听，吓得当时就昏厥过去。我也急得如同三伏天烤火，浑身一个劲儿地往外冒热汗。在一位同学的热心推荐下，我找到一个姓王的同乡，他在另外一家专科医院当院长，也是本地医学界的权威，声望过人。王院长一边为我写推荐信，一边说：

“上海新华医院在这方面最为擅长，你们赶快过去吧。”

四

去上海的头一天晚上，天上下起了大雪——那是属于1986年的第一场雪，比往年下得更大一些。雪花大得都不成个样子了，雪片就像泡馍一样，在空旷的天地间“噗嗖噗嗖”地、没鼻子没眼儿地往下落。我带着两个儿子，顶着严寒和凛冽的北风，踏上了开往上海的列车。

选择带路生一起去上海之前，我是做了充分的思想准备的：一是可以让他留在医院照顾他弟弟冬青，让我腾出手脚来处理别的事情；更重要的是，如果在必要时，还可以让他把自己的肾，贡献出来一个给冬青，也算是挽救他弟弟的一条生命。一路上，我一直在做路生的思想工作，生怕他在关键时候贪生怕死不肯答应，再引出诸多事端。我的顾虑显然是多余的，心地善良的路生，几乎没考虑就爽快地答应了我的要求。毕竟他们是情同手足、一奶同胞的亲兄弟，好比一只手上长出的两个指头，虽然分了岔，却是心连着心，肉连着肉。

路生果断应承下来的那一瞬间，汹涌的泪水，禁不住从我眼中夺眶而出。我心里在反复地大声呐喊：

“我的好儿子啊！……”

入院之前，我先打探换肾所需的费用，以便做到心中有数。也算所谓的知己知彼、百战不殆吧。打探来的数字，让经济条件还算不错的我，也禁不住大吃一惊。不说我们三个人的生活费和其他杂项开支，光是手术费和药费，加起来就得十多万——这在当时已经是个天文数字了。然而，这个庞大的数字，对我来说倒不觉得有多么可怕，依我眼下的经济状况，还是勉强能承受得住的。接下来，我又对王院长所推荐的专家——陆耀庭的情况进行深入了解。在医院走廊的宣传栏里，赫然地展示着他的照片和个人简历：陆耀庭，我国著名泌尿外科专家、医学教育家，素有中国泌尿外科事业奠基人之称。擅长肾脏移植、输尿管和膀胱等腹腔手术……

看完前面几行字，我的眼睛便逐渐湿润了，心中暗自庆幸说，虽然历经千辛万苦，这下终于找对人了。带着无比激动和急切的心情，我风风火火地在专家门诊室见到陆耀庭医生。或许是因他名望过大，抑或身份地位过高，从脾气和性格方面来看，难免会比常人多出些孤傲和盛气凌人的架势。接过介绍信，陆耀庭几乎连看都没看便顺手丢在桌子上，然后头都没抬一下，冷冰冰地对我说：

“对不起！我不认识你的介绍人，实在爱莫能助。”

完了又说：

“医院每天接待上千号病人，他们都能按常规去自觉排队，你为什么不能耐心等待呢？”

我急忙跟他解释，但是陆耀庭却一句也没听进去，始终在埋头忙活自己的事。

真是看病难，难于上青天哪！我知道再往下说也无济于事，只会白白地浪费自己的唾沫星子。只好转身出了门，在医院附近寻觅一个小旅馆住下，慢慢寻找机会吧。

常言说河里没鱼市上看。旅馆里住着一对姓吕的父子，听口音来自东北。他儿子的病情跟冬青的情况差不多。提及看病，老吕一脸无奈地摇着头说：

“我们在这儿已经待了七个多月了，到现在还没轮到我儿子呢。”

又以肯定的语气说：

“你们初来乍到，想找陆耀庭看病的话，没个一年半载时间，想都不用去想！”

又帮我出主意说：

“兄弟呀，多动动脑子吧，千万不要像我们一样死心眼儿，在这儿无休无止地等下去。”

老吕的一番话，让我再次陷入茫然和绝望之中。

一次我去街上买饭，万万没想到，竟然机缘巧合地碰见我以前的好友王保华。异地相逢，王保华紧紧地抱着我，激动得放声大哭，哭声引来诸多路人围观。

通过聊天我才知道，王保华后来的大致情况是：我走后不久，他便跟小梅成了家。俩人在大山深处耐不住寂寞，便一起走出来，先到界首，又去淮南，四处寻找我。他们原本打算找到我后，跟我一起重新开始以前的营生，无奈几个熟悉的地方都跑遍，却始终不见我的踪影，王保华只能单独重操旧业。他的运气显然要比我好得多，做了一段时间后，看风声越来越紧，有几次还险些被执法人员抓住。王保华便及时刹住了车，对小梅说，咱去上海发展吧！上海是大城市，人多，机会也多，我们在那儿找个固定的生意来做。那时间自行车比较紧俏，上海生产的“凤凰牌”自行车，风靡全国，供不应求。王保华和小梅就干起了自行车生意，先是零售，然后批发，两口子一步一个脚印，居然把生意做得如日中天。

明白我来上海为孩子治病的目的后，王保华随后送来一个包装极其精美的盒子，对我说：

“这是一根逾百年的野生人参，具有补脾虚、安神智、固元气等作用，为大补类中药材，在上海很受欢迎。你拿去用它疏通一下关系吧。”

在旅馆老板的热心推荐下，我找到在新华医院上班的、一个名叫孙富有的电工，请他帮忙从中协调关系。甭看孙富有仅是一名电工，位不高，权也不重，在一家大单位来说，算是个毫不起眼的小角色，但是却有着手眼通天的本领，上至医院领导班子成员，下到基层一线的普通员工，或多或少都能给他些许面子。有人说他身后有很深的社会背景，也有人说他平时善于结交人脉，完全靠个人魅力赢得全院人员的好感和尊重。不管怎么说吧，对我而言，其目的只有一个：尽快让专家为儿子冬青看病。所谓小鸡不尿尿，各有各的道。请孙富有吃饭那天，王保华特意点了一家上好的饭店，饭后又把老人参送给了孙富有。孙富有也许看我出手比较大方，不像个吝啬家伙，这才开口答应帮我的忙。

孙富有直截了当地说：

“这人参实在太贵重了，浪费在我手里真的太可惜，你们先保存着，当作见面礼送给陆医生吧。”

又说：

“我会以最快的速度，帮你们顺利迈过陆耀庭的那道门槛。”

听他这么一说，我赶忙以出去方便为借口，迅速跑到大街上，买回两条中华烟和几瓶好酒，一并抱到孙富有面前。孙富有很是激动，将自个儿的胸脯拍得“咚咚”响，说：

“不是跟你们吹牛，在上海新华医院，没我孙富有办不成的事！”

看他说话的口气和表情，问题应该不会太大。我那颗一直悬着的心，才像傍晚的太阳一样，缓缓地落下了。

第三天一早，孙富有就来旅馆通知我：

“你们今天去医院吧，直接找陆耀庭，见面时提一下我的名字，他就明白了。”

又叮嘱说：

“如果有医生问起我们的关系，你就说是我乡下的老表即可。记住可千万别说漏了嘴。”

接下来，事情有着超乎想象的顺利。专家们经过会诊后，首先否定了老家医院的说法，将冬青的病确诊为普通的肾结石。要想尽早治愈的话，最好的方法是做手术。但是麻烦事又接踵而至，新华医院的床位非常紧张，即使有关系、有熟人安排，也要先交上五百元的定金，然后按先后顺序进行排号等待。

这期间，冬青的病情更为严重，一直高烧不退，终日捂着肚子，嘴里一个劲儿地叫疼。看他在床上不停地翻滚时的痛苦模样，我的心都快碎了，感觉自己就像小学课本中的李自成过黄河一样，头发在一夜间白了许多。我又带着礼品去找孙富有。孙富有想了想说：

“先去看急诊吧。”

我背着冬青，跟着孙富有一同来到急诊室。接待我们的是一位姓李的姑娘。赶巧的是，李医生是驻马店人，医科大学毕业后，分配到新华医院里实习。一听是家乡口音，李医生自然多出几分热情来，她一边安排冬青进入观察室，一边对我说：

“你儿子的病情非常危险，现在肾部已有很多积水，一旦不小心被挤破的话，后果不堪设想。所以，你今后绝不能再采用背他的方式行走了。”

听李医生这么一说，我既感激又害怕。在她忙活手头工作的过程中，自然对她说出一大堆感激不尽的话。

李医生笑了笑，又雷厉风行地对孙富有说：

“孙师傅，还得麻烦你去找一趟院长，就说这个病人生命垂危，再不及时救治的话，恐怕很难保住性命。”

又幽幽地说：

“人命关天呐！我相信院长肯定会网开一面，为病人开辟一条生命的绿色通道。”

孙富有吸了一下嘴，面露难色，喃喃地说：

“这事……恐怕不好办吧？”

我“扑通”一声跪在孙富有面前，哽咽着说：

“孙师傅，求你发发慈悲，救救我儿子吧！你的大恩大德，我定当永世不忘……”

说完，我拉住孙富有的手，不由分说将他拖至屋外的一个偏僻处，掏出两千块钱塞进他的口袋。

看孙富有挣扎着想把钱掏出来，我死死地按住他的手不放，焦急地说：

“孙师傅啊，难道你还要我再次跪下来求你不成？”

孙富有终于不再反抗了，他静思了一会儿，咬咬牙说：

“我只管去试试吧。”

又摊开双手说：

“不是我不肯帮忙，院长整天日理万机，哪有时间去管这等小事？再说了，每天找他开绿灯的人不计其数，已经让他很是厌烦了。非是大领导出面打招呼的话，他一般不会带头去破坏医院的规矩的。在这个节骨眼儿上找他，成的话还好，不成的话，说不定会遭到他一顿臭骂的。”

我急忙说：

“孙师傅，你还是辛苦一趟吧。成与不成，都是孩子的命运造化，我只会感谢你，绝不可能有半点儿怨言。”

望着孙富有匆忙消逝的背影，我仍在原地不停地鞠躬作揖，嘴里连声说：

“谢谢！谢谢！谢谢！……”

五

上海新华医院的面积可真大。我从东楼跑到西楼，再从南楼爬到北楼，大半天时间就在步履匆匆间打发掉了。办完入院手续，天色已接近傍晚。尽管是严冬时节，天冷得撒泡尿都能迅疾冻成一根冰棍儿，但是我身上的衣服，从上到下几乎全被汗水浸透。衣物贴在皮肉上的感觉，就像在中间涂了一层黏稠的胶水，将我的皮肤和衣服粘贴得异常牢固。

人就是个贱骨头，一直跑前跑后的忙碌时，倒是不怎么觉得累，可是一旦停歇下来，突然就精疲力竭了。我的双腿像绑着沙袋一样，感觉不是主动向前迈进，而是被一股蛮力强行推着行走。我刚想坐下来迷瞪一会儿，胃部突然疼得要命，间或还伴有恶心、呕吐的感觉。还好是在医院。我踉踉跄跄地来到急诊室，老乡李医生先给我服了几片止疼药，接着又让医生开单为我进行抽血化验。

检验报告拿到手，我瞬间欲哭无泪，真是连想死的心都有了——我竟然得了急性黄疸肝炎。黄疸肝炎是种传染性疾病，李医生建议我马上进行隔离治疗，并积极为我联系了一家专门治疗传染病的医院。

临走时，我强按悲痛，反复叮嘱路生，让他一定要尽心尽力照顾好弟弟冬青，不得有半点儿闪失。又说：

“我会抽时间回来看他们的。”

面对突如其来的变数，孩子们像是陡然遭遇天大的不幸，当即便吓哭了，一时间手足无措，不知道下面该怎么办才好。我又安慰他们说：

“在我离开的这段时间，你们若有什么事，就到医院门口的电话亭，跟你宝华叔打电话，让他过来帮你们出主意想办法。”

茫然、无助、牵挂和担忧，像阴霾似的一起朝我袭来，让我顿时有种从未体验过的痛苦与悲伤。在去传染病医院的路上，我一直泪流不止，一直对着天空黯然长叹：苍天啊！你为什么对我如此不公？为什么把厄运和灾难一并降临在我头上？这是为什么呢？

那段时间里，最苦最累的人恐怕就数我儿子路生了。他才十多岁一个人，按年龄说正处于幼稚、快乐和无忧无虑的美好阶段。他本来正上小学四年级，为了给弟弟冬青看病，不得不暂时中断学业，跟我们一起来到上海。在没有文化和任何社会经验的前提下，路生却如一尾离群的小鱼，只身在人流如织的大城市、在两家相距数公里的医院之间来回穿梭，其间需要付出多大努力？历经多少磨难啊！

我的身子虽然老老实实地躺在医院的病床上，心却一分一秒也不得安宁，我的思绪正像一头迷失的羔羊一样四处乱窜，一会儿溜到冬青身边，一会儿又随路生跑到大街上。还有，我家里现在究竟是啥样子？水产基地到底发展如何？……所有乱七八糟的事，一股脑地涌上心头，我感觉胸口像压着一块儿硕大的土坯，沉重得让我喘不过气来。一连好几天，我浑身无力，水米不进，寝食难安。医生大概看穿我的心思，见我病情一直不见好转，便多次提醒说：

“你就在这儿安心养病吧！别再胡思乱想了。”

又说：

“你这种病娇贵得很，既不能有思想压力，也不能生闷气，否则的话，随时会有复发的可能，而且一次比一次厉害，严重时还会危及生命。”

对我来说，医生属于局外人，他哪儿晓得我当前所面临的困境？所以，我还是吃不下饭，还是睡不着觉，头昏昏沉沉的，有种恍如隔世之感。实在困乏极了，也疲惫极了，我才能缓缓地闭上眼睛，半睡半醒似的进入梦乡。

可是，就在我刚闭上眼睛的一刹那，就觉得自己好像进入另外一个混混沌沌的世界。

我又看见我的父亲了，地点好像是在上海的某一条狭窄的街道上。父亲站在一个墙角处，大老远朝我摆手。一见到他，我就宛若漂浮在汪洋大海中的一只蚂蚁，突然抓住一根救命稻草一样。没等我开口，泪先"哗哗"地落下来，我哽咽着说：

"爹，我现在的情况，你都知晓了吧？下一步我该怎么办？"

父亲叹了口气，没说话。

我接着说：

"爹，再这样下去，我真的快撑不住了。"

父亲一声不吭，只是拿眼死死地盯着我。

我恳求他说：

"爹呀，求你为我指条明路吧。"

父亲突然冲我发起了脾气，他的一只脚将墙壁踢得"咚咚"直响，声色俱厉地说：

"混蛋！才多大个事呀？你就快撑不下去了，就在这儿给我寻死觅活？"

又说：

"你的事业和家庭，才刚刚有了起色，离成功只差一步之遥了，这时候选择放弃，你不觉得可惜吗？你永不后悔吗？"

又说：

“儿啊，你应该早日放下思想包袱，尽快摆脱当前的困境，以惊人的毅力和斗志，坚强地活下去。记住，世上没有过不去的火焰山，也没有填不满的无底洞。现在摆在你面前的，只不过是你人生中的一道坎而已。”

又说：

“你要记住，人活着，很多时候不仅仅是为了自己！”

我抹了一把泪，点点头说：

“爹，你说的道理，我都懂。”

父亲缓缓地走到我跟前，像大人抚慰小孩子一样，抚摸着我的头。

我的嘴却像失控的机关枪似的，“突突突”地一个劲儿追问他：

“爹，咱家现在怎样了？我妈和我弟都还好吧？方青呢？方青怎么没跟你一起来上海？你把他丢在哪儿了？”

父亲刚刚稍微温和下来的表情，又突然变得严厉起来，他一副愠怒的样子说：

“别操那么多心了！你现在的任务是安心养病。”

这段时间，也多亏有我的朋友王保华。我不在冬青身边的日子，王保华就差直接搬到医院去住了，他每天像亲人一样陪护着冬青，给了冬青无微不至的关爱和温暖。小梅也同样尽心尽力，隔三岔五便做些鸡鸭鱼肉之类的营养品，提着饭盒往医院里跑。弄得那些不知情的护士，还误以为他们跟我们是一家人。除了照顾冬青外，王保华和小梅两口子，也经常到传染病医院来看我。我心里实在过意不去，劝他们不要再来，这里住的全是传染病患者，空气中到处弥漫着各类病菌，既看不见又摸不着，却是相当危险的，搞不好就有被传染的可能。

我的话尽管有些吓人，王保华却毫不畏惧，满不在乎地说：

“得了吧！哪儿有你说得如此可怕。”

又打趣说：

“传染病并不像你说的那样，想被感染就能被感染的。它也是欺软怕硬，看针对谁哩！”

我问他：

“冬青那边情况怎么样？又该往医院缴费了吧？”

王保华摆摆手说：

“你就甭操那份心了，钱我早交过了。”

又说：

“在上海做了这么长时间的生意，咱还缺那几个钱不成？”

我无言以对，只能紧紧握住王保华的手，感叹说：

“宝华呀，有你这个好兄弟，哥这辈子死而无憾！”

王保华的回答，几乎跟我父亲如出一辙：

“别操那么多心了，你的任务是安心养病！”

眼看中秋节快到了，天上的月亮一天圆似一天。按照中国的传统习俗，赶在这时候，很多家庭都开始朝一块儿合拢了，朝着大团圆的目标努力和迈进了，而我的家却仍处在四分五裂当中：大儿子方青与我阴阳两隔；母亲、弟弟、妻子和女儿小翠都在老家；路生和冬青在上海新华医院；而我又身处上海传染病医院。细想起来，心头该是多么的悲伤和凄凉啊。

前些天我听路生说，冬青的情况似乎也不太好，整天又哭又闹，一会儿吵着想见我，一会儿又把注意力转移到王美丽身上。是啊，冬青还是个未成年的孩子，正处在与孩童们一起奔跑玩耍的年龄，如今却孑然一身，躺在遥远的大上海的医院里，一待就是大半年。即便是正常之人，恐怕也会闷出病来的。我只能安排路生，让他力所能及地去陪护冬青，也让冬青尽可能地安心度过眼下这个虽暖犹寒的季节。

因为心力交瘁，夜不能眠，接下来，我的身体状况更为糟糕，病情日渐恶化。最新的检验报告显示，我身体的各项指标均处于不良状态。我更加忧心忡忡，烦躁得几乎要发疯。医院知道我的情况后，为避免我受到过多干扰，特意将我安排在一间单人病房内，还专门配备了一名女护士，对我的饮食起居尽心照料。说起来这位女护士可真够“专业”和“尽心”的，她几乎每天都待在病房内，除了陪我聊天、跟我下棋外，还时常买些各式各样的水果和小食品来为我补充营养……正是在她无微不至的关心照顾下，我的思想情绪才算逐渐有了好转。王保华看在眼里，有次趁女护士不在，居然故意挑逗我说：

“哥，我看她对你好像有那个意思，如果觉得可以的话，干脆直接拿下得了。”

又给我出主意说：

“等你身体完全康复后，我们一起留在上海做生意。到那时，也得有人照顾你的生活呀。”

我瞪着眼对王保华说：

“不能干那些坏良心的事。家里还有你大嫂呢，她倘若知道此事，不拎刀劈了我才怪呢。”

王保华调皮地朝我做了个鬼脸，“呵呵”笑道：

“送到嘴边的肉，不要白不要。换作是我的话，早将她归顺在麾下了。”

我揶揄他说：

“人家只是工作需要罢了。你以为她是另外一个小梅呀，主动跟你暗送秋波、投怀送抱。”

我和王保华一起哈哈大笑。

铺天盖地、震耳欲聋的鞭炮声渐次响起的时候，我才意识到，真正意义上的新年到来了。说起放鞭炮，迄今为止我仍对它情有所钟，以前每次过年时，我总会不遗余力，哪怕少买些酒和菜，鞭炮却是必不可少的——总觉得它才真正是我和孩子们共同分享的一道集精神、物质和生活的大餐。然而现在，因为心中烦闷、情绪低落，让我对原本极为熟悉和亲切的硝烟味也产生了抵触情绪，突然觉得这浓浓的白雾，闻起来竟是那么的刺鼻。这不绝于耳的“隆隆”的声音，越发为我增添了无尽的惆怅和烦恼。

中午，路生带着冬青一同来传染病医院看我。他们的到来，让我悲凉的心陡然平添几许温暖和慰藉，那种凄苦和悲凉的感觉顿时一扫而光。我扳着冬青的肩膀，像对待一个素不相识的陌生人那样，从上到下、反反复复地将他打量了一遍又一遍，然后惊喜地问：

“你小子怎么溜出来了？”

冬青自是喜极而泣，哽咽着说：

“医院知道我们的情况后，特意为我批了四个小时的假期，准许我出院到这里来看你。”

我兴奋地揉着眼睛，连声说：

“谢谢！谢谢他们！”

正说着，妻子王美丽和女儿小翠也像幽灵一样，突然出现在我们面前。跟在小翠后面的，还有一个陌生的小青年，扭扭捏捏的，亦步亦趋，腼腆得像个没出过门的大姑娘。小翠回身指着他对我说：

“爸，这是人家给我介绍的那个对象，你不认识他了吗？”

我当然知道这回事。当初她们相亲时，我倒是见过这小伙子一面，但是时间一长，我的心又大多用在生意和看病上，现在贸然和他见面，真的感觉形同路人了。

看我一副面黄肌瘦的样子，王美丽安慰说：

“家里一切都好，你就在这里安心静养吧。等你们出院回到老家，我再尽心尽力地伺候你们父子俩。”

因为医院的特殊环境所致，王美丽只在我身边待了一个中午，便决计要返程回家。我跟医生请过假后，坚持拖着虚弱之躯，陪他们在上海的几条主要街道游逛了一圈。高耸入云的大楼，星罗密布的商场，行如流水的人群……让王美丽像刘姥姥进入大观园一样，目不暇接，啧啧称叹。在黄浦江边，王美丽看着来回穿梭的一艘艘客轮，惊讶得张大了嘴巴，半天没说出一句话。我碰碰她的手，问：

“看啥呢？怎么跟傻子一样，发呆了呢？”

王美丽指着江中那些船只，纳闷地说：

“这些比房子还要大的建筑，怎么会像鸭子一样在水上游?”

我“噗嗤”一下笑了，说这是轮船，有的拉货，有的载人。说完，我不顾王美丽的坚决反对，花了三毛钱买了两张船票，想让她乘船畅游一下美丽的黄浦江。不料，王美丽却像即将被执行死刑的犯人一样，“蹬蹬蹬”地倒退数步，满脸惊骇、战战兢兢地说：

“我才不坐呢！万一沉下去怎么办？我们岂不都得掉进水中喂鱼。”

一句极其幼稚的话，引得周围的人带着异样的目光，齐刷刷地打量着她，接着便是一阵哄堂大笑。

第八章

一

终于又回到我久违的家乡了。时间是仲春的一个上午，和煦的暖风吹在脸上，像被小孩子的手抚摸一样又软又痒。田间的麦苗，已经长出地面一尺来高，绿油油的，嫩旺旺的，如同展开一幅碧绿的画卷。屈指算来，我已离家一年有余，上海虽好，却终究不是自己的家，何况我和孩子是出于看病的原因，才耐着性子在那里生活了一年多。回到生我养我的家乡，我的身心和灵魂才算真正找到一处安身立命的场所。很多个清晨里，我都像个久居繁华都市的艺术家偶然赴乡野田间采风一样。我踏着明媚的春光，吮吸着清新甜美的空气，在弯曲得如同羊肠子一样的小道上漫步。放眼望去，绿的是草，白的是雾，氤氲缥缈，多么富有诗情画意的一幅田园风情画！

唯一令我遗憾、感慨的是，我每次行走的时间和路程不敢太长。长达数月的顽疾，早已让我元气大伤，每次紧走数步后，我便累得满头大汗，气喘吁吁。

儿子冬青也比我好不到哪儿去。他的康复期大多是在庭院中的一张藤椅上度过的。因为春季气温变化无常，他一不小心就会着凉，然后感冒，然后咳嗽，然后小便时常带有白色的黏稠物，然后只能再次送他入院。冬青显然已经对医院产生了极度恐惧感，每次看见大门上的红十字标记，或者看到身穿白大褂的人，他便吓得要死，浑身哆嗦，大汗淋漓，如同再次走了一趟鬼门关。

在本地医院接连住了三个多月，连极其昂贵的药物，如麝香、犀牛角等都用上了，却依然不见好转。无奈之下，我只能带着冬青，再次去上海接受治疗。

看见我们，专家陆耀庭居然风趣地说：

“哟，万元户又回来了，欢迎欢迎啊！”

我心里却像打翻的五味瓶，无论如何都笑不出来。

这次陆耀庭没让我们住院，按照他的治疗经验，只需每天到医院的输液室，打些点滴即可见效。输液一个礼拜后，冬青的病情基本得到控制。看他脸色逐渐红润，精气神差不多恢复到以前的样子，我自当对陆耀庭的极其高超和精湛的医疗水平深感钦佩，同时也为国家在医疗资源方面存在的严重不足而深感遗憾。

二

就在我赴上海治病的一年多时间，老家的境况发生很大变化。

一些个体经营企业如雨后春笋般破土而出，尤其是在县城和乡镇附近，大门口挂有白底黑字的木质招牌屡见不鲜，隆隆的机器声早已打破往日的宁静，一股股白烟冲着天空可劲儿往上涌……而我却因长时间外出治病，把水产养殖这个绝佳的产业彻底给耽误了。因为没来得及续签承包合同，汤阴水利局趁机把我的水库无条件收走，再以更高的价格转包给他人；焦作的水产基地也因没钱去交承包金而耽搁，基本处于半瘫痪状态。水上村已经多次捎信过来，说是再不续交承包费的话，就将水库收回。我摸摸自己的口袋，里面干瘪得像个漏光了气的皮球。以前所挣的钱，基本都用在硬件设施改善上面了，加上在上海看病的花销，眼下哪儿有大笔资金给他们？所以也只能听之任之，望“水”兴叹了。

一天，我正为无事可做、碌碌无为而犯愁，小学同学王留柱居然又登门造访了。看见王留柱，我顿时气不打一处来，心里比吃个苍蝇还觉得恶心。想起他过去对我的所作所为和斑斑劣迹，我便恨得牙根儿直痒痒。

王美丽自然对他也不怎么待见，悄悄地对我赌气说：

“别搭理他！你在他身上吃的亏还少吗？”

对于我们一家人的冷漠，王留柱显然已经觉察到了，却仍然一副嬉皮笑脸的样子，只管兴致勃勃地对我说：

“老同学呀，还在生我的气吧？唉，我千不该万不该，最不该在关键时候受人蛊惑，从而让你遭受那么大的罪。可话又说回来，我当时也是出于被逼无奈呀，他们变着法子折磨我，一个劲儿地逼迫我交代有关你贩毒的事。我本来是打算烂到肚子里也不肯说的，后来他们告诉我，说你自己都已经交代过了，之所以逼问我，就是想看我的态度到底老不老实？后来才知道，他们当时纯属是在诈唬我，想从我嘴里套出你的那些秘密。”

不等我开口，王留柱又自我解嘲说：

“孰对孰错，总算都过去了，再计较下去也是枉然，不如说些眼前的实际问题吧。我在外地搞了个食品加工厂，生意很不错。食品这行业，设备简单，本小利大，你要是有兴趣的话，可以到我厂里考察一下。”

又进一步解释说：

“我今天这么做，可没贪图你的任何好处，只觉得咱们是光屁股一起长大的朋友，关系好得不得了，又在无意间为你酿成大祸，所以我心里始终觉得过意不去，老觉得跟欠你一大笔债似的，这才特意赶回来，看能不能帮扶你一把，也算弥补一下以前的亏欠吧。”

还没等我接话，王美丽便转过脸去，小声嘟囔道：

“哼！黄鼠狼给鸡拜年，没安好心。”

尽管她的声音很低，小得宛若蚊蝇飞过一般，但还是让王留柱听到了。王留柱一副非常遗憾的样子，笑着说：

“那好吧，既然你们信不过我，我自当无话可说。常言说机不可失，失不再来，等到你们彻底醒悟的时候，再找我这个老同学也不算迟。”

说着就拍拍屁股打算走人。

我伸胳膊将他拦住，果断地说：

“我跟你一起去看看吧。”

考察完王留柱的食品厂，回家时我直接带回一套机器设备。

这是一条水果糖加工生产线，总投资下来，还不到五万块钱。钱是王留柱暂且替我垫付的——看来这家伙这次是真心想帮我，不但承担了来往的路费，还主动和我一起跑到江苏常州，参考着帮我购买了这套机器设备。

我在自家庭院中搭起一座临时瓦棚，又将设备搬了进去，一切安装完毕后，只等着“东风”的到来了。我所说的“东风”，指的是用电问题。那时间我的家乡还未通电，家家户户靠的是煤油灯照明。到了冬季，一些所谓的“很会过日子”的人家，连煤油灯都舍不得点，索性在屋里支起火盆，将柴火填得满满的，火苗腾起一尺多高，将整个屋内照得一片通红，既解决了取暖问题，又解决了照明问题，属于屙屎放屁一举两得的事。但是对我来说，工厂运营却成了大问题，没有电，即使机器安装得再好，也只能大眼瞪小眼，干着急没办法，总不能拿手去转动轮子吧？我又跟王留柱打电话，向他请教解决问题的途径和办法。王留柱陪我去了趟县城，买回一台柴油机，噪音虽说大了点儿，但是动力的问题总算得到圆满解决。

机器轰隆隆地这么一响，立即引来很多周围的邻居，都跑到我家里看稀罕。如果不是亲眼所见，他们压根儿不会相信，就这么一堆灰不拉儿的铁疙瘩，竟能吐出一粒粒又香又脆又甜的糖果来。工人全部由我的家庭成员组成，母亲、弟弟、老婆、女儿、儿子，全家七八口人，男女老少齐上阵，一个小规模的食品加工厂就这样诞生了。从机器里吐出来的水果糖，色泽金黄，晶莹剔透，香气逼人，足以让那些围观者看着眼馋，我都能听到从他们的喉间不断发出“咕咚咕咚”的口水声。还有几个年龄较小的孩子，哈喇子顺着嘴角淌下来，把胸前的衣服滴湿了一大片。孩子们的失态模样让在场的家长很是恼火，他们一边吼着孩子，一边扬起胳膊对准孩子的屁股“啪啪”就是几巴掌，最后又拽着孩子强行往外拉。孩子虽然刚挨过打，或者说还正在挨打，却仍旧一副不依不舍的样子，像挂在树枝上的猴子一样，身子挣扎着拼命往后撤，还一把鼻涕一把泪地大声号啕着，死活不肯离去。

每到这时候，我便赶忙捧起一捧糖果，挨个儿散发给他们吃。又带着歉意的表情和口吻说：

“吃吧吃吧！瞧我们这一家人，只顾忙碌手中的活儿，倒是把这档子事给忘了。”

没多久，我便成为我们本地的新闻人物了。首先来家里参观考察的，是我们乡政府的领导，后面还跟着供销社的一把手唐主任。听我介绍说食品厂每天的产量能达到两千斤时，领导们都为这个庞大的数字感到惊讶，乡长一个劲儿地朝我竖着大拇指夸赞说：

“你的食品厂规模虽然不大，却是咱们乡创办的第一家民营企业。老常啊，好好干！今后若需要什么支持，尽管来乡政府找我们。”

随行的供销社一把手唐主任，也紧跟着领导拍起了马屁，他当即表态说回头让我去乡供销社找他，他要与我签订供销合同。唐主任当时的原话是这么说的：

“也好让咱们乡的老百姓，都能吃上我们本地企业生产的优质糖果。”

因为企业刚刚投产，我正为如何打开销路而犯愁，唐主任这么一表态，对我来说如同突然抛来一根救命稻草，心中如沐春风一般舒畅了。第二天我不敢怠慢，简单备了些礼品，骑着自行车去了供销社。刚进唐主任办公室，发现里面坐着很多人，大概是正开会吧，我又慌忙退了出来。会开得时间很长，快到中午的时候，才见有人陆陆续续从里面走出来。

等人走得差不多的时候，我趴在门缝里向里面瞅了瞅，发现只剩下两个人，唐主任坐在桌子内侧的椅子上，另一个则像没长骨头似的趴在桌子上，正伸着头跟唐主任窃窃私语。我徘徊在办公室门口，不知道究竟是进还是退。

正犹豫不决着，在里面谈事的那个人拉开门走出来，他先看了看我，又看了看我手中的礼品，微微地笑了笑，一声不响地走掉了。

我赶忙推门而入。

唐主任的脸色好像很不好看，皱着眉头不耐烦地说：

“哟，都腐败到我这儿来啦?”

我谄着脸说：

“一点儿心意，请您笑纳。”

唐主任不容置疑地说：

“有事说事，不要来这一套嘛！影响很不好的。”

我担心唐主任公务繁忙，把昨天安排的事给忘掉了。所以赶忙提醒他说：

“您昨天安排让我来供销社，找您签订供销合同的事……”

不等我把话说完，唐主任继续板着脸说：

“这个事需要社领导班子专门开会研究，等有结果再说吧。”

我刚要躬身退出，唐主任指着桌子上的礼品说：

“喂——，把这些东西全部带走。”

我满脸堆笑说：

“唐主任，这是孝敬您的，您就留下吧。我先告辞了。”

唐主任有些生气了，用命令的口气大声说：

“不行！这些东西从哪儿带来的，必须给我带到哪儿去。否则的话，今后别来找我说事。”

我一看唐主任发了火，只能乖乖地拎着礼品落荒而逃。

从唐主任的办公室出来，我一边擦拭头上的汗，一边悄声对自己说：

“奶奶的，这回算是碰上清官了！”

回到家，我开始了长达一周时间的苦苦等待。我白天想着唐主任，晚上还想着唐主任，连做梦都是唐主任的影子。我白天黑夜都不敢出门，生怕唐主任或者唐主任派人过来，万一找不到我，供销合同的事就算泡汤了。

唐主任究竟什么时间才能给我结果呢？这样拖下去也不是办法呀。我正百思不得其解，王留柱突然来到我家。他是外出跑业务时路过这里，顺道来看看厂里的生产和销售情况。我迫不及待地把找唐主任签合同的事详细向他陈述一遍。

王留柱哈哈一笑，用肯定的语气对我说：

“你并没碰到什么清官，而是思路不对。”

又说：

“你也不想想，人家是乡供销社的主任，自己门店里所卖的物品样样齐全，不缺吃不缺穿，还在乎你那点儿东西吗？”

我急忙问王留柱：

“他究竟缺什么？”

王留柱摊开双手说：

“缺钱呗！”

又接着往下分析说：

“依他现在的身份和地位，应该并不缺钱，咱们俩加在一起，恐怕也没他一个人富裕。但是谁嫌钱扎手呢？多多益善呗。你不妨换个方式，拿着现金再去找他试试。”

我起初还半信半疑，试探着将一千块钱装进信封，又去了唐主任的办公室。

一进门，我二话没说，先将信封塞进唐主任胸前的抽屉，然后坐在他对面的椅子上等待结果。唐主任重新拉开抽屉，捏着信封说：

“你还是旧病不改呀！”

说着又将信封递给了我。

我心中开始埋怨王留柱，都是他出的馊主意，让我再次在唐主任面前丢丑。碰上唐主任这样的清官，用乌七八糟的手段岂能轻易征服？尽管心中是这么想，我还是再次绕过桌子，重新把信封塞进他抽屉。

唐主任这次不再坚持了，也不再固执了，他手托着胖乎乎的下巴，和颜悦色地说：

“精诚所至，金石为开。我看你也是个实在人，咱们就先合作一把吧。”

说完，唐主任拎起笔，写了个二指宽、三寸长的纸条交给我，说：

“你去供应科找马科长吧，他具体负责办这些事。”

出了门，我偷偷地看了一眼纸条，只见上面歪歪扭扭地写了十多个字：

主要领导安排的业务，请速办。唐。

事情就这样轻而易举地画上了句号。

回家的路上，我兴奋得几乎要跳起来。按说到我这般年龄，应该早已过了青春期和冲动期，不应该再有那种不成熟的表现了。然而我仍止不住内心的狂喜，我一边拼命踩着自行车，一边对着辽阔的麦田大声疾呼：

“嗨——唐主任，你可真鬼呀！”

对于我的这种狂热表现，连路两旁的麦子都觉察到了，它们一个个赞许地朝我点着头，仿佛在说：

“瞧你那小样儿，屁大个事，便兴奋得跟小孩过年一样。”

我一本正经地对麦子说：

“我就是兴奋了，怎么着吧？你们倒是想兴奋，还不一定能兴奋得起来呢……”

正说着，我一不留神，车子的前轮突然撞到一块儿砖头上，车把迅速一个反转，我和自行车便一同扎进路边的水坑里。我弄了一身泥，自行车也弄了一身泥。这次该轮到自行车说话了。自行车说：

“这便是你得意忘形、乐极生悲的结果啊！”

随着工人对操作流程和技术掌控的日趋成熟，厂子的产量日渐攀升，等到真正达到两千斤的时候，问题也随之而来：按照供销社的销量，一个月下来，满打满算也就几千斤的样子，还不足我月产量的十分之一。剩余的糖果，只能装进粗大的麻袋，屋里堆得跟小山一样。无奈之下，我只得让王美丽在家负责生产，我则亲自走出去，想办法解决销路问题。

我骑着自行车，沿着公路两旁的村庄，一个挨一个地跑起了业务。那时间几乎每个村庄都有个体经销店，但是经销店还不叫经销店，美其名曰为“代销点”。顾名思义，就是为各类商家代销产品。第一次送货上门，他们一般都不付钱，都是先赊账，等第二次送货时，再根据实际销量结算上一批次的货款。这样一来，问题就出现了，直接造成大量资金沉淀不说，最让我头疼的是一些不讲信用的个体户，货物其实早卖完了，他们却一直赖着不肯结账。每次登门催要时，总以各种理由来推脱，看我实在逼得紧了，便指着堆在墙角的麻袋说：

“喏，东西都在那儿放着，要不你拉回去吧。”

天呐！那还叫食品吗？麻袋上落满了灰尘，黑乎乎的，足有作业本那么厚，完全可以在上面搞沙画了。再打开口袋一看，什么种类都有，什么时间的都有，什么包装的都有，什么厂家的都有……间或掺杂着瓜子、花生和针头线脑之类的杂物，乱哄哄的，脏兮兮的，拉回去又有什么用？

气愤之余，我便质问他们说：

“我当初给你送货上门的时间，就是这样的成色吗？”

他们随随便便地说：

“就这些了，你爱要不要。”

面对这些十足的“老赖”，我知道再跟他们争论下去也是枉然，对于这些不守信用的家伙，压根儿就没什么道理可讲。

更有甚者，是那些流动的经营摊点，他们的随意性很大，今天赶这个集，明天又转到那个集，没有固定的时间和地点。看外欠账累计得多了，他们索性将摊子一收，立即甩手不干了，改行回家继续种自己的庄稼。有姓名无地址，或者有地址无姓名，甚至还有很多的假姓名、假地址，茫茫人海中，上哪儿去寻找他们呢？就这样，少则上百、多则上千的东西，赊账给他们无异于打了水漂。

几年下来，我核对了一下账目，发现利润倒是丰厚，但是大多“盈利”都是欠款。除了工资和其他开销外，我并没得到太大的实惠。

我丢掉账本，极度颓废地瘫软在凳子上。我决定放弃这项产业，于是有气无力地对着正干得热火朝天的家人们喊：

“停产吧！”

三

厂子的事原本已经让我焦头烂额、疲惫不堪，没想小儿子冬青又节外生枝，一连串的麻烦，几乎将我推至崩溃的边缘。我因为长时间在外奔跑、忙碌，王美丽则一直照顾厂里的生产，我们均无精力去兼顾别的事情，当然也包括我的小儿子冬青。病好后，冬青先是在厂里帮忙，后来可能觉得工作和生活实在太单调、太无聊，竟然嚷嚷着要去学校上学。王美丽起先不同意，理由是现在就能挣到钱，上学有什么用？到头儿来不仍然要重新寻找挣钱的门路吗？

我瞪了王美丽一眼，说她头发长见识短，冬青才十来岁一个孩子，如果不去学校读书的话，将来肯定是文盲一个，属于睁眼瞎的那种人，把孩子的一生都给毁了。

在我的坚持下，冬青再次走进学校，继续读他的三年级。

冬青这孩子从小就调皮。上小学二年级时，他经常偷家里的粮票，拿去小卖部换糖果和瓜子吃。当我发现抽屉里的粮票越来越少，便追问他和路生，究竟是谁干的偷鸡摸狗的事，结果俩人都不肯承认。无奈之下，我只能将抽屉上了锁，心想这下该彻底安全了吧。没料锁的作用却微乎其微，它只能锁住好人，却锁不住坏蛋。我家的粮票仍然一天比一天少。我当时很纳闷，难道这些纸片儿会莫名地插上翅膀飞了不成？一天，我从地里回来，刚进屋就发现冬青正拿着一根细铁丝，从另一个抽屉的缝隙间伸进去，像穿杨树叶一样在扎里面的粮票。当场人赃俱获，冬青无话可说，乖乖地扔下铁条，主动撅着屁股对我说：

“你打吧！”

看粮票偷不成了，他又改偷家里的鸡蛋。我在一个叫常为民的人开的小卖部里买烟时，无意间看见一个小孩，正拿着偷来的鸡蛋换糖吃，才知道这里面竟然藏着如此多的秘密。家里一共养了四只母鸡。一到中午，四只母鸡一个比一个乖，都能做到自觉地轮流排队，到鸡窝内下蛋。每天傍晚，王美丽都不忘将手伸到鸡窝内，掏出新鲜的鸡蛋，再放到里屋床下的一个土罐内。等鸡蛋积攒到一定数量时，再卖给那些前来收鸡蛋的小商小贩，以此来购买油盐酱醋之类的生活必需品。平时土罐里的鸡蛋是有数的，王美丽经常掰着指头数来数去，比记她爹娘的生日还要精确。但是，对于那些储存在鸡屁股内、尚未屙下来的蛋，却是任她绞尽脑汁也无法统计清楚的。

冬青正是抓住王美丽这方面的缺陷和漏洞，才打起了鸡蛋的主意。

我家的鸡窝设置在厕所过道的旁边，前半截过道垒的是鸡窝，后半截才是厕所。经过一番细心观察后，我发现一个非常奇怪的现象：每到中午放学后，冬青就会丢下书包，忙不迭地往厕所里跑。王美丽肯定是被蒙在鼓里的，人一旦晕了头转了向，便显得近似傻乎乎的，她以为冬青每次进厕所，就是为了拉屎撒尿，哪儿知道冬青的真正目的是在苦苦地等待母鸡下蛋。

有好几次，王美丽傍晚去收蛋时，竟然发现鸡窝内空空如也。王美丽就纳闷了，皱着眉头自言自语：

“真是奇了怪了，中午我明明听见母鸡下蛋后，像表功领赏一样发出‘咯咯哒、咯咯哒’的强有力的叫声，怎么会没有鸡蛋呢？”

冬青这时便接过话茬说：

“怕是让大蛇给吞了吧。”

又说：

“有几次我在厕所解手时，看见从鸡窝内爬出一条大蛇，有胳膊那么粗，一两米那么长。蛇的肚子鼓囊囊的，一准是把鸡蛋给吞吃了。”

当即把王美丽吓得变了脸色，而且在很长一段时间内，她都不敢像以前那样直接伸手取蛋了。王美丽将取蛋的习惯和方式改为先拿着一根棍子，小心翼翼地伸进鸡窝去打探一番后，把鸡蛋拨弄到窝门口的亮敞处，这才迅疾出手将鸡蛋拿走。

自从在常为民的小卖部知晓孩子偷蛋的内幕后，我对家里经常丢鸡蛋的事，心里已明白个八九不离十。一天，我看冬青从厕所出来时，衣袋内装得鼓囊囊的，于是便悄悄地贴上去，冷不丁飞起一脚，结结实实地踢在他的衣袋上。冬青“哎呀”一声，便捂住衣袋蹲在地上。鸡蛋早已被我踢得粉碎，蛋清透过衣袋的缝隙很快渗了出来，稀里哗啦地，将衣袋浸湿了一大片。我故意装作一副不明就里的样子问他：

“你衣袋里装的啥玩意？掏出来让我开开眼界呗。”

没想冬青竟理直气壮地回答：

“是鸡蛋！都让你踢烂了。”

我继续追问：

“你装鸡蛋干什么？”

冬青狡辩说：

“我妈怕蛇，不敢去收鸡蛋，我解手出来，顺便替她把活儿给干了。”

我怒气冲冲地说：

“证据确凿，你还敢跟我耍赖？你分明是拿鸡蛋去换瓜子、糖果吃！”

冬青仍旧面不改色心不跳地大声嚷嚷说：

“你冤枉我！”

我看这小子一副不见棺材不掉泪的样子，索性拉起他的手说：

“敢不敢跟我一起到常为民的小卖部去证实一下?”

趁冬青犹豫不决之际，我继续给他施加压力：

“坦白从宽，抗拒从严。老实交代你的罪行吧。如果今天主动坦白了，我可以既往不咎，不会动你一手指头。但是你只要保证今后不再犯类似错误就行。”

冬青的头这才勾得像熟透的大麦一样，低声说：

“我就换过一次。”

又红着脸解释说：

“我当时出于好奇，拿鸡蛋对着阳光照了照，发现里面有很大一块儿阴影，又放耳边摇了摇，感觉里面‘呼啦呼啦’直咣当。像这样的坏蛋，即使放着也卖不掉，所以才拿去骗常为民，从他那里换了一支笔和一个本子。”

冬青说得有板有眼，有理有据，看似找不出丝毫的破绽。如果换作是王美丽的话，恐怕不但不会责怪他，说不定还会对他的聪明之举大为赞赏哩。是啊，一枚坏鸡蛋，怎能逃过收蛋的小贩们那双瞪得比铜铃还要大的眼睛？小贩们下乡收鸡蛋时，通常都很小心，担心鸡蛋存放过久而坏掉，所以在交易过程中，会对每个鸡蛋进行严格筛选和把关，就像冬青说的那样，先对着阳光照一下，看里面有没有阴影，如果有阴影的话，说明这枚鸡蛋已经出了问题，用他们的专业俗语叫“寡蛋”，寡蛋是不能孵出小鸡的。再就是捏着鸡蛋放耳边摇晃，如果里面出现水一般的声响，也说明鸡蛋因为存放时间过长，外面虽然好好的，里面却已经汤汤水水了。

我冲着冬青大声吼道：

“简直胡说八道！刚从鸡屁股里出来的东西，还热乎乎的呢，怎么可能是坏蛋？我看你是坏蛋还差不多！”

冬青知道自己说漏了嘴，顿时傻眼了，话一旦说出口，就像泼在地上的水一样，再不可收回。

我又问冬青到底拿鸡蛋换的啥。

冬青终于说了实话：

“我换了一包烟抽了。”

然后，冬青主动将屁股撅到我面前，老老实实地说：

“打吧。”

才十来岁一个孩子啊！竟然开始学抽烟了。我在极其愤怒之下，摁住冬青将他狠揍了一顿。

再次入校上学后，冬青仍跟以前一样不思进取，而且到处惹是生非。听老师说，他召集了一帮人马，遇到不顺心的事，抑或看见不顺眼的人，轻则指着人家的鼻子谩骂，重则便是一顿拳打脚踢。在课堂上，他不但不能严格约束自己，还经常去骚扰别人，疯狂程度几乎到了令全班同学无法上课的地步。老师为进一步印证自己所说的话，指着冬青所在的班级对我说：

“你到里面问问同学们，看谁是班里的‘混世魔王’？没有一个人不指认你们家冬青的。”

晚上，我以检查作业为名，打开冬青的书包，发现里面空空荡荡的，除了两本烂得像泡馍一样的书外，竟然连个笔头都没有。便问他作业本哪里去了？

冬青当时还不知道我要收拾他，满不在乎地回答：

“老师教的东西我都会，还做作业干嘛。”

我赌气拿起数学书，比葫芦画瓢地给他出了几道题。他虽然有点磕巴，但最终还能写出正确答案。

我尽管窝了一肚子的火，当时也无话可说，只能加强对他的日常管教了。

进入初中后，冬青开始住校。这一住校不当紧，冬青算是彻底摆脱了我的视线，他就像一头挣脱缰绳的牛犊子，在广袤的田野里尽情地撒起欢来。半年时间内，学校就“请”我去了三次。第一次是在冬天，外面下着大雪，地上积蓄了厚厚的一层。上英语课时，冬青可能觉得比较冷，便悄悄地点起蜡烛烤手。英语老师发现了，二话不说就让他拎着脸盆下了楼，从操场上端来一大盆雪。然后，英语老师让冬青站在教室门口，一手抓起一把雪，让雪在他手中慢慢融化。老师说：

“你不是害冷吗？用这个办法，可以让你的手渐渐变热，比烤火都管用。”

冬青双手都抓着雪，冻得瑟瑟发抖。没等第一把融化完毕，老师接着令他抓第二把，一直抓到下课为止。

临走时，老师讪笑着问冬青：

“咋样？手变热没有？”

冬青来回搓着那双通红的手，没好气地说：

“热不热我心里清楚，关你屁事！”

大庭广众面前，老师可能觉得很没面子，就让冬青回去请家长。老师特意警告他说：

“请不来家长的话，今后你就不能再上我的英语课。”

不上课就不上课吧，冬青正巴不得好好在外玩耍几天呢。学校的大门，紧挨着一些住户。靠山吃山，靠水吃水。有几户人家，依仗着紧靠学校大门的优越位置，针对部分学生做起了小买卖。有卖文具的，有卖笔墨纸砚的，有卖茶水的，有卖衣帽鞋袜的，有卖瓜子糖果的，还有开小饭馆的……五花八门，应有尽有。他们的生意都做得很灵巧。对于有钱的学生，可以直接拿钱去买；没钱的学生，拿学校的内部饭票也能在市场上流通。对于那些既没钱又没饭票的学生，还可以采取记账的方式，以解当前的燃眉之急。逃课那几天，冬青一直窝在一家小饭馆内，自始至终都没出过门。冬青在饭馆长时间滞留的原因，并不完全是为了吃饭，最吸引他眼球的、摄取他心魂的、让他为此魂不守舍的，是摆放在饭店院子中央的两张台球桌，拿上一斤饭票，就可以玩三盘。平均起来算，玩一盘大概需要十分钟。冬青在饭馆滞留好几天，中间欠了他们多少钱，可想而知。

几天不见冬青的影子，学校着了急，专门派一位熟路的教师到我家了解情况。一听说冬青失联多日，我心中焦急，汗立马就出来了，忙不迭地推上自行车，不顾道路泥泞和天寒地冻，东跌西撞地赶往学校。

根据他的同学提供的线索，我很快在附近的小饭馆找到冬青。看见我，冬青先是一脸的惊愕，而后很快就平静如初了，装作一副惊讶的样子问：

“爸，你咋来了?”

我二话没说，抡起巴掌“啪”的一下掴在他脸上，鲜红的手印立马显现了出来。

我拽着冬青，带他到班主任那里承认错误，取得班主任的原谅后，冬青才得以返校上课。

甭看这小子年龄不大，却记仇。他把请家长和挨耳光的罪过，全记在英语教师一个人头上。再上英语课时，同学们都跟着老师的发音，一起读得朗朗上口，冬青却始终闭着嘴巴，牙齿咬得紧绷绷的，模样比电影里受尽残酷折磨的战士还坚强。

又有一次，大家都在认真听讲，冬青却趴在桌子上，昏昏沉沉地进入梦境。说是进入梦境，冬青其实并没完全睡死，他的耳朵里，还能模模糊糊地灌输进去一些大致的内容。当时老师所教的内容是英汉互译：

“今天星期几?”

英文为：

“What day is today?”

老师刚读完这句英文，就看见冬青在座位上打盹。冬青的上半身，时而前扑时而后仰，模样跟生活在北极冰面上的那些呆头呆脑的企鹅差不多。老师本来不打算跟冬青使气，对于像他这样以混日子为目的的家伙，管与不管都无关紧要了。但是老师又联想到他近日的不良表现，突然便生气了，也有意给冬青办难堪，于是点名让他站起来当众提问。

冬青揉了揉惺忪的睡眼，凭借刚才依稀的记忆，将“What day is today?”误读成“我日他大爷，谁日他大爷。”

一句话，让在场的所有同学都哄堂大笑。

老师当时也产生了误解，以为冬青是在故意骂他。老师红着脸，勃然大怒，将冬青召唤至讲台附近，突然飞起一脚，想给冬青来个下马威。不料冬青早有准备，下意识地闪身躲开了。老师当时穿的是草鞋，就是用芦苇的绒毛编织成鞋帮，然后固定在一块儿大约两厘米厚的木板上，便做成所谓的草鞋了。草鞋尽管看上去很笨拙，但是却很暖和，极其适宜乡间雨雪天气时使用。

由于冬青像猴子一样麻利地跳开了，所以草鞋没能踢在他身上。而老师却因用力过猛，一屁股蹲在讲台上。草鞋在惯性的作用下，像扔出去的半截砖一样飞了，接着又像皮球似的，骨碌碌地一直滚到教室门口方才停歇。同学们望着老师脚上的红袜子，紧接着又是一阵哄笑。老师挣扎着爬起来，然后像踩高跷样抬着一只脚，不停地跳跃着，又气又羞，脸红脖子粗地命令冬青：

“把鞋给我捡过来。”

冬青才不干呢，咕哝着说：

“自己甩出去的，自己去捡。”

老师只有一只脚穿着草鞋，连站都站不稳，自然没法下讲台。没法下讲台，就跟唱戏的没法收场是一个道理。看自己的命令在冬青身上不起任何作用，老师只能另外指使坐在前排的一个女生，让她帮他捡回了鞋子。

这便是冬青第二次回去请家长的原因。

第三次所发生的事，就不像前两次那么简单了。冬青在学校门口吃面条时，跟一个高年级的同学发生矛盾，俩人谁也不服谁，经调解无效后便厮打起来。那个高年级的同学仗着自己人多势众，家又住在学校的附近，一副有恃无恐的样子，很快招呼几个人过来，打算对冬青实施围殴。冬青当时也可能是被逼急了，像斗红了眼的公鸡一般，跑到厨房拎起一把菜刀，对准与他发生矛盾的元凶，猛地一下劈了过去，刀锋刚好砍在那位同学的肩膀上。幸亏是在冬天，大家都穿着比防弹衣还结实的厚重的棉袄，才导致他人未受伤，但是棉袄的肩部却被砍破个大口子，白花花的棉絮，像鹅毛一样冒出来。

由于冬青持刀砍人事件发生在校外，学校当时并不知情。直到后来学生家长拿着破棉袄找到校长的时候，校方才晓得事态的严重性，赶忙通知家长，并宣布对冬青作开除处理的决定。

一位副校长是我高中同学，当他知道冬青是我儿子后，悄悄将我拉至一旁，为我出主意说，如果想让冬青继续上学，必须先想办法安抚好对方家长，民不告官不纠嘛！至于学校的事，他可以从中帮忙协调。

那时间毛呢褂才刚刚流行上市，仅有个别上档次的服装店里有卖。我跑到大街上，花了几百块钱，一下子买回两件。一件送给学生家长，一件送给了校长。学生家长肯定还没穿过如此高档的衣服，捧在手里像抚摸孩子的脑袋一样用心捋了几把，然后转过来又像对待救命恩人一样，跟我说了一番客套话后，屁颠屁颠地离开了。衣服送到校长手上，也迅速发挥其应有的作用。在我同学的提议下，校长顺水推舟地安排冬青走进教室。

然而令我万万没想到的是，仅仅时隔数日，冬青便再惹祸端——他又将一位同学打伤。我顿时火冒三丈，先是带着礼品去看望那位受伤的同学，而后又将冬青领回家，二话不说便扒去他的衣服，再拿绳子将他捆在长凳上，拎起鞋子就是一阵猛抽。刚开始冬青顽固得很，任凭我如何抽打，他始终趴在那儿一声不吭，而且把牙齿咬得“咯吱咯吱”响。见他如此负隅顽抗、不思悔改，我越打越来气，索性又将鞋子换成皮带，猛抽几下后，小家伙终于忍不住了，“哇哇”地哭喊起来。直到他浑身发青，哆哆嗦嗦，苦苦哀求并保证下不为例后，我方才住手。

看着冬青的后背如胎记般的红肿部位，我忍不住转过头去，悄悄抹了一把泪。常言说虎毒不食子。我竟然将他打得死去活来，连我自己都不明白，我这么做到底应不应该？我痛心疾首地对冬青说，想当年你爹上学时间，缺衣少穿，食不果腹，整天饿得皮包骨头，看见树皮都想吞下去。那是怎样的一种学习环境呀？可是我仍然坚持读完初中和高中。而你呢？学习条件这么优越，父母一直大力支持，却是不学无术，调皮捣蛋。既然已经这样了，干嘛还要继续上学？倒不如尽早回家务农，也好为父母减少些许重担……

晚上，冬青没有吃饭，连睡觉都保持着脸朝下、背朝上的姿势。我于心不忍，悄悄安排王美丽，让她对冬青多加留心，他正处于思想极易冲动的青春期，万一想不开走了极端，我们这些做父母的就追悔莫及了。

看冬青那副龇牙咧嘴的痛苦模样，王美丽比我更心疼孩子，她嫌我下手太重，所以嘴里一直喋喋不休地抱怨着，赌气说：

“如果孩子出现个三长两短，我也死给你看！”

我大概因为心存愧疚，所以没跟她去做过多的争辩，只说：

“棍棒之下出孝子！这点儿道理你就不懂？”

第二天早上，还没等我起床，冬青便推门进来。令我毛骨悚然的是，他手中竟然拎了把明晃晃的菜刀。难道小家伙想跟我拼命？我当时还在战战兢兢地想。

还没等我来得及想好对策，冬青便“扑通”一声跪倒在地，接着又移过一把凳子，将左手放在凳子上，右手高举着菜刀，斩钉截铁地说：

“爸，我对不起你！今后我一定痛改前非，好好学习。今天当着你的面，我自断四指，以表决心！”

眼看悲剧即将发生，王美丽吓得魂飞魄散，手指着冬青，结结巴巴地说：

“儿啊！你……你……你可千万别犯傻呀！”

说时迟、那时快，就在菜刀即将落下来的一刹那，我飞身上前，一脚踢翻摆在冬青面前的木凳，又夺过他手中的菜刀，然后紧紧地抱住他的头说：

“儿啊，你总算醒悟过来了！”

王美丽也凑过来。我们三个人搂在一起，哭成一团。

第九章

一

似乎在须臾之间，我突然发现孩子已经长大成人。尤其是大儿子路生，个头儿仿佛在一夜之间猛长数尺，由我原先的肩膀位置，一下子超越我的身高了。孩子们的日趋成熟，直接给我和王美丽的幸福生活带来诸多不便。我家的三间住房，内部格局是这样安排的：我和王美丽住在东间，路生和冬青住在西间，中间的部分是客厅，留作当家庭内部的公共场所使用。在东、西两房之间，仅有两扇矮墙相隔。把人隔开是完全不成问题的，但是却隔不住声音，也就是说，它能隔住固定的，却隔不住流动的东西。因为房子是那种传统的瓦屋，虽然以两道矮墙划分了界限，但是主梁以上的屋脊部分却是相通的，在东间放个屁，西间就能听得清清楚楚，声音方面完全是畅通无阻的，没有丝毫的约束和隐瞒。

先说说孩子们吧。房子刚建好时，路生和冬青同睡一张大床，因为年龄尚小，弟兄俩倒也相濡以沫，和平共处。当然，相互之间打打斗斗也不可避免，吵吵闹闹的现象时有发生。即使彼此翻脸不说话了，屁大一会儿工夫，俩人又和好如初。刚开始弟兄俩共睡一头儿，再大些时便分开睡了，路生头朝南，冬青头朝北。常言说得好：一个槽头拴不住俩叫驴。彼此相处一段时间后，又不好安置了。路生非要嚷嚷着跟冬青分床，理由是嫌冬青不讲究卫生，整天在土坷垃里摸爬滚打，晚上睡觉时抖一下衣服，灰尘像进入跑马场一样四处飞扬。冬青对哥哥路生也有一肚子意见。冬青喜欢蒙头睡觉，说这样的习惯有诸多好处，既安全又圈气，特别是冬天，冷空气想钻也钻不进去。

但是，碰上个爱放屁的哥哥，似乎让他倒了八辈子血霉。路生喜欢吃红薯，无论蒸煮煎炸，都能符合他的胃口。容易产生沼气的农作物有两种，一个是红薯，另一个是大豆。路生本来肠胃功能就好，运转畅通无阻，一天到晚不放十个八个屁的话，肚子里如同得了肠梗阻，鼓胀得连觉都睡不着。吃了红薯之后就更不用提，“嗵嗵嗵、嗵嗵嗵”的异常沉闷声不绝于耳。不要说冬青了，就连睡在东间的我和王美丽都觉得惊讶。王美丽悄声问我：

“路生的肚子里，哪儿来的这么多有害气体？”

我说：

“管他呢！等他将来长大后，如果能去液化气站上班，该有多好！”

王美丽不解地看着我。

我进一步解释说：

“该省去多少原材料啊！”

看俩人同时产生强烈的分铺意愿后，我只能雇来木匠，重新为他们赶制了一张小床，放在西间那张床的北面，让冬青搬过去睡。肢体上不能再亲密接触，仅仅是隔“床”相望，俩人也只能偶尔打一下嘴官司而已，屋子里瞬间宁静了许多。

然后再说我和王美丽的事。头一次觉察到“不方便”，是在一个寂静的夜晚，我喝了点儿酒，心中兴奋，睡不着觉，躺在床上蹄爪都不肯闲着。我在无意间翻身挪腿时，竟把一只脚放在王美丽的裆部。与我相向而眠的王美丽，大概早已进入梦乡，被我这么轻轻一蹬，竟然醒了，不耐烦地说：

“你不好好睡觉，想干啥呢?”

我顿时来了兴趣，压低声音说：

“你说我想干啥，我就想干啥!”

王美丽嘟囔着说：

“我又不是你肚里的蛔虫，怎会知道你的想法。”

我便直截了当地说：

“想干人。”

说罢就掀开被褥，像泥鳅样贴着王美丽的身子，钻到她那头儿去了。

我和王美丽睡的这张床，算是个老古董，最多的时候，上面曾经一并躺过四口人，出色地完成了承载我们一家人的重任和使命。用我们乡下人的话说：确实掏过大力了。如今，它就像个苟延残喘的老人，就像一辆即将被淘汰的破车，面对我和王美丽的猛烈撞击，显然有些力不从心、不堪重负，跟着我们富有节奏的动作，发出“吱呀吱呀”的声响。

我和王美丽正沉浸在春意盎然的气氛当中，哪儿有闲情逸致顾得上体贴和照顾它？我记得我当时好像还在不断提醒它：

“别叫了！别叫了！……”

继而又威胁它：

“若是再不听话，等我缓过劲儿后，一定把你换下来，劈成柴火填进锅灶里烧掉！”

还没等我说完，就听见西间里的冬青，忍不住大声呼喊：

“吵死人了！你们还让不让我睡觉？”

紧接着，冬青的嘴像是突然被人捂住——估计应该是路生干的。他像被装进麻袋里的狗一样，发出沉闷的“呜呜”声。

正处在幸福中的我，顿时如同一具僵尸，一下子瘫软在床上，不敢再继续下去。

我气急败坏地对王美丽说：

“咱家又该盖房子了。你瞧瞧，家里马上就装不下他们弟兄俩了。”

“指望什么盖房子呢？”王美丽忧心忡忡地说，“水产养殖基地彻底泡汤了，糖果厂也完蛋了，我们现在可以说一无所有。”

我毅然决然地说：

“靠力气。”

又掰着手指分析说：

“没砖头，我们可以自己来烧；没瓦片，也可以自己去制。屋后面种有梧桐树，现在个个儿比碗口还要粗，檩条的问题算是解决了。紧挨咱家房屋的西边，还有一片当初生产队划给孩子们的几间宅基地，尽管地势较洼，我们可以拉土填上嘛。必需花钱才能解决的，就剩下水泥、白灰，以及负责建房的师傅们的工钱了。”

王美丽问：

“打算盖几间？”

我伸出一大一小两根手指，在她面前晃了晃说：

“六间。”

又补充说：

“如果还盖三间的话，我们就失去重新盖房的意义了。”

盖房首先要准备砖头和瓦片。我选定村外一处干涸的大坑塘，从坑底取土装车，再套上家中那头老黄牛，顺着坑坡往外拉。一车土少说也有几千斤，靠人去拉根本不可能，累得“吭吭哧哧”的不说，一天下来能拉上几车就不错了。但是对于一头健壮的老黄牛来说不在话下。可以说，我家的六间房屋之所以能在最短时间内建成，老黄牛是立下汗马功劳的。

赶到放学或者星期天，冬青也过来伸手帮忙。我们一家人花费半个多月时间，才把黄土的问题全部解决。

制砖的过程就不像取土那么轻松了。制砖要有砖模，就是按照砖的尺寸，用木板扣成一个长匣子。一个木匣内同时可以容纳四块儿砖坯。制作流程也很复杂：先把黄土浸湿后，像和面一样搅拌均匀，再逐一揉成面团状，滚满细沙后摁进砖模内，然后压死、填平，最后将木匣倒扣在平整的地面上，再轻轻拿掉木匣即可。细沙的作用，就好比擀面条时撒下的干面粉一样，避免面团和案板之间相互粘连。

那时间农村还没有混凝土搅拌机。仅靠人工搅拌泥土这道工序，就把王美丽和路生累得够呛。我的任务是制砖，就是把搅拌好的黄泥揉成一团后扣进木匣里，再倒出来晾晒。这不光是技术活儿，也是力气活儿，为保证将砖坯充分“填死、压平”，我的几根手指都快摁断了，胳膊也疼得要命，一天下来连端碗的气力都没了。

刚干了不到一周，王美丽和路生就受不了了。王美丽像一条被打断了脊骨的狗，屁股紧贴着地面，无论如何用力，双腿却始终难以撑起自己的身体。路生显得更加软弱，他索性将铁锨往地上一扔，然后一屁股蹲在黄土上，放狠话说：

“奶奶的，即使以后让我睡在猪圈里，我也不愿意再盖这熊房子了！”

王美丽又找理由抱怨起我来，说我应该去找我的两个弟弟，让他们也过来帮忙。王美丽将话说得很难听：

“你的两个弟弟，一个个吃得跟狗熊一样，五大三粗，虎背熊腰，却整天无所事事，清闲得去看蚂蚁上树，咋不知道过来帮我们一把？难道你们不是一个娘生养的？”

提及我的两个弟弟，一时间让我又气又怜，且又无话可说。正因为我当初犯下的不可饶恕的错误，确实为他们造成很大伤害，让他们身心俱焚，万念俱灰，甚至直接影响了他们大半生，也耽误了他们大半辈子，致使他们到现在还打着光棍，始终没能成家立业。眼下，时间已过去这么多年，即便是有削骨断筋、撕心裂肺的仇恨，也总该有愈合的时候吧？可是，他们对我的怨恨非但没有削减，反而在日渐加深。每次看到我和老婆孩子一起团聚的镜头，他们除了越发烦恼之外，更多的还是心生嫉妒。他们经常红着眼珠子，一副杀气腾腾的样子，似乎要把我们几口人一并吞下去。

何时才能够化干戈为玉帛呢？何时才能抹平呈现在我们之间的这道深不见底的鸿沟？我又想起前几年开办糖果厂时间，因为厂子人手短缺，我主动提出让两个弟弟过来帮忙，反正他们闲着也是闲着，何必放着工资不挣，眼看着钱装进别人的腰包呢？刚开始我去找他们的时候，他们一个个将头摇得像拨浪鼓，以各种借口和理由推辞了。可是后来一听说厂里每月按时发放数目诱人的工资时，他们又主动找上门来，提出进厂工作的要求——就这样一对心胸狭小、见钱眼开之人，今后能会有什么出路和前途呢？他们来找我，表示想加入这个团队的时候，厂里的人手其实已经充足，没有闲置的岗位可安排。但是为照顾他们的情绪，我仍然以劳动量过大为借口，强行把他们给塞了进去。因为这件事，我还跟王美丽生了一场大气。按照王美丽当时的态度，绝不允许他们进厂务工。王美丽说：

“我们出那么高的工资，啥样的人招不来？何必养那两个白眼狼！”

又说：

“当初请他们来时，本是出于好心好意照顾他们。可是他们却偏偏不领情，生怕厂里不给他们发工资，亏待了他们。现在看工资稳定收入不错，又主动来要求上班，可能吗？我看他们兄弟俩是能过头儿了！”

又说：

“我这儿不是客店，岂能任由他们想来就来，想走就走？”

我接过话茬说：

“我们毕竟兄弟一场，不看僧面看佛面。再说，咱们过去曾经做了对不起他们的事，现在让他们进来，也算是将功补过，为他们弥补一点点儿经济方面的损失吧。”

当初让我的两个弟弟到食品厂工作，属于有偿劳动，跟现在相比，性质上就有着很大区别。现在请他们来帮忙，属于义务劳动，完全是看在亲情的面子上，他们肯出手相助吗？在王美丽的一再怂恿和坚持下，我不得不硬着头皮去登门求救。果然没出我所料，我刚把情况跟他们一说，他们立即摇头拒绝。我大弟捂着腰，说自己这几天腰疼，连饭都吃不下，哪来的力气去干重活儿？我二弟索性像乌龟一样缩在被窝里，并以感冒为借口，从头到尾连脑壳都没敢露一下。

看王美丽和路生累得像一摊泥，我于心不忍，觉得这样下去不是办法，必须尽快重新找门路才对。六间房加上周围的院墙，所用的砖头少说也得十多万块儿，靠现有的人力，啥时间能实现愿望呢？

听说县城附近有个制砖厂，我就萌生了去参观考察的想法。既然是上规模、成气候的企业，总不至于跟我们一样，采用这种传统和原始的方法去批量生产吧？经过商谈，制砖厂的老板答应把一台闲置设备出租给我，帮我完成制砖的重任。机器的吞吐量很大，运营起来更需要人手，我又花钱雇用了二十来个人，仅用了十天时间，便将所有房屋的用砖问题全部解决。

砖坯一行行、一排排地在空地上码成垛，宛若等待检阅的队伍一般整齐和蔚为壮观。在整个晾晒过程中，同样需要我们像对待婴幼儿一样的精心照料，既要防止淘气孩子或者散养的猪牛羊等牲畜闯进去，不小心把砖垛撞倒，又要防范天气突变，万一刮大风或者下大雨，我们全家人的辛勤劳动成果便会毁于一旦。尽管如此，这种非人为损坏现象仍不可避免。有天晚上，吃饭时间还是繁星满天，可是到了后半夜，老天却猝不及防地下起大雨。我们全家老少匆忙上阵，带着塑料膜去保护砖垛。记得当时的风力很大，雨也很猛，雨滴像击鼓一般打在我们头上。我们分为俩人一伙，刚把这一垛砖坯盖好，那一垛又瞬间被狂风掀起。让我们真正体验到顾此失彼、手忙脚乱的滋味了。我口中咬着手电筒，将身子小心翼翼地压在上下翻飞的塑料膜上，任凭大雨如泼水似的往身上倾泻。我们全家人在风雨和泥水里摸爬滚打了一夜，总算把全场的砖坯基本给保全。天亮时间，我们彼此望着一个个像泥塑一样面目皆非的亲人，眼里虽然含着泪，却又开心地相视而笑。

接下来进入烧砖阶段。我亲自押着煤车，到二百多里开外的密县拉煤。又请来关系较好的一帮乡亲，帮着把砖坯填进窑洞，然后正式开始点火烧制。从点火到烧制完成需要三天时间。在那三天三夜里，我始终不敢合眼，一直在窑匠的指挥下，小心翼翼地观察火候和窑情变化。如果说制砖是体力活儿的话，那么烧窑则是彻头彻尾的技术活儿。去年村里有户人家在烧窑时，因为粗心大意，竟然造成窑体坍塌，前功尽弃不说，还差点搭上性命。经过亲身实践我才知道，原来烧窑是有很大讲究的：如果火势过旺、温度过高，则会导致离火源较近的砖坯逐渐融化，将来必会出现像树疙瘩一样的“肿瘤”；假如温度不够的话，那么砖就有可能烧不熟，稀松得跟土坷垃一样，一摔即碎。最关键之处是在用水洇窑期间，必须先以细水顺着窑顶均匀地往下淌，这样方能保证滋养出来的砖既平整又结实。如果水势过大，导致窑体迅速冷缩，搞不好就会出现窑体崩塌的危险。

六间房全部建成后，加上周围一圈高大厚实的院墙，看上去确实气派和壮观。就在人们纷纷竖起拇指，对我家啧啧称赞之际，王美丽却因过度劳累而积劳成疾，患上了腰椎间盘突出和颈椎病，每逢阴天下雨或农忙季节，她只能龇牙咧嘴地捂着腰身，一副痛苦不堪的模样。我一边忙着为她治病，一边经常逗笑她：

“这下好了，从此再也没人干扰我们的私生活了。我们可以随心所欲、放心大胆地活动自己的筋骨了。”

我看见王美丽的脸，一下子被一种叫作“红晕”的色彩所包围，她咬着牙嗔怪我说：

“老东西！我们都多大年纪了，还在想入非非、不务正业。真不要脸！”

我一本正经地说：

“我今年不就四十多岁吗？如果继续让我发挥能量的话，保证能跟你再合作出一群孩子来。”

我看见王美丽原本正痛苦的脸上，顿时像水波一样，荡漾着一连串的幸福。王美丽叹口气说：

“还生孩子呢，马上都快成为抱孙子的人了。”

接着又摇头苦笑道：

“唉——，我就想不明白了，人活在世上，除了吃苦受累外，还能图个啥？”

我一本正经地回答说：

“图个啥？说简单一些，无非是图个子孙满堂、家庭和睦、兴旺发达呗！”

又自言自语说：

“除此之外，作为农村人，还能有什么更好的理由，让我们坚强不屈地活下去？”

二

不等新房彻底晾干，路生和冬青早已蠢蠢欲动，开始商讨房子的具体分配方案了。冬青幼稚地说：

“按规矩，家里数我年龄最小，今后还担负着养老送终的大任，所以房子应该尽我挑。”

路生唏嘘了一下说：

“咦——，就你那点儿能耐，还‘担负养老送终的大任’哩，将来不去剥削咱爸妈就算不错了。”

又问冬青：

“你说，按规矩，是大麦先熟？还是小麦先熟？”

冬青不明白路生的心机，眨着眼如实回答：

“当然是大麦先熟。”

路生咧着嘴，得意地说：

“那不就得了。既然是大麦先熟，房子就应该让我先挑”。

冬青虽然内心不乐意，却又实在想不出什么好办法，只能赌气说：

“我们干脆出‘剪刀、石头、布’吧？谁赢谁先挑。”

路生抬脚踢了冬青一下，不屑地说：

“滚蛋吧！小鸡巴孩儿，还跟我玩心眼儿，我睡着的时候也比你精细。”

说罢抽身便走。

冬青吃了亏，气得“哇哇”大叫着，顺手抓起一根树枝，朝着路生追去。

看着眼前这幅别有情趣的画面，我和王美丽都乐呵呵地笑着，却没上前去制止他们的争斗。

就在那天晚上，我刚刚入睡，父亲又过来了。父亲站在我身边一动不动，而且依然保持着他以前的风格——阴沉着脸不说话。

我顾不上去分析父亲此刻的心情，只管指着头顶新盖的房子，兴奋地对他说：

“爹，你看，我把路生和冬青结婚用的房子都准备好了，瞧瞧咋样？够不够气派？”

父亲依然不动声色。

我说：

“爹，我们都搬进新房了，这么隆重的事情，你咋还不高兴呢？是不是遇到什么不开心的事？”

父亲终于说话了。但是父亲一开口就冲我发了火：

“你只管自己贪图享受，想到你娘和你的两个弟弟了吗？”

我一头雾水，反问道：

“他们生活得不是挺好吗？”

父亲质问我说：

“你的房子倒是盖好了，可是你娘他们呢？你娘住上新房了吗？你弟弟成家立业了吗？他们都还生活在水深火热中，你管过吗？问过吗？用心对待过吗？当初你是怎么向我保证的？你拍拍自己的胸口说，你究竟有没有兑现承诺？”

我无言以对，只得找借口推卸责任说：

“唉——，都怪我的两个弟弟不争气，整天游手好闲，吊儿郎当，他们住不上新房，这事能赖我吗？”

父亲将牙齿咬得嘎嘣脆响，眼里几乎要喷出火苗来，他愤愤地说：

“你太让我失望了！莫要忘记‘长子为父’这句话，接下来应该怎么做？你自己看着办吧。”

说完，父亲的身子宛若在空中爆开的烟花一样，“嘭”地一下四散开来。我伸手抓了一把，发现抓在手心的仅是如窝窝头般大小的一块儿碎肉。我清晰地记得那块儿肉热乎乎、血淋淋的，像刚宰杀的动物心脏一样跳动着。我捧着那块儿血肉，跪在地上哭喊：

“爹——，你又去了哪里？”

冥冥之中，我依稀听见父亲发出的余怒未消的声音：

“别管我去哪儿了！照顾不好你娘和你弟弟，你就不配做我的儿子……”

从梦中醒来，我再也无法继续入睡，重新披上衣服走出去，顶着满天繁星，我叩开了母亲的房门。

当着母亲的面，我跟我的两个弟弟进行现场交涉。我首先表明我的态度和立场：因为我刚盖完房子，家里的钱已经全部用光用尽。也就是说，在资金方面，我暂时没有能力来贴补他们。但是，我有的是时间、力气和经验，接下来可以帮他们一起取土、烧砖……我家还有几棵没用完的桐树，也可以拿来用作建房的材料。总之，大家齐心协力，心往一处使，劲往一处拧，争取尽快帮他们把新房建起来。

对于我的想法和态度，母亲倒是没什么意见。母亲捋了一把花白的头发，对着我的两个弟弟发出感慨：

“苍天有眼哪！你们能有这个识大理、顾大局的哥哥，是你们的荣幸。我死也瞑目了。”

母亲说完，又低头抹了一把眼泪。

但是两个弟弟却始终沉默不语。

在母亲一个劲儿地声讨和追问下，大弟终于开了口，他垂头丧气地说：

“没有钱，啥事也弄不成！”

二弟不知什么时候把烟给点上了，他刚抽了几口，又狠狠地摁灭在桌子上，表态说：

“我赞成老二的看法。”

大弟接着说：

“光有砖头、有树、有力气，能盖成房子吗？当初筹备这所屋子的时候，原计划是要盖成瓦房的，正因为手头儿缺钱，无奈之下才改为现在的茅草屋。”

我苦口婆心地说：

“没有钱，我们可以想办法暂借。咱们不是还有很多亲戚吗？

关键时候张开嘴，谁能不伸手帮咱一把？”

又说：

“想干成一件事，不仅要靠自己的辛勤努力，还要付出实际行动。没有尝试，你怎知道事情的结局和成败？”

一句话把二弟惹恼了，他瞪着眼，没好气地说：

“大哥呀，你真是站着说话不腰疼！不是我们自己拔自己的气门芯，现在这世道，借啥都可以，唯独别提借钱的事，纯粹是猪八戒照镜子——自找难看。”

接着又开始了他无休无止的埋怨：

“别嫌我说话难听。若不是因为你，我们会落到这步田地吗？你当初自以为是，酿成大祸后拍拍屁股溜之大吉，反对派把屎盆子全扣在我们头上，弄得我们整天像过街老鼠一样人人喊打，让我们恨不得将头插进裤裆里生活，可以说是在夹缝中求生存。你倒好，在外面逍遥自在了几年，又是搞水产养殖，又是开办糖果厂，风光无限了很长一阵子。可是我们呢？除了跟着遭罪外，从中捞到半点儿好处了吗？”

大弟不但随声附和，而且用质疑的口气说：

“就是啊。你走了那么长时间的资本主义道路，难道手里只攒下盖房子的几个钱？即使没赚到太多的钱，但是瘦死的骆驼比马大，想借钱的话，也只能靠你出面才行。”

聆听着他们无休无止的埋怨，我真是无语了，心里想冲他们发火，可是话到嘴边，又伸着脖子强咽下去。在被怨恨念头冲昏头脑的情况下，他们怎会理解我这个做大哥的良苦用心？

出了门，我一边不住地摇头叹息，一边仰望着天空，默默地对父亲说：

“爹呀，你在天堂看到了吗？这就是你让我尽力帮扶的两个弟弟！他们分明是扶不上墙的阿斗，任凭我掏心掏肺又能如何？”

从此我的心境又变得异常沉重了，先前的那种搬新房、住新家的喜悦顿时烟消云散。王美丽最先看在眼里，问我是不是生病了，精神面貌为何如此憔悴。我说我是有病了，只不过这次得的是心病，需要有“心”医来治。王美丽急了，问我究竟怎么回事？

我长长地叹口气说，又到了该走出去的时候了。

我这次外出挣钱的目的，可以说完全是为了我的母亲和两个弟弟。

三

首选地点是古都洛阳。我的一个同学在洛阳铝厂上班，刚开始是临时工，后来因为工作成绩突出，转了正。一次回家探亲时，他约我有空到洛阳去玩，还说如果在家闲着没事干，也可以介绍我进铝厂当临时工，每天八小时的工作时间，月工资六十块钱，而且管吃管住。虽然活儿有些累，却总比在家闲着没事干要强得多。

八小时以外的时间，完全归我个人支配。我总爱到铝厂附近的一个自由市场上闲逛。说句实在话，我此次出行的目的，并不只为铝厂所发放的那六十块钱的工资，因为那点儿钱对一所房屋来说，还不够塞牙缝儿的，我猴年马月才能帮两个弟弟将新房盖起来？所谓的骑着马好找马。我只是暂时依靠工资来维持生计，再伺机寻找赚取更多票子的条件和机会。一天，我在自由市场的一个角落处，看见一大群人围在一起争论不休。起先我还以为他们是因为利益争执或者发生矛盾才引发的冲突。后来经过仔细观察，又觉得他们不像是争吵的场面，于是心中好奇，便挤进去看个究竟。人群中间坐着一位头发花白的老头儿，自称是著名数学家陈景润的关门弟子，擅长一手数字方面的绝活儿。我一听便觉得不可思议，八成是遇上江湖骗子了——大名鼎鼎的数学家陈景润先生的弟子，怎会沦落到街头卖艺的地步？我凑到老头儿跟前，并揶揄他说：

"你怕是被陈景润先生'关在门外'的弟子吧？"

老头儿翻起白眼扫了我一下，又继续开始他的精彩演说。他胸前摆着个老式算盘，一边解说，一边将算盘珠子拨拉得"哗啦哗啦"地响。因为使用时间过长，那个算盘框子四周的油漆已经脱落干净，只剩下旮旯缝里还有些许残留，其余部分均被手指打磨得明晃晃的，导致木质的本色袒露无遗。后来才知道老头儿叫陈金美，河南郑州人。陈金美确实有自己的一套本领，他将几个稀松平常的阿拉伯数字研究得相当娴熟、透彻，无论加减乘除，只要你提出疑问，他便能随口说出答案。陈金美很会把握火候，他就像讲故事一样向大家娓娓叙述，直到达到故事的高潮为止。等人们钦佩得五体投地的时候，他方才不失时机地拿出私人印制的小册子，开始向人们介绍和兜售。小册子如现在的小号作业本差不多，厚度比一本杂志还要薄，共分上、下两册，每册卖一块钱。内容相当于现在的超速简便计算法，简单易学，通俗易懂。

为争取到更多的回头客，陈金美每天在此表演两场，上午和下午各一次，每次大约需要一个小时。前面的半小时，他主要以现场表演和讲解的方式来吸引观众眼球，后半小时主要以推销小册子为主，从而达到个人的真正目的。我粗略估算了一下，就在为他产生经济效益的后半小时内，他差不多可以卖掉二百本小册子，也就是说，平均下来他每天大约有四百块钱的收入。除去微乎其微的印刷成本，装到口袋里的净利润也应该在三百元以上。

我很喜欢也很欣赏陈金美研究出来的这套技术成果和挣钱模式，所以每到空闲时间，我都坚持跑去为他捧场。一周后，陈金美也开始对我留心了，一次推销结束后，他主动把我叫住，并问我是干什么的。我趁机将想要拜他为师、跟他学习这门技术的打算说了出来。

陈金美笑了笑说：

“想学技术可以，前提条件有三个：一是要举行正式的拜师仪式；二是今后赶上逢年过节时间，必须亲自到师傅家里探望；三是要缴纳两千块钱的学费，不得冲抵或者拖欠。”

我当即答应了陈金美的所有条件，并找我同学借了两千块钱交给他。在陈金美老师的带领下，我从此开始了很长一段时间行走江湖的浪迹生涯。

四

其实，就在我打算拜陈金美为师的那段时间，陈金美也正在为无人继承他的手艺而犯愁。陈金美自知年岁已高，身体状况一日不济一日，用他自己的话说，“今天脱去鞋子，不知道明天还能不能穿上”。现在好了，有我积极主动地投怀送抱，也算给了他一次不容错过的大好机会。我的老师陈金美，就像一位正为缺少子孙后嗣而犯愁的光棍汉，突然喜得贵子、后继有人一样，兴奋和激动之情溢于言表。在他的不遗余力和倾囊相授下，我很快领悟到这套“算术”的其中奥秘，以及很多闯荡江湖所必备的经验和学问。就拿“江湖”两个字来说，以前仅是听说过而已，却并不理解它的真正含义。我的老师陈金美是这样传授我江湖秘诀的：眼睛为“江”，嘴巴为“湖”。所谓“跑江湖”，即是靠敏锐的洞察力和利索的嘴皮子在社会上混饭吃。除此之外，他还教会我很多专业的江湖术语，比如：“刮风”叫“哨子”，“下雨”叫“摆子”，“衣服”叫“叶子”，“帽子”叫“顶壳”，“眼睛”叫“招子”，“鼻子”叫“闻香”，“耳朵”叫“顺风”，等等。

陈金美一再叮嘱我说：

“江湖有江湖的规矩。不懂得这些，你就不配是一个真正的江湖人！”

当然，在教导我的同时，陈金美也时刻不忘凸显他作为老师的自身价值，经常挂在他的嘴边，并且显得尤为重要的一句话是：“记住！一定要对老师忠心耿耿，不得有半点儿隐瞒和欺骗。”

跟随陈金美跑江湖的那段日子，大抵是我一生当中最为悠闲和惬意的时光了。我就像个跟着师傅四处云游的小道士一样，走走停停，停停走走，跑遍了祖国很多的名山大川，饱览了许多秀丽景色和优美的自然风光。当然，旅游并不是我们的真正目的，在经济收入方面，我们的效益也是非常可观的。头一年，我跟师傅是按三七开的标准进行分成，每月除去开销，净利润大约在万元，师傅拿走的是“七”，我得到的是“三”。从第二年起，我开始由幕后转到台前，担当起唱大戏的主角——我负责现场解说，师傅只负责卖小册子。业务方面我竟然能与师傅配合得天衣无缝，日常生活中也会对他百般照顾、嘘寒问暖。或许是我的真诚态度彻底打动了师傅吧，不久师傅就主动提出新的分红标准：

“今后的收入，咱爷俩儿就按‘二一添作五’来分成吧。”

到了第二年的年底，有一天师傅竟然主动把我叫到一家饭馆，并破例点了些酒菜，然后情真意切地对我说：

“小常呀，你已经修成正果了。毫不隐瞒地说，很多地方你早已‘青出于蓝而胜于蓝’，今后完全可以独立门户，不必再跟着师傅，受师傅的管束了。”

不等我开口，师傅又说：

“再说得直白一些，你还年轻，家庭负担自然比我重，分开后，最起码可以多挣一倍的收入。”

我“扑通”一声跪在师傅面前，像个受委屈的孩子一样痛哭流涕说：

“师傅，您这是要打算赶我走吗？我今后挣钱的机会还多着呢。现在真的不想离开您，就让我再伺候您几年吧？”

老实说，陈金美确实是一位德艺双馨的好师傅。他不但为人忠善，而且品行端正，技艺超群，在我跟随他四处闯荡的几年内，他从未指使我干过任何违背职业道德和伦理的苟且之事。正因为如此，我和他一路走来，虽然经历过很多风风雨雨，却始终相得益彰，亲密得如同一对父子。

看我跪在地上苦苦哀求，师傅跟着便老泪纵横了，他抚摸着我的头说：

“我也舍不得让你离开呀！这么多年，你已经成为我的两条腿了，没有你，今后我都不知道该怎么活。”

又说：

“我已经老了，钱对我来说也没太多的用处。你却不一样，家里有老婆孩子，以后用钱的地方多着呢。这样吧，从今天起，咱们将以前的‘三七分’倒过来，我得‘三’，你得‘七’，你若不想离开我的话，咱就这么定了。”

我既激动又兴奋，抱着师傅的腿不肯撒手，说：

“师傅，只要您不让我离开，钱怎么分都行。”

尽管和师傅有言在先，但是每到分钱的时候，我还是按照“二一添作五”的比例，把属于师傅的那部分，悉数塞进他的衣袋。

天下没有不散的筵席。几年后，师傅最终以“隐退江湖”为借口，回郑州老家安度晚年。我知道师傅之所以选择急流勇退，一是不愿继续拖累我，二是他确实体弱年迈，不能再像流浪汉一样四处漂泊了。所以才坚持告老还乡，回家度过他人生当中最后的一段时光。

就在我跟随师傅闯荡江湖期间，我的大儿子路生已经订婚，小儿子冬青也处了对象。得到路生即将结婚的消息，我也跟师傅陈金美一样，匆匆结束了我的江湖生涯，回到老家去，重新开始我那既熟悉又陌生的农村生活。

为在村人面前挣足面子，我计划借助儿子置办婚礼的机会，将所有事都办得风风光光、漂漂亮亮。那时间乡下娶亲用的婚车，基本全是农用四轮拖拉机：前面一辆用来载新娘，后面一辆拉家具，行走起来轰轰隆隆的，一股股黑烟把人熏得灰头土脸、晕头转向。

王美丽本来已经预订好两辆拖拉机，我听到消息后，又强迫她改变了主意，仅留下一辆用来拉家具外，其余全部改为清一色的小轿车。这些轿车，是我不惜重金从县城租来的，一共四辆，而且全是当下最流行的红色桑塔纳。

参加婚礼的人员，也明显提高了档次。最能给我长脸的是我高中时的同班同学王守义，他刚来我们乡当书记。得到消息后，我就暗自下定决心，这次无论如何也得把王守义请到位。说归说，毕竟人家是我们这儿的一把手，又好多年未曾谋面，到底肯不肯给我面子，还是个未知数。来到乡政府的时候，我在大门口徘徊了很长一阵子，最后不得不硬着头皮，叩开了“书记办公室”的门。出人意料的是，一见到我，王守义的热情丝毫不减当年，紧握着我的手久久不放。等我说明来意后，王守义当即表态说，如果没有特殊情况，一定会参加孩子的婚礼。王守义书记的原话是这样说的：

“关系好的人有三种：一起扛过枪，一起同过窗，一起嫖过娼。咱俩就属于其中之一，你儿子结婚，我岂有不去祝贺的道理？”

接下来再有必要宴请的，当数村干部孙有利了。提起孙有利，我便气不打一处来。我会自然而然地回想起他当初乘人之危，把王美丽叫到大队部进行调戏和“开导”的那一幕。孙有利以前只是个普通的大队干部，现在已经混成我们的村长了。整天在他眼皮子底下生活，又赶上儿子结婚这桩大事，少了他怎么能成？我本打算自己单独去请孙有利的，但是转念一想又觉得不妥，以前我和孙有利有过多次摩擦，他每次看见我，好像我曾经在他头上拉过屎一样，让他感到讨厌、恶心和深恶痛绝，一脸的不耐烦。对于他之前的劣迹斑斑，我按说不应再去主动搭理他，但是考虑到冤家宜解不宜结的古训，加上我跟他同住一个村，生活在同一个屋檐下，低头不见抬头见，关键是现在已经和平年代了，过去的事，早已如流水一样去而不返，何必再跟他斤斤计较。

我之所以没有单独去请孙有利，主要担心他思想上仍有解不开的疙瘩，万一不领情，我岂不等于拿热脸撞他的冷屁股？稳妥起见，我先找到队长常景轩，让他陪我一起去见孙有利。常景轩也是村里的“老干部”，跟孙有利属于相处多年的伙计，即使孙有利不给我面子，常景轩的脸面不能不给吧？

我和常景轩一起来到孙有利家时，孙有利好像刚喝过酒，眼珠子红得跟两粒花生米差不多。他卧在客厅的沙发上，眯缝着眼，懒洋洋地跟我们打招呼：

“来啦？”

我一边上前递烟，一边满脸堆笑说：

“我和景轩叔一块儿来看看你。”

孙有利连眼皮都没抬一下，伸手就把我的烟给挡回来。

常景轩见状，忙说：

“我们过来请你喝喜酒哩。”

孙有利明知故问：

“谁家办喜事呀？我怎么没听说。”

常景轩说：

“有福家的大儿子路生要结婚了。”

孙有利“哦”了一声说：

“不知道。”

看我和常景轩满脸不悦，孙有利可能觉得自己有些过分，这才挣扎着坐起来，一拍脑袋说：

“哎哟！印象中他还是个小屁孩，这么快就要结婚了？唉，他们这些下辈人长得可真快呀。”

常景轩继续忍气吞声地说：

“我们来就是想请你去喝喜酒哩。”

孙有利摇着脑袋说：

“估计去不了。我这段时间身体不好，医生安排不让喝酒。”

我刚要往下说时，却被常景轩拦住了。常景轩不疾不缓地说：

“你自己看吧。如果能去的话，还是一定要去的。倘若真不能去，我们也不能勉为其难，毕竟身体要紧啊！”

说完抽身便走。

我只能跟在常景轩的屁股后面，垂头丧气地往回走。

刚出孙有利家的大门，常景轩就骂开了：

“孙有利这个狗东西，真是给脸不要脸了。不去拉倒！我们只当是半道上捡个兔子，有他能过年，没他照样能过年！”

我安慰常景轩说：

“叔啊！孙有利不来就不来吧，你千万别生气。反正我们是芝麻秆喂驴——吃不吃都让到了。”

常景轩背着手，怒气冲冲地说了一个字：

“对！”

路生的婚礼如期举行。一大早，我同学王守义便现身在家门口。王守义还没跨进大门，便夸赞我说：

“哟——，真没想到老同学的家竟然如此气派！就这六间大瓦房，在咱乡也算屈指可数呀。”

我疾步走出门去，一把握着王守义的手，激动地说：

“贵客盈门，更是让我家蓬荜生辉啊！里面请，咱们进屋再聊。”

又说：

“您是我们乡的书记，平时日理万机、公务繁忙。真没想到您能如约来我家捧场啊！”

王守义拍着我的肩膀说：

“都老同学了，跟我客气个啥？好不容易赶上侄子的大喜日子，高兴还来不及呢，岂有无故推脱之理？”

还没等王守义的屁股坐稳当，孙有利就急匆匆跑来了。许是一路奔走太急，孙有利居然有些气喘吁吁，他用手捂着一起一伏的肚子，半天没说出话来——这家伙大概是看王守义的专车开进了村庄，从而打探到乡里一把手来我家喝喜酒的消息，哪儿敢再有半点儿怠慢，所以才慌忙跑来了。

看见孙有利，常景轩一声没吭地转过脸去，一口接一口地吸着闷烟，暗自咕哝了句：

“牵着不走、打着倒退的东西！”

王守义可能已经知道我和孙有利之间存在矛盾。席间，他一手抓住我的手，另一只手握着孙有利，推心置腹地说：

“你们俩呀，一个是我的同窗好友，一个是我的得力干将，都属于那种左膀右臂的关系，今后一定要搞好团结，争取在有生之年，联手干出一番事业来。”

孙有利唯唯诺诺地说：

“放心吧王书记，我一定会将您的话牢牢记在心上。”

五

有了王守义这棵大树，我的腰杆一下子硬朗了许多。孙有利的态度也随即发生很大改变，以前看见我时，他总是将头仰得高高的，好像山羊伸长脖子去够树上的槐花一样，对我不理不睬。自打知晓我和王守义的关系后，他立马像换了个人似的，再看见我时，老远就伸手打招呼：

“喂——，吃饭了吗？”

紧接着，我跟孙有利的弟弟孙有来的关系也在逐步发生逆转。

小时候，孙有来原本跟我是朝夕相处、亲密无间的伙伴儿，关系好得恨不得同穿一条裤子。因为年龄比我小两岁，他经常亲切地唤我为大哥，而且叫喊的声音，似乎比对他哥孙有利还要亲近和甜蜜。

孙有来本是我手下的一名干将，后来在反对派的策反和挑唆下，他竟然选择了叛变投敌，一夜之间倒戈相向，反过来把斗争的矛头对准了我。

孙有利始终站在反对派的立场——我们大概就是在那个时候产生的矛盾。连自己的亲弟弟都与他形同陌路了，怎不令他感到汗颜和担忧？长此下去，指不定哪天就会被他弟弟孙有来打倒或者消灭掉。因此来说，在策反孙有来的过程中，他哥孙有利肯定立下了汗马功劳。

从此孙有来开始与我反目成仇。

虽然早已时过境迁，可是再看见我时，孙有来跟他哥孙有利一样，依然横鼻子竖眼儿的，像蛇看见一只青蛙或者老鼠，恨不得立马缠上去，张口将我吞掉。有几次，我与孙有来在街上刚好走碰面。我带着化敌为友、化干戈为玉帛的诚意，急忙迎上去，掏出烟让他吸。而孙有来的手，却像被电焊紧紧焊牢在身上一样，不但没接烟，甚至连头都没扭一下，冷眼瞥了我一下后，轻轻地“哼”了一声就走开了。走开就走开呗，他还使出洪荒之力，重重地咳出一口浓痰，“呸”的一下吐在地上。

还有一次，好像是我打算外出去洛阳的时候。我正走在村外的一条马路上，一辆三轮摩托车本来正“突突”地直行，到我跟前时却突然将车把一拐，猛地一下横在我面前。起初我还以为是车主不小心或者打瞌睡，无意中导致车辆失控，于是慌忙跳开了。我刚打算从一旁的边道绕开，没想到三轮车又加了下油门，再次横到我面前挡住去路。我这才考虑到，一定是有人故意跟我过不去，存心想刁难我。是谁如此的蛮横无理？好狗还不挡道呢，何况一个大活人。抬头细看，才发现驾驶三轮车的竟是孙有来。孙有来黑着脸，咬着牙，一副气势汹汹的样子，虎视眈眈地对我发出挑衅。

如果此类事件发生在外地，或者换成陌生人的话，我估计早就跟他翻脸了。人身上都长有同样多的部件，同样不缺胳膊不少腿的，真正打起架来，指不定谁怕谁呢。一看是孙有来，我才强捺火气，没跟他一般见识。我依然笑脸相迎着，掏出一支烟递过去说：

“这是要去哪儿呀？老弟。”

孙有来瓮声瓮气地说：

“认错人了吧？谁是你老弟！”

我笑笑说：

“至少你以前喊过我‘大哥’呀。”

孙有来咬牙切齿地说：

“那是我瞎了鼻子、烂了眼了。”

我不再接他的话，而是直接绕过他的三轮车，面带微笑扬长而去。

怪不得村里人都说，近年来孙有来仗着他哥哥孙有利的权势，言谈举止比以前更加狂妄更加肆无忌惮。现在看来，当真如此。

可能是受他哥哥孙有利的影响吧，如今孙有来对我的态度突然来了个一百八十度的大转弯。有次我步行去集上买东西，正匆匆忙忙地低头赶路，冷不丁一辆三轮车横过来拦住去路。紧接着，孙有来笑嘻嘻地伸出头来，说：

“大哥，这是打算去哪儿啊？”

我愣了一下，说去集上买东西。

没等我掏出烟来，孙有来已经迅速捏着一支香烟擎在我面前：

“哥呀，以前都是吸你的烟，怪不好意思的。今天就吸我的

‘喜梅’吧。”

我笑说：

“烟酒不分家。既然是兄弟，彼此还客气个啥。”

又亮出自己的“雪虎”牌香烟说：

“瞧瞧，还是你的烟上档次。我这个‘老虎’，总归比不上你的‘小鸟’呀。”

当时“雪虎”牌香烟的售价是一毛钱一包，“喜梅”牌香烟好像是两毛钱一包。两毛钱一包的香烟，对经济并不宽裕的农村人来说，已经很了不起了。如果不是遇到求人办事的情况下，一般人绝不会无缘无故去抽这种烟的。所以我才断定，孙有来口袋里的“喜梅”牌香烟，一定是为我量身定做的。

孙有来将大拇指朝身后的车厢指了指，说：

“上车吧，我送你去集市。”

我摆摆手说：

“不用，咱家离集市很近，走着去得了。”

孙有来固执地说：

“我刚好也去赶集，就算是顺路吧。”

又继续拉拢我说：

“上来吧，反正我空跑也就空跑了。”

办完路生的婚事，我不敢怠慢，立即去了母亲那里。这次，我什么也没表白，只是从口袋里掏出一万块钱放在母亲面前，说：

“赶快把房子盖起来吧。”

又说：

“有了梧桐树，还怕引不来金凤凰？等新房建好后，估计两个弟弟就再不用为订婚的事犯愁了。”

看着眼前厚厚的一沓票子，两个弟弟自然喜不自禁，目光就像饿狼瞄准羊羔一样放着绿光。准确地说，是钱给了他们坚强信心和坚定信念。大弟顿时精神抖擞，摩拳擦掌地说：

“从明天开始，咱们就为建房这个伟大目标而努力吧！”

又自言自语说：

“再不踏踏实实地干下去，等到上了年纪的时候，黄花菜都凉了。”

二弟也忙不迭地点头说：

“中中中。只是等到去坑塘取土的时候，还得借用一下大哥家的老黄牛。”

我想都没想便应允了：

“可以，但凡能抽出一点儿时间，我也会跟你们一起干活儿。”

母亲脸上的皱纹，像融化的冰一样逐渐舒展开来。

一听说弟弟要用我家的黄牛拉土，王美丽的嘴噘得能挂住个油瓶，整个脸也黑了下来。我劝她说：

“反正牛闲着也是闲着，咱们何必放着河水不刷船呢。”

王美丽气呼呼地又跟我翻起旧账：

“当初孩子掉进粪坑的时候，你的两个弟弟一直站一旁袖手旁观，他们那时怎么就没想起‘放着河水不刷船’呢？我们盖房子期间，我和路生都累得要死，怎么没看见他们伸一下手指头？”

我没好气地说：

“唉——，又说些陈芝麻烂谷子的事。”

又说：

“往事不堪回首。你干嘛非要再回过头去揭那个伤疤呢？”

王美丽嘟囔着说：

“甭看事情已过去那么多年，对于他们的卑劣行径，我到死都不会忘记。”

又说：

“想起来都让人觉得伤心！”

我走过去，轻拍着王美丽的肩膀说：

“他们即使再不通情达理，毕竟跟我是一奶同胞的亲兄弟，手足之情怎能相忘？”

又说：

“他们冷漠无情的原因，归根结底不还出在我身上吗？若去追究责任的话，还是我有错在先。得饶人处且饶人吧。”

又反问她：

“我就纳闷了，都说时间是记忆的橡皮擦，你怎么老是忘不掉呢？”

王美丽终于低头默许了。

大弟过来牵牛那天，王美丽始终躲在屋里不肯露面。是我出面将牛缰绳递给大弟，并鼓励他说：

“你牵走吧。抓紧时间，好好干！”

下午，素来喜欢搬弄是非的冬青，跑回家对王美丽说：

“我那两个叔叔可真不是东西。他们急于求成心切，让咱家的牛同时拉两辆架子车去爬坡。把牛累得呀，四条腿直打战，浑身湿漉漉的，嘴里还冒白沫。”

冬青连说带比画，语言中明显带着夸张和煽动的成分。即使在不拉套的情况下，牛的嘴里也会往外吐白沫的，我们老家俗称“倒沫”，这也是反刍型动物的固有特征。王美丽这个信球，却偏偏在这件事情上晕了头。冬青跑进来的时候，王美丽本来正端着簸箕，坐在院中的小凳子上簸粮食。她右手不停地扒拉着粮食，把混杂在粮食中间的个头儿较大的土坷垃拣出来，然后再抖动簸箕，将那些细碎的、不易挑拣的小土粒簸出去。粮食挑干净了，磨出来的面粉才不会碜牙。

听冬青如此夸张地这么一说，王美丽差点儿从板凳上滑下来，索性连粮食也不挑拣了，急忙吩咐冬青：

“赶快去找你爹，让他现在就把咱的黄牛牵回来。”

为了印证冬青所说的话，我以帮忙干活儿的名义来到挖土现场。果然，两个弟弟为图省事——当然也有急于求成的思想在里面，居然别出心裁，把两辆架子车连接成火车皮一样，等上面全部装满黄土后，再拿起鞭子，不停地抽打牛屁股，促使它顺着河坡拼命往上爬。

就像庄稼人用肩膀扛麦袋一样：上百斤重的麦袋如果放在一个人肩上，可能会觉得轻轻松松。如果再加一袋，很多人的腿就会难以支撑，就会出现颤抖、发软等现象，搞不好就会一下子被压垮在地。牛拉车跟人扛麦袋是一个道理。单独拉一辆车子时，牛也许丝毫不觉得费力，爬起土坡依然轻松自如。可是，两个弟弟把两辆装满黄土的车子连接在一起，对牛来说就不那么简单和轻松了。我看见我家的牛正努力弓着身子，喘着粗气，在皮鞭的作用下奋力往上冲。看着浑身大汗淋漓、四肢发颤的老牛，我心疼得差点儿掉泪。

尽管如此，我仍不便过分责怪两位弟弟，在亲情面前，我和牛的关系跟两个弟弟相比，明显黯淡了许多。我装作一副漫不经心的样子，轻声吩咐他们说：

“你们别光记着拿鞭子抽牛，就不能在车后面帮忙推上一把吗？中途万一上不去，车子顺着陡坡滑下去，出了事就麻烦大了。”

大弟这才扔下手中的鞭子，跑到车后面，支撑起双腿奋力往上推。

一波未平一波又起。没等我把事情原委向王美丽解释清楚，冬青这个惹事的鸟，又向王美丽说三道四，说他的两个叔叔，用起牛来挺不客气，却舍不得喂它精料，回家后将牛往麦秸垛前一丢，便不再管它，任其自生自灭了。冬青绘声绘色地说：

“妈，你想，牛每天干那么重的活儿，吃的却是干巴巴的麦秸，有时甚至连水都喝不上。再这样下去，别说让它掏力干活儿了，恐怕连路都走不稳了。”

要知道，王美丽平时对待我家的牛，比对待她自己都上心。每次干完地里的农活儿，她总少不了再捎带着割些青草回来，然后不顾自己一身的疲惫，蹲下去一把一把用镰刀切成四指长的草段，用清水淘干净后，再佐以麦麸、豆饼之类的精料喂它。现在，冬青的一番话，比拿刀子割她的肉还疼——这不是想要牛的命吗？王美丽决定不再找我说事，她知道即使跟我说了，好像也没太大的用处。所以怒气冲冲地直接指使冬青说：

“还不赶快去把咱家的牛牵回来！”

又咬牙切齿说：

“这回，任凭你爹把嘴皮子磨破，我也绝不会让那两个畜生继续使用!”

六

有件事让我伤透脑筋。

母亲都白发苍苍的人了，背驼得像一弯弓月，脸上布满了岩层一样的褶皱，可是每天除了坚持干地里的农活外，回到家还要洗衣、做饭，晚上再挑灯为两个弟弟穿针引线，缝缝补补。随着年龄的不断增大，母亲的视力显然大不如从前。就拿“认针”这个不起眼的小动作来说吧。母亲将线头含在嘴里，用唾沫浸湿，等线头不再发毛后，再一手捏针，一手捏线，试图把细线从针鼻里穿过去。因为花了眼，线和针就不那么配合了，母亲往往需要非常吃力地尝试数次，还不一定能把针和线穿在一起。

有天村里来了位商贩，拖着长长的声音，吆喝着所要兜售的全部内容：拿头发换针喽——，卖针卖线、卖剪子卖扣子，还有花米团、老花镜……

我赶忙将他喊住，花五块钱为母亲买下一副老花镜。回到家，王美丽接过花镜，问我无缘无故地买它干嘛。说着就将花镜放进我家的针线筐里——她还以为我是专门为她准备的。

当我说出老花镜是买给母亲时，王美丽当时就惊呆了，她握着老花镜，站在原地一声不吭。到了夜里，我发现王美丽的身子一直在抽搐，掀开被子一看，她正埋着头独自抽泣。我不问还好，一问原因，王美丽哭得更凶，一把鼻涕一把泪地数落我：

“你不在家的这些年，你娘非但没管过我们，还视我们为眼中钉、肉中刺，孩子出现天大的事，她既视而不见又听而不闻，眼睛和耳朵像是被胶水填死了一样。有年冬天，路生不小心落水，除了头上的帽子是干的，其余没一处好地方。我当时有事没在家，路生双手抱团站在院里，牙齿冻得‘呱嗒呱嗒’响。你娘当时正坐在堂屋中间纺棉花，离路生也就几步之遥吧，难道她会看不见孩子？且不说路生是她的亲孙子，即使是一个陌生人，也总该站起来过问一下吧？她却愣是连眼皮都没抬一下。有年夏天，天降大雨，街道上到处是积水，都没过膝盖了。到吃午饭时间，方青和路生都没回家。我和小翠都快急疯了，冒着大雨跑出去高声呼喊着，一道街挨着一道街地寻找。当时你娘和你的两个弟弟，正端着饭碗蹲在屋门口，看我和小翠失魂落魄的样子，她们竟然连问都没问一下，仍然只管往自己嘴里扒饭。类似这样的例子，数都数不过来。你说，她还算是个娘吗？对得起‘娘’的这个伟大称谓吗？你倒好，回来后又是端饺子，又是买花镜……你的眼中只有你娘，从来没把我们娘儿几个放心上，这样的日子还有啥过头？”

王美丽声泪俱下地控诉我娘的系列“罪行”的时候，我则在一旁暗自庆幸：前不久给我娘一万块钱的事，幸亏是瞒着王美丽悄悄进行的，没让她知道半点儿消息。五块钱买副眼镜，还让她心疼得跟刘备哭江山一样，若是晓得那笔巨款的事，她不气得拿绳子上吊才怪呢。

接下来，如何引导和疏通王美丽跟我母亲和我弟弟之间的关系，成为摆在我面前的、亟待解决的主要问题。常言说，清官难断家务事。家庭矛盾确实让我头疼不已。尽管如此，我仍然有信心、有办法去将它一一化解。我这一生当中面临无数次坎坎坷坷，遭遇过很多大大小小的难题，不是都被我一一摆平了吗？难道还在乎这些鸡毛蒜皮之类的小事？

我决定先从王美丽的父母那里下手。当初我在受苦受难期间，王美丽的父母跟着遭罪不说，生活上也给予我家很大的关心和照顾，关键时候真正起到雪中送炭的作用，用王美丽的话说“每次来咱家都没空过手。”即使不出现婆媳矛盾这档子事，我也应该竭尽全力去报答他们才对。

有次我去县城，看到有家丝绸店正在搞大酬宾活动。眼看秋季已接近尾声，马上就到隆冬时节了，很多商家针对积压在手里的季节性商品，主动采取打折的手段搞促销。哪怕是略微亏进去一些，能将物品变成现金装进自己的口袋，总比存放在仓库大半年时间划算得多。

我一下子买了两件上衣，回来后交给王美丽。王美丽起初还以为是给她买的，擎在手上不停地抚摸，一边夸赞衣服的质量绝好，一边又以遗憾的口气说颜色太老。我笑着告诉她说：

“衣服本来就不是送给你的。”

王美丽惊愕地盯着我问：

“你准备送给谁？”

“一件给你妈，一件给我妈。”我说，“这件事还得由你亲自去办。”

王美丽愣了片刻，默默地将衣服折叠起来，重新装进包装袋。

看王美丽那副优柔寡断的模样，我心中暗自窃笑。之所以将岳母拉扯进来，是经过我再三思虑后的明智之举。准确地说，我是在故意拿岳母去堵王美丽的嘴，让她心里尽管一百个不情愿，却像猛然吞下去个滚烫的饺子，干张嘴也无法开口反驳。

捧着王美丽送去的丝绸上衣，我母亲当即落泪了。我母亲一边抹眼睛，一边颤抖着说：

“美丽呀，以前娘就是个混蛋！很多地方对不住你们，你可别往心里去呀……”

王美丽瞬间也变得大度起来，握着我母亲的手说：

“娘，啥也别说了。一句话说到底，咱们不都是一家人吗？无论啥时候，我们都心连着心、肉连着肉！”

矛盾刚刚有所缓解，接下来发生的事，又让王美丽和我母亲重新结下梁子。就在我正打算继续外出搞经营的时候，二弟突然跑来告诉我说，母亲病了。

我急忙问二弟：

“母亲现在在哪儿？”

二弟说：

“在村里的卫生室输液。”

我跟着二弟匆忙跑过去。到地方一看，母亲已经闭着眼睛昏迷不醒。我连喊了她几声，母亲却一点儿动静也没有。我焦急地问医生：

“我娘到底得的什么病？”

医生说：

“可能是脑梗，送来的时候已经没有知觉了。”

我埋怨医生说：

“为什么没及时送往医院抢救?”

医生一脸为难地说:

“我当时也主张送医院进行治疗。咱村室的卫生条件太差,没有任何急救设备不说,还缺乏抢救技术和经验,一旦遇到麻烦就只能听天由命。可是跟你的两个弟弟说时,他俩非让老太太在这里进行保守治疗,说是即使出了岔子,也不要我承担任何责任。”

我回头责问大弟:

“咱娘都病成这个样子了,为啥不送她去医院?”

大弟喃喃地说:

“不是……不是没钱吗。”

我气愤地说:

“我给你们的一万块钱不是还没用吗?”

大弟的回答差点让我吐血。大弟唯唯诺诺地说:

“那钱还要留着盖房用呢。”

又强调说:

“我们必须保证专款专用。”

我气得连话都说不出来了,恨不得上去掴他两记耳光。生死攸关时刻,他们在乎的不是母亲的生命,而是自己未来的房子!刹那间,我真为拿钱给他们的事而深感懊悔,平时看起来老实巴交的他们,怎么会在关键时刻失去做人的最起码的底线呢?

我将身上所有的衣袋翻了个遍,连整带零加起来,总共凑了五百多块钱。我将钱全部塞给大弟,不容置疑地说:

“赶快把咱娘送到医院去。”

大弟用疑惑的目光打量着我,吭吭哧哧地问:

“你呢？你不去医院吗？”

我恶狠狠地瞪了他一眼，说：

“我再凑些钱后过去找你们。”

又揶揄他说：

“要不我负责送母亲去医院，你们在家负责找钱好吗？”

大弟赶忙耷拉着脑袋，灰溜溜地走了。

病人一旦入院，花钱跟流水差不多，更何况像脑梗塞这种病，病因复杂，治疗时间较长，必定是一笔不小的开支，五百块钱实属杯水车薪。我不敢怠慢，匆匆往家里走，想多拿些钱再去医院。刚把抽屉打开，恰好让王美丽看见，先问我拿钱干嘛。又说：

“你衣袋里不是还有几百块钱吗？”

我不假思索地说：

“咱娘脑梗塞住院了，我拿钱为她看病哩。”

话音未落，王美丽就像一条疯狗一样扑过来，用身子死死顶住抽屉，试图阻止我接下来的动作。那场面，似乎就跟战场上炮弹落下时，突然出现一位不畏牺牲的英雄，拿身子掩护战友时的镜头一模一样。

我禁不住义愤填膺，奋力推开王美丽，不由分说对准她的脸就是两个耳光。打完后我自己也落泪了，哽咽着说：

“我娘已经病入膏肓。你想让我置身事外、不管不问吗？门儿都没有！”

又斩钉截铁地说：

“即使把这几间房子卖掉，我也要为她治病。”

进城的路上，我心乱如麻。发生在母亲和王美丽身上的事，像镁光灯一样在我脑海里交替闪烁。现在，母亲的病情到底怎样？是有所好转还是继续恶化？或者仍然跟先前一样，闭着眼睛昏迷不醒？被我打过之后，王美丽现在的状况如何？两记响亮的耳光，肯定打在她心上了吧？此时她会不会还在捂着脸哭泣？她会不会一时想不开拿绳索上吊？或者一头扎进深井自寻短见？……

我又为刚才的鲁莽之举深感懊悔。王美丽倘若真是想不开而走极端的话，对我来说也是一种极其残酷的惩罚，也算我自作自受，罪有应得吧。

值得庆幸的是，因为抢救还算及时，母亲的病情很快有了好转。半个月后母亲出院了。而王美丽呢，大概也觉得因为自己过于冲动，而犯下不可饶恕的错误，所以她采取的是认吃哑巴亏的态度。后来听说儿子冬青问她“脸为什么红肿”时，她的回答含含糊糊：

“我也不清楚，可能是因为花粉过敏了吧。”

虽说人已经出院，可是母亲的日常生活尚且不能自理，吃喝拉撒成了大问题。

我的建议是让母亲搬到我家居住，理由是我家人多，平常谁都可以伸手帮忙伺候她老人家。两个弟弟对此倒是没什么意见，一个个将头点得跟鸡啄米似的。王美丽也以缄默的方式，亮明了自己的态度。唯有母亲死活不答应。母亲说：

“唉——，金家、银家，不如自己的穷家。”

又说：

“不去的原因，主要是不想给你和美丽添麻烦。”

我继续劝她说：

“放心吧娘，只要有我在，保证我的家人不会慢待你。”

母亲固执地说：

“还是算了吧。”

又说：

“你若实在是过意不去，多来这个家几趟就行了。”

屋漏偏逢连阴雨。母亲刚回家不久，王美丽的父亲也因病住进医院。岳父的病比我母亲更为麻烦，他得的是胃癌。人一旦与“癌症”两个字沾上边，基本上等于为他宣判了死刑，死亡对他来说是迟早的事。按照两个小舅子的意愿，是想放弃治疗，任凭他们的爹自生自灭。因为他们心里清楚，得上这种病，即便不死的话，想继续维持下去，基本上要靠钱来说事了。说白了，这种病就是不见底的深渊，家里纵有金山银山，也不够往里面填。

我获悉情况后，主动拿出五千块钱交给王美丽，说：

“先拿去给你爹看病吧。不够的话，我再继续想办法。”

王美丽眼含泪水，双脚像扎根的树木一样一动不动。我明白她犹豫不决的原因：既心疼自己的钱，又牵挂她爹的病。万一钱搭进去又没能保住她爹的命，岂不是落得人财两空？但是两者之间，似乎又没有别的路可以选择。

我劝导王美丽说：

“想开点儿吧。钱和命比起来，哪个更重要？人的命只有一次，走了就永远也回不来了。而钱却不一样，不说它是身外之物吧，至少失去后还可以再挣回来。”

从县医院回来时，王美丽手上竟拎着两条大鱼——这也是我平生第一次为她的出手阔绰而感到惊讶——既不逢年又不过节，她居然肯买鱼给我吃。可见这个娘们儿的思想，正像冰封已久的大雪突然遭遇炎炎烈日一样，开始逐渐地解冻和融化了。

我喜不自禁地接过鱼，刚要拿到厨房去宰杀，王美丽却上前一步，一把将菜刀从我手中夺去，嗔怪说：

“你以为这鱼是给你吃的吗?”

看我一脸纳闷的样子，王美丽抿嘴一笑说：

“给咱娘送过去吧。”

又说：

“上次好像听你说过，咱娘在医院住院时，突然说想吃鱼。所以我才买了两条，送过去给她补补身子吧。”

那一刻，我感觉自己浑身上下的每根血管都在急剧膨胀着，每一个细胞都饱含着激动和沸腾的成分。然而，越是在这个时候，我表面上越是冷静。我装作漠不关心的样子，对王美丽说：

“我才懒得送呢。要送也是你自己去送。”

王美丽正要转身往外走，却又被我叫住。趁她正纳闷儿的空间，我冷不丁地扑上去，对准她的腮帮子狠狠地亲了一口。

第十章

一

几经折腾后，手中的积蓄很快捉襟见肘。我摊开双手对王美丽说：

“看样子我还得出去闯荡啊。家里负担这么重，冬青还没结婚呢，如果不趁着现在年轻力壮继续拼搏的话，等咱们都体弱年迈了，生活该如何保障？”

王美丽居然很赞成我的观点，当晚便开始为我收拾行装，并催促我尽快启程了。王美丽问我此行的目的和打算。

我略微思索一下说：

“还去洛阳吧。洛阳对我来说是个风水宝地，熟人多，机会也多，很适合我在那里发展事业。”

在老同学的帮助下，我选在洛阳汽车站附近租了个房屋，干起了茶馆生意。俗话说得好，隔行如隔山。对于茶这门学问颇深的行当，我显然是个外行，按说不该选择这个冷门生意并当作事业来做。那时我看老家县城接连开了几家茶社，生意都不错，而且本小利大，应该是个挺不错的行当，所以才打起了经营茶的主意。洛阳汽车站地处市中心，一天到晚人流如织，热闹非凡。来来往往的行人，像深海里的鱼群一样穿梭不停。人口稠密的地方，生意焉有不好的道理？

开茶社其实很简单，只需租赁一间门店，再稍微装饰一下，摆放些桌椅板凳即可开张营业。与众不同的是，我的茶社是附带有临时休息功能的，靠墙的地方，专门搁置了几条宽大的长凳，供那些候车的旅客在此驻足小憩。茶叶是以质论价的，而且免费续加开水，店内还配备有瓜子、花生、茶叶蛋、香烟和糖果。因为我提前对市场的调查分析非常到位，再加上天时、地利、人和的优势，所以从茶社开张那天起，我的生意就好得不得了。

我的经营理念是热心服务、诚信经营、童叟无欺。店内所有商品均明码标价，用标牌注明后摆放在每个商品处，供客人参考选择。茶叶分为三类：上等茶采用的是地道的西湖龙井，每壶十五元；中等茶选用的是我们河南的信阳毛尖，十块钱一壶；低等茶则是一般的粗茶，像茉莉花和廉价的普洱什么的，每壶收费五元。其他诸如瓜子、花生、点心、茶鸡蛋之类的零食，均与市场上的零售价相同。

众所周知，选择在车站附近做生意的人，往往比较喜欢宰客，价值一块钱的东西，到了顾客手里，编圈捏弯也要翻上数倍。我此前就遇到过类似情况。那是我第一次来洛阳，刚出车站门，看天色尚早，东方还没泛起鱼肚白，连东西南北的方向都摸不清，去哪找铝厂上班的同学呢？加上坐了一夜车，我又困又饿，见车站广场旁边有个包子摊儿，便走过去打算吃点儿早餐再走。我记得我当时好像要了五个小笼包子，另加一碗小米粥。端饭时间，老板却给我上了一笼包子，大概有十来个的样子。我指着包子说：

“我吃不完这么多，你给我拿五个吧。”

老板满不在乎地说：

“没事，你只管吃吧，吃几个算几个。”

我如数吃了五个包子，喝了一碗小米粥。站起来边抹嘴边说：

“老板，算账。”

老板只顾忙着手中的活计，头也不抬地说：

“一共二十块。”

我立马吃了一惊，问他：

“五个包子加上一碗米粥，怎么要二十块钱？”

老板依然头也不抬地说：

“就是这个价。”

我继续追问：

“包子多钱一个？小米粥多钱一碗？”

老板有些不耐烦了，阴着脸说：

“实话告诉你吧，假如包子便宜的话，小米粥就贵；小米粥便宜的话，小笼包就贵。反正加在一起就是二十块钱，你已经吃完了，难道还想赖账不成？”

我知道再继续纠缠下去也是枉然，说不定钱没少拿，还会挨上一顿揍。所以只能乖乖地掏钱走人。

说白了，这些小商小贩们目光短浅，做的都是一锤子的买卖。

究其原因是来车站坐车的人，均来自天南地北、五湖四海，有着很大的流动性和不确定因素，谁都不指望挣他们的回头钱，能宰就宰吧。

我的经营理念跟他们恰恰相反。诚信经营之下，还真有不少回头客光顾我的茶社。看我这个外地人居然将生意做得顺风顺水、如日中天，就有个别打算找茬的人随之而来。

一天傍晚，茶社来了四位不速之客，均是二三十岁左右的年轻人，他们一个个烫着卷发、叼着烟卷进了门，一看扮相就知道不是什么好人。我不敢怠慢，慌忙迎上去打招呼。他们四人一共点了两壶西湖龙井，还有两包烟，几包瓜子和点心之类的小食品，加起来一共消费了八十三块钱。结账时，我刚报出这个数字，一个年龄较大的瘦子甩掉手中的烟头，拍着桌子厉声喝道：

“你是在敲诈我们吗？”

我耐心解释说：

“店内的每一项消费都明码标价。我不隐不藏，怎么能算敲诈呢？”

瘦子突然掀开上衣，掏出手枪“啪”地一下放在桌子上，威胁我说：

“知道我是干嘛的吧？把眼睛擦亮点儿，省得给自己找麻烦。”

跟随我打工的服务员，一看到这场景，顿时吓得两腿发颤，双手抖动得宛如风中的树叶，以至于差点儿将茶盘滑落在地。服务员的这个细微动作，恰被瘦子看在眼里，也越发助长了他的嚣张气焰。瘦子指着我的鼻子，盛气凌人地说：

“信不信我现在就把你带走？把你的茶馆封掉？”

我坦然一笑，指着桌子上的手枪说：

“你别拿这家伙来吓唬我！我活了大半辈子，啥样的罪没承受过？啥样的稀罕事没遇到过？”

又变被动为主动说：

“走吧，我跟你一起到公安局，找你们领导给评评理。”

瘦子以为我在拿领导来威胁他，一边收枪一边说：

“那好吧，我们先去附近的车站派出所。”

刚走到半道，瘦子似乎突然软弱下来，对身边的几个人说：

“唉，因为几十块钱将事情闹大，不划算，说出去还不够丢人哩。干脆把钱给他算了。”

跟随他一同消费的几个人，急忙点头称是，并且争先恐后地掏出钱塞到我手里。

我只留下六十块钱，把剩余的钱又退还给他们，然后大大方方地说：

“我只留下本钱就行。就当今天交了你们这些朋友，以后欢迎各位到小店来品茶。”

我一直对“好人自有好报”这句话深信不疑，当然也用实际行动来实践和印证。有天午后，一个大约十来岁的男孩，在茶社门口徘徊了一阵后，终于犹犹豫豫地进了门——他想讨要些吃的东西来填饱肚子。开店这么久，服务员对这档子事早已司空见惯，刚要挥手驱赶他出门，却被我拦下了。我问小男孩是哪里人？多大年龄？上学没有？……

没等我把话说完，小男孩便揉着眼睛哭了起来。我急忙拿出些点心给他吃，还拍着他的肩膀安抚说：

“没事，等你吃饱后再说吧。”

小男孩今年刚满十一岁，是宁夏吴忠人。因为经常看武打片，对河南的少林功夫有着极度的痴迷和崇拜，于是便放弃学业，偷了父亲二百块钱，乘火车千里迢迢来洛阳的嵩山少林寺学武艺。到地方后，才知道少林寺不会轻易招收学徒。在那里逗留了一个多星期，身上的钱全部花光，看仍进不了少林寺，不能实现自己的愿望，便又搭乘顺风车来到洛阳，开始了他的流浪生活。小男孩抹着如胶水一样的鼻涕说：

“从昨天到现在，我没喝上一口水，现在饿得连路都走不成了。”

小男孩越说越伤心，索性哇哇大哭起来。

小男孩的遭遇，让我突然想起自己早年在宁夏青铜峡谋生的情景。我原本打算坐火车从青铜峡到银川去，刚准备掏钱买票，却发现衣袋底部不知何时破了个洞，钱被小偷偷得精光。我翻遍其余衣袋，身上仅剩两块七毛钱。当时到银川的火车票价是三块钱。也就是说，我即使不吃不喝，也不够买一张到银川的车票。我只能滞留在青铜峡火车站，像散兵游勇一样四处转悠。到了半夜时分，该走的旅客已经乘火车呼啸而去。不打算走的人，也早已钻进宾馆或者旅店，安静地进入梦乡。喧嚣了一天的候车室，这时才像个睡熟的婴儿，彻底恬静下来，除了偶尔飘忽的几个人影外，大厅里显得空空荡荡。我百无聊赖地坐在长凳上，心里为差三毛钱的事而犯愁。这时走过来一个小个子男人，还有点跛脚，从穿着打扮来看，应该是这个车站的服务员。小个子主动与我搭讪：

“同志，你这是准备到哪儿去？”

我说银川。

“到银川的火车刚走，你怎么没上车？”

我说我走不了。说着便翻出被割的衣袋给他看。

小个子立即明白了我的意思，又问：

“还差多少钱？”

“三毛。”

小个子“哦”了一声说：

“刚才就看你一直在这儿坐着，还没吃饭吧？”

我不好意思地点点头。

小个子笑说：

“没吃饭不也照样走不掉吗？这样吧，你先去门口吃点儿饭，剩下的钱我帮你拿。”

我将信将疑地说：

“我都如此狼狈了，你不会再接着骗我吧？”

小个子说：

“不就三块钱吗？我现在就给你。”

说完果真从衣袋里掏出三块钱给了我。

我当时感动得不知道该说什么好，只能死死地握着他的手，一个劲儿地道谢。

吃了碗拉面后，我的肚子总算得以安抚，不再“咕咕噜噜”地跟我提意见。我问小个子姓甚名谁，是哪里人。

小个子说自己姓张，名好友，是从上海下乡过来的知识青年，因为自己的革命烈属身份，才受到地方政府的特殊照顾，被安排到车站做服务员。

听完他的自述，我对这位貌不惊人的小个子倍感钦佩和惊讶。他每个月才二十七块钱的工资，居然心甘情愿地去救济一个素不相识的人，像他这种心地善良、乐于助人的优良作风和品格，怎不令我肃然起敬？

正因为那个叫张好友的人，让我内心潜在的良知和怜悯之心油然而生。我一边安抚小男孩，一边掏钱给服务员，让他到火车站买一张去银川的车票。洛阳的火车站与汽车站刚好毗邻，不等小男孩将眼泪抹干，我就把车票塞到他手中了。

本想着事情已经过去，我都差不多早已忘却了。一周后的某个上午，我突然收到一封来自宁夏的信，拆开一看，竟然是小男孩的父亲写来的。出人意料的是，信纸上除了写满感激之言外，里面还夹带着几张崭新的人民币，我数了数，整整五十元。

还有就是一天夜里，北风呼啸，天寒地冻。我正准备关门歇业，不知从哪儿过来一批新兵蛋子，“呼”的一下推开店门，冒冒失失地闯进来，瞬间把屋子塞得满满的，都显得有些拥挤了。我看一下子涌进来这么多兵蛋子，心中不由一惊，便自然而然地想起新中国成立前的那些国民党军，像豺狼虎豹一样闯进老百姓家抢财物、抓壮丁的恶劣行径。秀才遇见兵，有理说不清。我虽说不是秀才，却也不敢怠慢他们，索性将三个火炉全部抽开，为他们继续烧开水。

因为他们人数较多，倘是再用小壶泡茶的话，短时间内很难周转过来的。我略一思索，干脆抓起一把信阳毛尖，直接丢进炉子上的大铁壶里。

这时，一个操着异乡口音的领队模样的人，冲我摆摆手说：

“老乡，别往里面泡茶叶了，我们喝白开水就行。”

我客客气气地说：

“没事，也让你们品尝一下我们河南的信阳毛尖。”

整个晚上我都在不断地烧水续茶，尽可能地争取足量供应他们。除此之外，我又主动端上几盘瓜子和点心，摆在他们面前的桌子上。时间在我的忙忙碌碌中逐渐被打发掉。接近天明时，他们终于起身要走了。领队的问我：

“老乡，算一算多少钱？”

我赶忙摆摆手说：

“分文不取。”

领队的又推让一番后，才带着一帮人马匆匆离去。我正准备拎起簸箕和笤帚打扫卫生，却惊讶地发现地上竟然没有任何垃圾，再看桌面上，也是干干净净的，几盘瓜子和点心依旧摆得好好的，纹丝未动。

第二天下午，我的茶社突然收到地方部队送来的一面锦旗，上面写着几个金色大字：军民鱼水情。

对于我的所作所为，店里的服务员很不理解，暗地里嘀咕说我这个人精神很不正常，做事不可理喻：为了七八十块钱，竟然敢跟当地的警察翻脸；放着大笔的买卖不做，竟然主动免去几十个人的茶水费。我记得那个服务员的原话是这么说的：

“赔了夫人又折兵的事，除了你，普天之下恐怕找不到第二个人。”

不管服务员怎么认为，我却有一种心安理得的感觉。我觉得做人就应该像张好友一样，活下去的理由其实很简单，能让生活充满阳光，充满自信，充满活力，其实也蛮精彩的。

第二年春天，政府要对汽车站一带进行升级改造，要把周围的民房和破旧建筑全部拆除掉。我的茶社也未能幸免。怀揣着政府发给的一沓厚厚的补贴金，我登上了开往老家的汽车。

二

回家后的多个好消息，如雨后春笋般接连往外冒。最重要的一条，当数我的两个弟弟已经把新房盖好，而且又分别找到自己的意中人。大弟因为年龄偏大，他找的是一位寡妇，她的丈夫多年前因病而终，由于婚后生活时间较短，连个孩子都没来得及怀上。虽说是个寡妇，相貌却跟她的名字一样出众：秀丽。所以，大弟好像捡到了极大便宜，几乎没有经过大脑思考，张口便答应了，而且以闪电般的速度与她完了婚。

二弟是在媒人正儿八经地撮合下成的家，女方是邻村的一个大龄姑娘。据听说，女方因为家境和相貌两方面的硬性条件都不错，从十六岁开始，便有人为她张罗对象了。一连看了多个，不是她没样中男方长相，便是她父母嫌弃人家家庭条件差。从十六岁一直持续到二十大几，仍然没着落，孑身一人，独自为伴。为此，一些经验丰富的媒人，还曾多次提醒女方的家人：

“当心别挑花了眼。一旦成为‘剩女’可就麻烦了。”

女方的父母总是不以为然，总是高傲地撇着嘴说：

“放心吧，如果找不到合适的如意郎君，我们的女儿这辈子就不嫁人了！我们一直当个大闺女养着呗。”

正是在她父母的盲目自信和盲目乐观下，导致她的终身大事一拖再拖，最终还是耽搁下来了。眼看同龄人都抱着孩子出来展示或者炫耀的时候，女方好像慌了手脚，这才意识到自己像个掉队的孤零零的大雁，必须尽快找到应有的归属。对于女方这种所谓“高不成低不就”的剩女，事情就显得尤为棘手，越来越觉得更为难办了。这种事就跟在集市上买牲口是一个道理，是“过了这个村，就没这个店”的概念。正因为下手较晚，那些健壮的、肥硕的、周周正正的牛马驴骡早已被他人悉数挑去，仅剩下一小部分“歪瓜裂枣”型的，一个个都在那明摆着，你爱选不选吧。

早在半年前，就有媒人主动登门跟二弟说亲了。媒人所说的女方，正是邻村的这位剩女。但是女方提出的唯一条件是：结婚前必须先把房子建起来。媒人是这么给二弟带话的：

“女方的各项条件你都清楚，可谓是‘要人有人、要家有家’。可你呢？眼下连个栖身的‘窝’都没有，将来总不能跟着你在这火柴盒一样的匣子里生活吧？”

我二弟一听这话，浑身顿时像打鸡血一样沸腾了，于是连明带夜的，起五更打黄昏的，三下五除二地，以最快的速度把自己的新房给盖起来。

没等新房彻底晾干，女方的家人担心我二弟中途再生变故，再像刚掀开笼的热包子一样被他人抢去，便迫不及待地主动请媒人登门撮合。就这样，我二弟的婚姻大事从此算是画上个圆满的句号。换句话说，也算了结了我的一桩心愿。同时我也能向九泉之下的父亲交上一份满意的答卷了。

在这件事上，我二弟可以说像收藏爱好者一样捡了个漏，而且是个大漏。

接下来，我的小儿子冬青也基本瓜熟蒂落，有自己心仪的对象了。冬青的对象是他自己谈的，女孩是他初中的同学，名叫薛梅。对于儿子如何谈对象的具体细节，我这个当爹的自然不便多问。还是后来有次冬青喝多了酒，跟朋友畅所欲言时，我在一旁无意中听到关于他的爱情方面的部分细节：

薛梅一直悄悄地暗恋着冬青，却苦于没机会也没胆量向他表达。眼看到了初三即将毕业时，同学们彼此为了留个纪念，于是开始轮流在别人转过来的笔记本上写留言。冬青像写作文一样，一口气写了好几本，字数大概都能赶上一个短篇小说了。等到薛梅羞答答地将自己的笔记本递过来时，冬青大概是觉得累了，这时又恰好赶上下课铃响，他肚里还存着一泡热尿呢，憋得他不住地摇着头晃着脑。在这种情况下，冬青将笔记本搁在课桌上，打算等到下节课再接着写。

冬青撂下笔记本原本是无意的，又不是今后不见面了，一离开就成为永别。他打算等上课铃再次敲响的时候，第一个为薛梅签名留念。毕竟，冬青对薛梅的印象还不错，如果用分数来衡量的话，至少可以打八十分吧。但是冬青的这个不经意的举动，却让薛梅产生了误会。等冬青再次返回教室时，薛梅已经赌气将笔记本拿走了。当时冬青还有些莫名其妙，还在一个劲儿地愣头愣脑地询问同桌：

“谁拿走我桌子上的笔记本了?”

同桌漫不经心地说：

“不定是谁先拿去签名了。”

冬青“哦”了一下，便不再往下追问。

中考迫在眉睫。老师站在讲台上，极其费力地为大家讲解一道极为复杂的、却又命中率极高的数学题。全班同学都在认真聆听，唯独薛梅一个人趴在课桌上小声抽泣。薛梅哭泣时的样子很是与众不同，她哭起来默不作声，只是娇小的身子连同肩膀不停地上下抖动着，不知道的人，还以为她犯了羊角风呢。

坐在薛梅后排的冬青，可能觉得事情有点儿不大对劲，于是悄悄拿笔头点了点薛梅的后背，意思是提醒她要注意听讲，眼看面临毕业考试了，从时间上来讲，已经到了分秒必争的地步，即便是家里死了人，也不应该在关键时刻伤心落泪的。

伤心欲绝中的女同学薛梅，显然把冬青的好心当作驴肝肺了。她猛然回过头去，愤怒地对冬青低吼：

“滚一边儿去!”

老师正聚精会神地讲着课，同学们正专心致志地听着课，教室内除了老师抑扬顿挫、声情并茂地讲课声，哪怕是掉地上一根针，大概都会发出震耳欲聋的声响。何况薛梅突然这么一声怒吼，如排山倒海似的，将冬青吓了一跳，将老师吓了一跳，也将全班同学都吓了一跳。

老师当时的气愤程度，绝不亚于在公园私密处跟对象卿卿我我时，突然招人偷窥或者围观一样，他愤怒地先拿手指着冬青和薛梅，接着又指着教室门口，大声吼道：

“给我滚出去!”

薛梅赌气站起来，疾步走到教室门口，站立。

冬青却坐着没动，他以为老师只对准薛梅一个人。老师复又指着他说：

“还有你，你也给我滚出去!”

冬青和薛梅并肩站在教室门口，俩人都有些气急败坏，索性谁也不搭理谁。

只是，薛梅比刚才在教室的时候哭得更凶，她双手捂着眼睛，发出“呜呜呜——，呜呜呜——”的沉闷的声音。

冬青一直在纳闷，心想：我并没得罪薛梅呀？我平时跟她相处得好好的，怎么说翻脸就翻脸呢？唉！十六岁的女孩的心事可真难琢磨呀。

下课铃再次响起的一瞬间，冬青的脑袋突然灵动起来了，突然如醍醐灌顶般的恍然醒悟了，哦——！总算明白过来了，这丫头八成是喜欢上我了吧？只有在大爱之下，才能衍生出如此的大恨。除此之外，好像没有比这个理由更贴近、更切合实际了。

就在同学们刚要跨出教室的那一刻，冬青趁机向薛梅挑明了心声。

薛梅红着脸，一副难为情的样子责怪冬青：

“你怎么不早说呀？早说也不至于发展到现在这种被动局面。”

三

一年内，我家接连办了三桩喜事。

三桩喜事的背后，开销自然成为一个不菲的数字。这个数字就像大山一样沉重，一度压得我喘不过气来，逼迫我重新选择创业之路。然而，运气对每个人来说，就像个大转盘一样，不可能永远那么坏，也不可能永久那么好。接下来的相当长的一段道路，对我来说都是曲折的，泥泞的，坎坎坷坷的，很多次均以失败而告终。

一天，老同学王留柱找到我，说他认识一位大人物，姓褚，陕西西安人，毕业于美国加利福尼亚大学物理系，1954 年跟随李四光博士回国，据说他此次归国的目的，是为了帮助祖国完成复兴大业。王留柱异常神秘地告诉我，老褚在电子技术方面是专家的专家，正考虑在本地建一个“激光感应仪”加工厂，问我有没有兴趣加入。王留柱的糖果厂跟我的结局一样，同是因为销路和市场竞争问题而被迫停产，此时他正急得像热锅上的蚂蚁，四处奔跑着寻求项目以及合作伙伴。

在王留柱的极力引荐下，我终于在省城的一家高档宾馆内见到了老褚。这老头大约六七十岁的样子，生得白白净净，满头银发在灯光的笼罩下熠熠生辉。我对老褚的着装印象很深，他全身都是白的：上身是洁白的衬衣，下身穿一条白色吊带裤，脚上是一双休闲式白皮鞋，就连垂在胸前的领带也是白的，给人一种

“高、大、上”和仙风道骨的感觉。老褚的双手像拉弓一样，不时扯一下胸前的那两根吊带，然后缓缓地向我讲述了关于激光感应仪的原理与用途。

激光感应仪是一项尖端的高科技发明成果，简单地说，就是利用太阳所释放出的热量，来解决人们在日常生活中的照明、做饭、动力和取暖问题……

尽管我如同听天书一样晕头转向，感觉像腾云驾雾一般不知所措，但是看王留柱一帮人将他奉若上宾，心中自然也不敢怠慢。我们专门租了一辆轿车，将老褚接到我们县城，安排在条件最好的县委招待所——一处专门接待上层领导的宾馆，然后围着他一起共商发展大计。

在老褚的安排下，我们先后组织十多个有着共同志向和经济实力的人，托关系到上海无线电总厂进行学习培训。另外又配备了一套人马，在老褚的亲自带领下，去西安阎良一个航空试飞基地采购相关配件。在西安的十多天内，老褚先后介绍了不少有头有脸的人物给我们认识，有大学教授、企业家以及在地方政府部门任职的一些领导干部。就在我们为他如此庞大的关系网而感到惊诧时，老褚又轻飘飘地说：

“他们只能算作小人物而已。真正的大人物，还在后面排着队等候呢！”

前后折腾了大半年光景，光耗资就超过二十多万，我们却像隔着布袋买猫，连激光感应仪到底啥模样都不知道。我内心焦急，连夜找王留柱商议对策。王留柱对此仍信心十足，用心开导我说：

“心急吃不了热豆腐。对于这种尖端的高科技产品，怎么能像种庄稼一样轻而易举、唾手可得？常言说得好，不经一番风霜苦，哪得梅花放清香。”

又说：

“唐僧去西天取经，还要历经九九八十一难呢。”

尽管王留柱将事情描述得天花乱坠，但我心里仍感觉不踏实，终日忧心忡忡，彻夜难眠。几天后的一个早上，我终于忍不住来到老褚居住的宾馆，想从他那里打探一下虚实。接连敲了好多次房门，里面始终无人回应。一种不祥的预感顿时涌上我心头。我急忙喊来服务员，打开房门一看，里面哪儿有老褚的影子？我当时还心存侥幸，不断安慰自己说，老褚早上有外出散步的习惯，这会儿一定是跑到广场上遛圈去了。再仔细检查一下房间，发现他的行李竟然也不见了。我心中“咯噔”了一下，赶忙跑到吧台询问。服务员想了想说：

“你说的是那个穿一身白衣服的老头吧？昨天晚上他就拎着行李离开了。”

我的大脑顿时像发生短路一样眩晕着，差点儿一头栽倒在地。我扶着吧台，喘着粗气，努力保持着鞠躬模样的姿势，就这么一直挺立着，一动不动。我觉得自己那会儿倘若向前迈动一小步，说不定就有跌倒的危险。我唉声叹气、悲观失望地对自己说：

“唉！自己玩了一辈子的鹰，到老了却反过来被鹰啄瞎了眼。这笔学费交得实在太昂贵了。”

正懊恼间，王留柱大步流星地朝我走过来。王留柱虽然嘴上强硬，心中大概也跟我一样缺少底气，他一早来宾馆的目的，好像也是想找老褚问个究竟。看我如此狼狈不堪的模样，王留柱心中已经明白八九分，却仍打起精神问我：

“你怎么一大早跑这儿来了？”

我长长地叹了口气说：

“唉——，我们遇到骗子了。”

不等我接着往下说，王留柱早已箭一般朝宾馆楼上奔去。

少顷，王留柱同样扶着楼梯栏杆，亦步亦趋地从上面走下来。他的双腿像被人用棍子打折了一样，每行一步都显得异常艰难。

发展尖端高科技的事，就这样以失败而告终。

现在才知道，老褚所说的激光感应仪，不正是已经流入寻常百姓家的太阳能吗？

两年后的一天，我出差去西安办事，可能是缘分未了吧，在茫茫人海中竟然跟老褚偶遇。因为所处的街道比较狭窄，我几乎和老褚走了个头对头。老褚应该是最先看到我的，他像贼一样迅速将头压低，想转身溜之大吉，不料却被我一把给拽住。我知道像他这样的骗子，一定不是初犯，在公安局一般都留有案底。所以便故意诈唬他，声称要将他扭送到公安局去。老褚果然很害怕，为急于证明自身的实力和价值，他主动拉我到一个叫柳巷街的地方，看他家的一处老宅院，说是价值上百万的资产，等变卖后再给我和王留柱进行补偿。晚上，老褚除了请我吃饭外，还自费在宾馆开房间与我同住。半夜，他趁我熟睡之际，再次悄悄溜出门去逃之夭夭。

对于老褚的不辞而别，我坦然一笑了之。他哪儿知道，我压根儿就没打算再从他那里获得什么补偿，更别说此事已经时隔数年，是块儿铁也该生锈了。他能意外地请我吃顿丰盛的晚餐，再慷慨地为我解决一个晚上的住宿费用，对我来说已是意外收获。我心满意足了。

只是那段想起来令人心酸的创业梦，一度让我觉得异常难受，损失了钱财和时间不说，最要命的是我个人威信在合作人心目当中一落千丈，迄今为止，仍然有很多人认为，当初是我和王留柱联手欺骗了他们。人与人之间一旦产生罅隙和隔阂，便像断裂的韧带一样很难愈合，任你浑身长了一百张嘴，恐怕也难以解释清楚的。

四

收完小麦，我去乡粮管所排队交公粮时，偶然遇到当年的狱友罗保卫。数年不见，自是亲热。吃饭时，罗保卫向我讲述了他近些年的经历。出狱后，罗保卫在他哥哥的支持下，创办了一个肉粉厂，刚开始销路不错，最远可以出口到日本。后来因为国际关系方面出了问题，西方国家开始对我国实施经济制裁。日本虽然地处我国东部的汪洋大海上，却一直在竭力巴结、讨好那些西方国家，生怕人家像对待弃婴一样冷落了自己。因为销路受限，造成产品大量积压。无望之下，罗保卫选择转行做饲料加工。他此次从淮阳老家来这里的目的，就是想到粮管所打探一下，看库里有没有积压的陈化粮。陈化粮的价格相对便宜，是做饲料最好的主原料。

知道我暂时在家务农的境况后，罗保卫渐渐流露出拉我入伙的想法。

考虑到眼下养殖业已经普及，从事饲料加工应该有着更为广阔的市场前景，我不由心动，又向罗保卫道出自己的心中顾虑：

“选择饲料行业是可以，但是技术是关键，有没有一整套成熟的方案去运营?”

罗保卫拍着胸脯说，他哥很是神通广大，目前已经搞到知名品牌厂家的饲料配方和生产工艺。另外还有一个得天独厚的条件是，他的仓库里囤积有大量的肉粉，这是做饲料必不可少的原材料。罗保卫直言不讳地说：

“眼下唯一的困难是资金方面比较短缺，可谓万事俱备、只欠东风了。”

只用了一顿饭时间，我和罗保卫便一拍即合。随之，一幅崭新的宏伟蓝图，瞬间又在我心中勾勒而成，而且像吹气球一样越来越大，越来越觉得前方的道路宽阔而又美好。

我先凑够十万块钱，和罗保卫一起购买了粉碎机、配料机和搅拌机等设备，接着又通过关系买回一大车陈化粮，一周后，我们的第一批饲料产品问世，接下来进入试用阶段。听说周口北郊一个叫刘园的地方养猪场比较多，通过朋友介绍，我们在那里找到几家养殖户，以赊销的形式给他们试喂。

我们的产品可谓是货真价实，主要原材料用的是小麦、豆粕和肉粉，闻起来香喷喷的，沁人心脾，不要说猪了，赶上饥饿难耐的时候，连我都忍不住想凑过去吞上几口。经过几个月的“临圈”实验，产品很快得到养殖户的认可。此事一传开，很多养殖户慕名而来，主动找我们寻求合作。

产品刚刚打开销路，正当我们信心十足，准备轰轰烈烈地大干一场的节骨眼儿上，国家突然针对当前的饲料市场出现的混乱状况进行治理整顿。因为生产手续不完整，我们的饲料厂被迫关闭。真可惜那个饲料厂了，没存活多久，便像个宫外孕或者畸形发育的婴儿，来不及呼吸到新鲜空气便胎死腹中。

五

清算完账目后，罗保卫还下欠我五万块钱，他主动给我写了个借据，我俩便好说好散了。多年后的一天，我从开封跑业务回来，路过淮阳时，顺便到罗保卫的家探望。看到罗保卫家徒四壁，已经接近穷困潦倒的地步时。我二话没说，当场掏出借据，一把火将之化为灰烬。回家的路上，我心中空空荡荡的，就像被掏空的窑洞一样，整个人只剩下一具皮壳了。

刚到家，王美丽告诉我说，前几天家里来了两位客人，说是想请我出山，要跟我合伙做几笔大生意。还将他们留下的书信拿给我看。那两位客人不去搞文学创作真是可惜了，如果能耐得住寂寞从事文学创作的话，最起码将来也能混个省级作协会员。

从书信的字里行间可以看出，他们的文字功夫相当不错，措辞得当，言语恳切，结构合理，张弛有度，隐隐约约、半遮半掩地向我表达出他们的心中意愿。令人惋惜的是他们走的不是正道。我看罢书信后，毫不犹豫地“哼”了一声，随即将它一焚了之，并且深有感触地说：

“我都退隐江湖这么多年了，他们不知从哪儿获知的消息，竟然还惦记着我，真让人觉得不可思议。”

刚过没几天，我正在吃晚饭，一辆摩托车在我家门口戛然而止。两个年轻人手里提着烟酒等礼品走进来，一见我便彬彬有礼地说：

“大叔，我们冒昧来访，您别介意啊。”

又自我介绍说：

“我们是安徽界首的，对您的大名早有耳闻。上次给您留的书信看了吧？您是怎么考虑的？”

我安然自若地说：

“我老了，也不便再行走江湖了。老弟若有需要我帮忙的地方，定当尽力相助。”

年轻人大概是看我想推辞，便拉开手里的黑色提包，里面露出一把锃亮的匕首。

年轻人又抬头看看我，随即从里面取出一包东西来。那东西用报纸包裹得很严实，剥开一层后，里面还有一层。最后拿出一团黑乎乎的东西，说：

“想请您出山看来是没指望了，不过我们今天冒险前来，是有两个请求的，一是想请您鉴定一下这东西的品质如何？二是想请您向我们传授如何提这东西的方法和技巧。还望您不吝赐教。”

我接过烟疙瘩说：

“想让我鉴定这玩意儿的品质还可以，但是我对提取什么的方法也是一窍不通。我说的都是实话，还望你们不要见怪。”

这个烟疙瘩是个老物件，似乎有些年份，已经变得跟水泥块一样坚硬无比。征得他们的同意后，我找来一根锯条，将烟疙瘩从中间锯开，捏取少许粉末放在口中仔细品尝，用当时流行的一句广告词来形容：口味纯正，地道的古钟。我告诉他们说，此乃上乘之物，不可多得的上品。说完，我立即举起右臂打出送客的手势，意思是催他们赶快离开。

两个年轻人满心欢喜地骑车要走时，我又提醒他们说：

“请你俩记住，咱们只此一次，从此井水不犯河水！即使你们再来的话，也绝不可能从我口中得到任何只言片语。”

第十一章

一

在山西当兵的侄子常宽来信，力邀我到他的部队驻地晋中地区，想让我凭借国家西部大开发的优厚政策，在那里搞一番事业。常宽是我大伯的孙子、堂哥的儿子，我一直将他视若亲生。大伯死得早，那年为躲避洪水，到一个叫高宗寨的地方逃荒，一去就再没能返回，变为孤魂野鬼永久在那里安息了。大伯英年早逝，家里的重担全落在堂哥一个人身上，里里外外，让堂哥成为家里名正言顺的一把手。堂哥没时间照顾常宽，就让他整天跟着我疯跑。我领着常宽，树上掏过鸟，水中洗过澡，下河摸过鱼，地里割过草……用堂哥的话说，常宽就是长在我屁股后面的一条尾巴。

堂哥家的生活条件一直不怎么好。从大伯下世那天起，他家的事就没少让我父亲操心。用我母亲的话说，遇到个屁大的事，就得来搬我父亲出面解决。父亲去世后，我子承父业，从跑鱼苗捞到人生的第一桶金开始，我就没忘过堂哥一家人。常宽上学的学费，很多时候均源自我的无偿奉献。

高中毕业后，常宽还想继续往下深造，堂哥却死活不同意。堂哥身体不好，可能是积劳成疾所致，他很想让常宽辍学回家，像他一样尽快接班主持家中大局。这样堂哥的心愿也许就了却了大半。可是常宽却没按照堂哥的意愿行事，从学校出来不久，正赶上部队征兵，他顺利通过体检和政审，眨眼工夫就坐上火车去了山西。

刚入伍不到半年，堂哥病发，很快撒手人寰。堂嫂的电报和书信一封接着一封，想让常宽提前退伍。堂嫂的想法是，当几年兵又能如何？到头来仍要回家务农的。

那段时间常宽郁闷至极，他一方面牵挂家中的老母，另一方面还想继续留在部队，觉得那里才有他更为广阔的发展空间。常宽没给他妈写信，即使写了我堂嫂也读不下来。所以只能与我这个堂叔诉说衷肠了。我经常鼓励常宽：你是正儿八经的高中生，文化知识是你最大的优势，在部队一定要努力学习，争取考上军校。你一旦能出人头地，何愁无力拯救家中的窘境……临结束时，我还引用一句至理名言来激励他：

“记住，不想当将军的士兵不是好士兵。”

常宽果然不负众望，第二年便以优异的成绩考进北京某所军校，听说现在已混成正营级干部了。

常宽在信中的意思，是让我先去晋中进行实地考察，看有没有合适的项目去做。常宽此时的想法，其实刚好与我的心思不谋而合。几次创业失败的经历，让我像刹车失灵的车辆一样，被撞击得遍体鳞伤。再这样下去，我真的一无所有，一下子回到解放前了。

晋中地区地广人稀，到处荒山野岭，丛林密布。在部队当营长期间，常宽就经常带战士们去野外拉练，对附近区域的地况和人员都不陌生。他陪我考察了几个地方后，最终选择在榆林的一个叫庄子村的地方落住脚。我们商定的项目是承包土地种果树。首次跟村里签订的承包合同是二百亩土地。虽说只有二百亩，但是实际面积却比合同面积要大得多，因为这里是山区，地势高低不平，根本无法用米尺去丈量，二百亩土地也是估算出的数字。这二百亩土地当中，有一百亩是旱地，每亩承包价为三十五元，承包期是三十年。我一次性首付十年的承包金，才用了三万五千块钱。另外的一百亩是崎岖不平的山地，山地上到处荆棘密布，杂草丛生。野酸枣的树枝，张牙舞爪的，漫山遍野都是。这样的荒地对庄子村来说基本毫无用处，因为受地理位置和环境所限，大型机械根本无法开到这里来，想要开发利用的话，只能靠人工一点点地进行清理。光是除去酸枣树和平整土地的费用，就是一笔不小的开支。所以在签合同的时候，村里才异常慷慨大方地把这一百亩地免费送给我耕种。

这里倒是一处自然恬静的动物乐园。我围着荒地转悠了一圈，发现树丛中有很多野兔、山鸡、蛇和松鼠出没，却是没见着如野猪和狼之类的体型较大的动物。如果真有的话，我想我就不打算再种什么果树了，而是直接开办一家民营性质的森林动物园。

承包合同生效后，首要的任务是打井。如果没有水源，仅靠老天的眷顾和怜悯，谁敢保证一年四季都会风调雨顺？刚一开始动手打井，我便体验到下面的困难究竟有多大。这里完全不像我的老家黄泛区，到处一马平川，土地肥得流油，使劲跺跺脚，地面上似乎便能渗出一汪水来。在那里，无论果树还是庄稼，皆能像“刘能”在一则广告语中说的那句话：“种啥啥丰收”。

庄子村这一带土层较薄不说，里面还夹杂着很多大小不一的石块。这些坚硬的石块，没有规则、没有头绪地潜藏在土层下面，眼看不着，手摸不到，打井的时候只能凭运气去下锥子。若是遇到较小的石块，钻头还能应付，挺一挺也就过去了。倘若钻到体积较大的石块，钻头就只能妥协让步了，一个劲儿地干转圈却不能继续往下行。遇上这种情况，只能半途而废重新更换地点，先前的或多或少的辛劳就算白费了。一二百米深的一口井，通常需要打井队劳作好多天才能画上句号。前期投资更让我始料未及。除了打井外，购买管道、电缆线和水泵的费用，加起来差不多用了十八万还多。接着来还要修水渠、建护林房以及支付民工工资，总投资达到三十多万。

我最先选种的是枣树。根据当地相关资料显示，晋中这地方的土壤和气候，最适合种植大枣，尤其是当地盛产的一种“壶瓶枣”，上小、下大、腰细，形状宛若一个红釉瓶，以皮薄、肉厚、核小、脆甜等诸多优点而出名，这种枣既可生吃，也可晾晒后制成干果，含糖量高达70%以上。

先期的栽种面积为一百亩。开工之前，我和儿子路生做了明确分工。按照我的想法，原本打算让他负责挖树坑，我负责外出订购枣树苗。路生却死活不同意，非要一意孤行，跟我调换岗位和职责。我雇用了十多个当地村民，每人每天发放十五块钱的工资，请他们前来帮忙挖树坑。挖坑是个相当繁重的体力劳动，刚干了几天，民工们觉得十五块钱有点儿不划算，便开始跟我玩心眼、耍滑头，他们看似一天到晚忙个不停，到头来屈指一算，脸盆样大小的树坑，一个人一天下来才挖十多个。看工作进展如此缓慢，我又想了个促使他们提高效率的好办法：工资实行计件制。也就是按照他们所挖的坑数结算工资，每个坑一块钱，当天结账。效率果然提高了不少。正常情况下，男劳力每天能挖五十来个，女劳力也可以挖四十个左右。速度虽然提高了，但是一万多个树坑对他们来说，至少需要一个月才能完工。以这样的速度计算，树苗买回来后，要等到猴年马月才能埋进土里去？一旦错过最佳栽种时间，如何能保证最高的成活率？

正当我为此感到万分焦急之际，常宽带着一大群部队官兵前来出手相助。在他们的不懈努力下，事情终于有了出其不意的效果。

树坑挖好后，紧接着便是施肥。为保证苗木能够汲取更多更好的营养成分，我专门跑到一家养殖场，买回几大车猪粪，跟磷肥混在一起搅拌均匀后，往每个树坑内撒上一些，而后再浇水灌溉，以确保苗木的墒情。

栽树这活儿看似简单，当中其实也有很大技巧：栽浅了不易成活，栽深了又不利于生长，还要尽可能地让树苗保持一条平行线，这样不仅有利于今后的管理，还能让光照和风雨均匀地分布在每一棵树苗上。正因为程序繁杂和量大，路生不免有些烦躁，不停地踢着树苗发牢骚说：

“种植这些枣树，比养活自己的孩子都难!”

枣树栽好后，紧接着还要再浇一次水。晋中属于干旱地区，平时降雨量较小，而且昼夜温差大，上午刚浇过的田地，到下午便又卷起一层干皮，像风干的河滩一样，没有丝毫的生机可见。我和路生白天忙着为树木剪枝，晚上还要穿梭于树林丛中，怀里抱着胳膊粗的水管，一直持续浇水到深夜。

我不得不佩服晋中的风。同样是风，在这里却表现得相当的个性，它好像一天到晚都在刮，无休无止的，从来不曾停歇。初春之夜，风应该是轻柔的，温和的，不疾不徐的，很容易让人生出许多遐想和诗情画意。但是这里的风却不存在丝毫的温情和浪漫，它始终保持在四到五级的样子，说大不大，说小不小，一天到晚“呼呼”地刮着，让人觉得头昏脑涨，晕头转向。白天还好，毕竟有日光普照，倒是不觉得太冷。晚上就不行了，温度一旦降下来，顿觉寒风刺骨，冷气逼人。刚浇了两个晚上，路生就受不了了，撂挑子说：

“整天没日没夜，雨打风吹，这还是人干的活儿吗？即使给个金元宝，我也绝不会再干下去。”

冬青则表现得更为圆滑一些，他干脆采取回避的态度，在每天天刚黑下来的那一瞬间，先以各种借口脱离我的视线，然后像个机警的猴子一样不知所踪，任凭我千呼万唤、百般寻找，却始终不予回应。

所有的负担几乎全压在我一个人身上。看着我那双被风沙和盐碱侵蚀的蜕了皮的手，王美丽心疼，抱着它像揉面团一样搓了又搓，而且不止一次地打退堂鼓说：

“我们还是回河南老家吧！咱们不缺吃、不缺穿就行了，干嘛非要待在这鬼不嬔蛋的地方，活受罪！”

又说：

“你都已经年过六旬的人了，该是到了颐养天年、安享天伦之乐的时候了，没必要再在这里拼命地干下去。”

我正为两个孩子故意逃避生产劳动的事暗自生气，听王美丽这么一说，转而就把气撒在她身上：

“你现在的思想真是越来越狭隘、越来越不可救药了！人活着究竟为了啥？难道仅仅是为短暂地贪图享受？还是一味地寻求安逸？如果抱着这样的目的和追求，我压根儿就不会千里迢迢、一口气跑到这深山老林中来。”

又跟她赌气说：

“如果真是吃不了这种苦、受不了这种罪，你可以带着孩子回到老家去。反正我的心已经扎根在这深山沟里了。哪怕只剩下我一个人，也要坚定不移地干下去。将来不管成败与否，至少我不会为此感到羞愧和懊悔，也不会感觉自己枉活这一生！”

二

从枣树苗栽上那天起，我就再也没有喘息和休闲的机会了。我每年至少要为树木浇上十多次水，在田间除草的次数更是数不胜数。我其实最为讨厌的是田间除草这种活儿。因为种植面积较大，我们全家人前脚刚拔过一遍，后面的小草紧接着又滋生出来，像割韭菜似的一茬接着一茬，无休无止地繁衍生息。我看眼下树苗较小，排与排之间还存在一定的利用空间，于是就选出一方较为平整的地块，种上大约五十亩的西瓜，三十亩的大豆，又在高低不平的空地上种了二十亩的谷子。这些年，许是喝小米粥的人寥寥无几吧，选择种谷子的人家已经少之又少，作为曾经备受青睐的五谷杂粮之一，谷子已经在老家的很多村庄绝了种。现在的孩子们，就拿路生和冬青来说，知道小麦如何加工成面粉，知道大豆如何生成豆芽，甚至知道红薯如何制作成粉条，却很少知道小米乃是谷子通过加工而成。之所以选择种植这个冷门农作物，是因为我在城里的粮贸市场转悠时，发现谷子的价格不菲，由前几年的每斤一块多，迅速攀升到现在的四五块钱一斤。再看那些买谷子的人，并不是为自己的身体健康着想，而是拿它来喂养鹌鹑、鹦鹉等宠物。凡是有饲养经验的人都知道，这些鸟雀的肠胃很奇特，它们只能吃谷子，就连脱了皮的小米都不能喂，否则就会出现拉稀现象，再坚持喂下去的话，紧接着就会暴病身亡。

每天披星戴月的繁重的体力劳动，让我的身体迅速消瘦，体重比现在的粮食价格跌得都快，由半年前的一百五十斤，很快落到当前的一百二十多斤。王美丽看在眼里，心里比家里的母猪配不上种还要焦急和心疼，她除了尽可能地想法改善我的伙食外，每天早上还雷打不动地为我煮好两枚鸡蛋。再好的东西，也经不起天天去吃，半个月后，我就感觉到腻歪了，不要说看见鸡蛋，哪怕是看到四处转悠着觅食的母鸡，我心里就会出现条件反射，觉得直反胃，恨不得一鼓作气将它们通通杀光。

事实证明，当初我选择种植谷子的想法是正确的。阳历六七月是西瓜的成熟期。正当瓜瓤由白变红之际，天上突然降下一场冰雹。冰雹的个头儿，小的如同一个弹珠，大的宛若一枚鸡蛋，铺天盖地地落下来，砸在足球一样大的西瓜上，发出“砰砰砰”的爆裂声，如同枪口装上消音管一样沉闷。眼看着一个个即将成熟的西瓜在我面前脑浆迸裂，我的心比刀割还疼——西瓜同样是我的命啊。

于是我奋不顾身地扑上去，趴在附近几个完整的西瓜上面，试图用身子为他们遮风挡雨、保驾护航。冰雹们大概是看自己的袭击目标突然被我遮挡，所以更加来气，它们像许多个狙击手一样，将枪林弹雨对准我的头、我的肩、我的背、我的腰、我的臀、我的腿、我的脚疯狂扫射。我感觉我的头上已经有大小不一的疙瘩，正像水泡一样迅速隆起，具体有多少个包？有多大的包？对我来说已经不重要了，我只知道我的头部已经完全麻木，脑袋空白得像一张打印纸。我的身上也同样如此。冰雹每砸我一下，我身上的肌肉便像击鼓一样，不由自主地跟着跳动一下，而且此起彼伏、无休无止地重复着。

王美丽尖叫着扑过来，她一边拼命拽我的胳膊，一边高声呼喊：

“你不要命啦！快起来吧，保命要紧哩。”

准确地说，我是被王美丽、路生、冬青她们像抬死猪一样强行抬进屋内的。我湿淋淋地躺在床上，心里更是湿淋淋的。我已经没有半点儿力气了，只能闭着眼睛唉声叹气。王美丽给我煮了一碗姜汤，像祭奠死人一样放在床头的桌子上，一直等到茶凉，我都没去碰一下。晚上，我突然发起高烧，浑身滚烫，像一块儿刚出炉的烤红薯。模模糊糊中，我知道王美丽先在我的额头上敷上热毛巾，又用铁质的调羹勺强行撬开我的嘴巴和牙齿，艰难地将几粒药丸塞进我嘴里……

依稀中，我又看见我的父亲了。我父亲此刻正蹲在屋脊的横梁上，沉着脸，默默地注视着我。我于是开始挣扎，并且满含歉意地说：

“爹，真不好意思，又让你跟我到山西来了。”

父亲对我丝毫不留情面，他依然像以前那样，瞪着眼，皱着眉，咄咄逼人地说：

“哼！这么一点儿挫折就把你打倒了？你也太弱不禁风了吧！我开始怀疑你还是不是个真正的男子汉？”

我借机向父亲倒起了苦水：

“爹呀，这些西瓜可是我半年来的心血啊。这半年里，我领着老婆孩子起早贪黑、没明没夜地干，到头来却落得个如此悲惨的下场。你说我为什么会这样倒霉？”

没等父亲作答，我又急忙问他：

“爹，你不是会算卦吗？你现在就给我算算，这究竟是咋回事哩？”

父亲沉默片刻，叹口气说：

“唉，万事皆有定数！如果按照佛家警世之言来讲，福祸皆因果。也就是说，福与祸根本就源于我们自身，福的根本原因是我们前世或今生的善业；祸的根本原因是我们前世或今生的恶业。天道的规律就是奖善惩恶，是我们自己行的善，就让我们幸福；是我们自己作的恶，就让我们痛苦。比如一个人，本来是有灾难的，因他坚持行善积德，那么灾难有可能化小或者消失。反之如果他天天干坏事，那么福报也有可能会变为祸端。同时福祸也是隔代相传的，如果此生未报完，将来还会落到你的子孙后代身上。

比如现在，你每替他们扛上一次，将来他们在人生道路上就会减免一场灾难……”

我幼稚地问父亲：

“我们的前世和今生究竟造了多少孽？后面还要遭受多少次因果报应？”

父亲摇着头说：

“天机不可泄露。”

又说：

“所以在你活着的时候，一定要教育好自己的子女，让他们在有生之年尽量不要干那些缺德事。”

说完，父亲又从腰间摸出一面镜子，像我们点击手机屏幕一样，轻轻地划拉了几下，镜子立马便复活了，变得跟照相机一样显影了，画面上的人物栩栩如生、活灵活现。父亲像翻连环画似的，将镜中的内容一页接着一页地翻给我看。父亲则在一旁充当起讲解员的角色，他指着画面上一个赤身裸体、瘦得像一条干狗模样的人对我说：

“瞧见没？这个人生前将坏事做绝，烧杀奸淫无恶不作，死后落得个上刀山、下火海的下场。

父亲又翻开第二个页面，解释说：

“这个人生前以偷盗和抢劫为生，并且还曾犯过命案，对他的惩罚是将身子填进铡刀内斩为两截，让其永世不得翻身。”

第三幅画面是：一个人双手被吊在十字架上，垂着头，长发遮盖住他的脸，是男是女都分辨不清。他的左右两边，分别站着两个头上长了牛角一样的小鬼，全身只穿了一条裤衩，袒胸露乳，面目狰狞。两个小鬼正挥舞着尖刀，去割被吊着的人身上的肉。那个人浑身鲜血淋淋，白花花的骨头突兀地裸露着，模样惨不忍睹。父亲说：

“他是因为不孝敬父母，经常虐待老人，才遭此惩戒的。”

……

父亲最后用肯定的语气说：

“常言道，人在做，天在看。不要以为我们做了坏事，暂不被人发现就会神不知鬼不觉地侥幸躲过了。其实我们所做的每件事，不管是好是坏，老天都在认真仔细地看着，并且还给你一一记录在案。如果罪孽较小，也许当你活着的时候，就给你现世现报了。倘是罪孽深重，即使你做了鬼，阎王都不会放过你的，一如你刚才看到的镜中人的下场。”

三

西瓜这东西挺娇气的，除了按时施肥外，雨水也要不断跟进，赶上降雨量较少、气温较高的时候，基本上每星期就得灌溉一次，稍微迟钝和缓慢些许时间，墨绿色的叶子就会像霜打一般耷拉着，马上给你个脸色看。瓜秧在成长过程中，还得忙着给它打叉——就是只保留一根主干，将多余的枝枝蔓蔓全部打掉，以防止养分流失。叉子打完后，紧接着又要选果。选果也很有讲究，果实既不能离根部太近，又不能离根部太远。太近的话，西瓜的个头儿长不大，充其量也就如碗口一般大小，便停止了生长，单等着瓜熟蒂落了；倘是果实结在主蔓末梢，营养又会跟不上，造成生长期较长，影响上市时间。最好的果实，是生长在主蔓的中间位置，这样才能确保西瓜又大又甜。

跟西瓜相比，谷子管理起来要省去很多力气。在整个生长过程中，只需在大旱特旱时间喷上一两遍水，然后就可以对它置之不理，单等着如期收获了。

原指望西瓜能给我创造更大的经济效益，多少弥补一下我近期的巨大投入，没想一场冰雹下来，将我的计划和希望全部打破，成了竹篮打水一场空。人的希望原本就像肥皂泡一样单薄，禁不起半点儿风吹草动，更不能触碰一根纤细的麦芒。我当初之所以不顾家人反对，种下二十亩的谷子。正是这二十亩的谷子，让我那备受伤害的心灵，在恓恓惶惶中稍微得到些许安慰。仅是二十亩谷子这一项，就为我创造了七八万元的收入，加上三十亩的大豆，让我这年秋季的总收入差不多达到十万元。

有了上次的经验教训，第二年，王美丽力劝我将所有地块儿都种上谷子，但我却连一株都没种。王美丽以为我在存心跟她斗气，所以在很长时间内一直跟我闹别扭，差点儿连早餐的鸡蛋都给我取消掉。结果那年的谷子价格严重下跌，很多家庭一直存放至霉烂都没能卖出去。我于是有了绝对的发言权，撸起袖子教训王美丽说：

“你们女人家的，头发长、见识短。记住，种庄稼其实跟经商一个样，千万不能跟风、随大流。就拿这谷子来说，世间能有多少个饲养鹌鹑和鹦鹉的家庭？怎经得起大家一窝蜂地去种植？单凭那些鸟雀去消费，不存放到猴年马月才怪呢。”

王美丽听罢，伸手在我肩上轻拍了一下，嗔怪说：

“还成精了你。”

针对剩余的那一百亩坑坑洼洼、密密麻麻地长满野酸枣树的山地，王美丽的意思是将全部酸枣树伐掉，然后平整一下改种农作物。我看这些大小不一的酸枣树，郁郁葱葱，枝繁叶茂，伐掉甚是可惜，于是便在它们身上打起了主意：如果能对这些酸枣树实施嫁接和品种改良，岂不等于就地取材、变废为宝？几经折腾后，我从外地请来几位技术员，仅用半个月时间，便为五千多株酸枣树做了嫁接手术。对于一些没有改良价值的树木，我又别出心裁，将它们伐掉后，种上核桃、梨树、桃树、苹果等品种。这样一来，整片山林在我的精心布局下，一下子变得热闹起来了，春天有洁白的梨花和粉红的桃花，夏天有淡黄的枣花和金黄的油菜花……各色花朵千枝竞放，争芳斗艳，瞬间为寂寥、沉默的大山，营造出生机勃勃的氛围和美不胜收的自然景色。

坦白地说，我在“枣”上所下的功夫，比在几个孩子身上的付出都要多。因为我清醒地意识到，自己在种植技术方面所掌握的知识，可以说都是些皮毛，肤浅得很，也单调得很，就像刚入冬时河面上结的一层薄冰，经不起任何一丝细小的涟漪。所以，在相当长的一段时间内，我对进一步深入学习文化知识和技能的念想，一直如饥似渴、念念不忘。短短几年内，我几乎访遍所有与枣有关的地方和名师：到山东的太谷县园艺场学习壶瓶枣的管理技术；到晋南运城地区学习梨枣的管理技术；到山东沾化学习冬枣的管理技术；回我们老家河南新郑、内黄学习灵枣的管理技术……毫不吹嘘地说，我所拜访过的农业专家、教授、博士和技术总监，以及来自新加坡的顶尖技术顾问，具体叫什么我已经记不清了，加起来足足可以组成一个连队。

我和王美丽在这荒山野岭一住就是数年。雨打风吹，风餐露宿，日夜劳作。我的双手长满米白色的老茧，硬得像风干的猪皮，如果拿针扎一下，针尖刺进去很深还不见有血溢出。长时间的磨砺也让我获得与田间那些带刺的植物抗衡的资本，像酸枣、蒺藜、花椒树、槐树枝……这些原本令人生畏和望而却步的家伙，现在一旦挡住我的去路，或者影响我的视线什么的，我便毫不犹豫地仅靠赤手空拳，就能直接将它们降服或者拿下。枣树林的角角落落都闪现着我的足迹和身影。不要说衣服了，光是那些草绿色的解放鞋，一年下来我都要穿破好几双。

我的家安置在一处丘陵的最顶端，可谓前不着村，后不着店，想买些日用品和柴米油盐，都得跑到几里开外的村庄去。一年四季当中，唯有到了夏季，这里才会有人过来，有的是登门讨水喝，有的是走累了过来歇脚，还有就是城里那些所谓的“驴友”，背着大大小小的包裹行囊，三五成群地从这里路过。对于“驴友”们的行为举止，至今仍然让我难以理解：他们常年生活在大城市，多好！高楼林立，马路宽敞，街道整洁，干净卫生，而且冬天有暖气，夏天有空调，风刮不住雨淋不着，放着多好的清福不去享受，干嘛非要跑到这深山野岭里转悠？累得吭吭哧哧不说，很多时候还时刻与危险相伴。尤其是在大山深处，山坡陡峭，怪石林立，要么想上却上不去，要么想下却下不来，间或还有野兽出没什么的。这几年，政府尤其注重保护生态环境，匿迹多年的野猪、野鸡、野兔……渐渐多了起来。尤其是野猪，一出来就是一大群，这些青面獠牙的家伙，仗着猪多势众，对人类一点儿也不友好，毁你的庄稼不说，搞不好还会对人身安全造成威胁。据说，前不久就有对情侣在山里游玩，来到一僻静处，看那里山清水秀，景色宜人，便为这处天然的大氧吧所陶醉。正陶醉着，猛觉屁股后面一热，回头看时，发现是一头野猪，正目不转睛地盯着他们看黄片。这头野猪大概眼睛有些近视，或者说患上眼疾了吧，总之视力不太好。它原以为地上摆着两块儿硕大的面包，最不理想地说，顶多是一堆馒头之类的食物。野猪这才壮着胆子，抱着试一试的态度，上前用嘴拱了一下那块儿白花花的东西。等那人激灵一下起身，野猪才知道是个人，而且不止一个。看样子“面包”和“馒头”是吃不成了。真没劲！野猪一边谩骂着，一边甩着尾巴气哼哼地走开了。幸亏只有一头野猪，如果是一群的话，后果就不堪设想了，说不定真把他们当作馒头给消灭掉。

这样的例子已经举不胜举，新闻媒体也在不断报道政府不惜代价营救被困驴友的相关信息。因此我多次想奉劝那些城里人，没事最好别跑到大山深处去冒险，万一出现不测，你们该为自己的家庭、父母、社会和国家造成多大的麻烦和损失啊！如果你们真是感觉闲得没事干，手痒痒了，内心不甘寂寞了，倒不如来我这里，帮我分担一些体力劳动，多做些有益于人民和社会的事，最起码不至于造成资源浪费。

四

虽说这里是绝对的世外桃源，可是待的时间一长，也便司空见惯、稀松平常了。刚来晋中时，在平原地区长大的路生和冬青都欢喜得不得了，觉得这里山也美，水也美，看哪儿都感到新奇，整天乐得比娶媳妇还高兴。但是这种感觉相当短暂，不到一周时间他们便厌倦了。也难怪，年轻人正值活泼好动的时候，哪能像我和王美丽这个年龄段的人一样踏实能干。看他们三天两头儿找借口往榆林县城里钻，我和王美丽一商量，索性在那里买了两套住房，给他们一人分了一套，也算让他们在城里安家落户。

整个山坳只剩下我和王美丽了。面对繁重的、无休无止的体力劳动，王美丽曾不止一次地抱怨我说：

“我这下半辈子跟着你真是倒霉啊！整天有种不完的地，操不完的心，干不完的活儿，受不完的罪。”

每每听她这么说时，我总是坏笑着逗她开心：

“哟——！跟着我长知识了，连排比句都会用了。”

我的作息习惯是每天早上四点钟起床，然后一直忙到晚上十点左右才休息。尽管中间有将近十八个小时的劳动时间，却仍避免不了二百亩地上荒草不断。我想把路生和冬青都叫回来帮忙，可是他们却像钻入水中的泥鳅一样，任凭我千呼万唤都不见踪影。打电话让他们过来干活儿，他们总是以各种理由推辞或者拒绝。时间一长，我心头便积蓄一股无名之火，真想赌气跑到城里去，亲自动手把他们的幸福窝给端掉。

无奈之下，我只能另觅良策，采取记工的方式，以发工资为诱饵，去引诱他们主动上钩。重赏之下必有勇夫。刚开始还略见成效，路生和冬青的劳动积极性明显提高。后来看我发工资不是那么及时，而且还存在随意克扣现象，两个人便有了成见，就委托冬青作为群众代表，率先向我提出抗议。冬青说：

"《中华人民共和国劳动法》规定，农民工工资不能拖欠，更不能随意克扣。你倒好，仨俩月还不发一次，让我一家人吃啥喝啥？"

又说：

"城里的消费不比你们山里，每月的物业费，水电费，孩子的学费，家人的生活费……哪一样能往后拖欠？生活不能得到保障，如何让我们死心塌地、心悦诚服、任劳任怨地帮你们干下去？"

又说：

"想法和认识不同，思想观念也不同。鉴于现状，我哥俩一致认为应当把如何保证日常生活开支放在第一位，也就是说，眼下我们干啥能挣到钱就去干啥，咋样干挣钱多就咋样干。这也叫物竞天择、适者生存嘛！"

冬青一连串的辩驳，倒是让我哑口无言。看我气急败坏地脱掉一只鞋子，冬青知道事情不妙，撒腿就往山下跑。我高高地扬起手臂，像扔手榴弹似的，对准他的背影奋力将鞋子投过去。和王美丽一样，鞋子显然跟我站在同一立场，一看没击中冬青，鞋子也恼羞成怒，顺着山坡骨碌碌地滚下去，撵着冬青一路往下追。

我像个废了一条腿的残兵败将，一边蹦跳着去捡鞋子，一边冲着冬青的背影恶狠狠地骂了一声。

我和王美丽瞬间又成为孤家寡人，接下来的劳动量更为繁重。从四月下旬开始，有了春风和细雨的滋润，枣树的枝条逐渐开始返青、发芽。这时间也最是忙活人的时候，有种专门以枣树嫩芽为食、名叫“象甲虫”的家伙甚是厉害。喷药的时间和次数稍有懈怠，整片枣树林立马被它吃得遍体鳞伤。每隔十天，我和王美丽就得背起药桶，对着鹅黄色的嫩芽，里里外外、上上下下喷施一次农药。一年下来，每株枣树要经过多次的洗礼，才能确保它们安全度过劫难而迎来丰硕成果。喷药只是其中一项，跟除草、施肥和浇灌相比，它的劳动强度愈发显得微乎其微。尽管我和王美丽把所有能用的时间都用尽了，把所有能掏的力气都掏空了，把所有该流的汗水都流干了，却仍避免不了顾此失彼和出人意料的事件发生。

有年夏天，上百亩瓶壶枣长着长着便出现毛病，先是叶子像被开水烫过的塑料膜一样，皱巴巴地蜷缩在一起。接着黄豆粒大小的幼果开始脱落，一个个宛如超计划生育的“黑人”，没等它们看到曙光便被迫流产。我内心那个急呀，简直无法用言语来形容。

我先找到本地一位号称“国家级”的果树专家，想请他对此出谋划策。他的回答同样让我失望：

“瓶壶枣的病情复杂，很多原因说不清道不明。就拿我们榆林市林业局的枣树示范园来说，每年都有好几位国内专家来这里搞实验，他们甚至立下军令状，发誓要把瓶壶枣极易出现的这种疾病防治技术研究透彻，但是到目前为止，仍没能突破这方面的瓶颈。”

这一年，我对大枣丰收的希望最终以惨败而告终。

在汲取经验教训的基础上，第二年，我提前向市林业局打报告，请求给予技术援助。局领导也很重视，专门委派三名专家来我园区把脉问诊。林业局特聘的技术顾问、省农科院的孙圣贤教授，亲临园区坐镇指挥，并采取划片承包的方式，实行责任到人的管理制度。省院还为他们免费提供试验用的肥料和高端农药，大有一番不达目的不罢休的架势。

一下子来了这么多位高人，今年的收成应该是板上钉钉了吧？我暗暗劝慰自己。

我的记录本上显示，在专家们的精心指导和实际操作下，果树全年一共喷洒十六遍农药，施肥三次，浇水十二次，除草九次，剪枝两次。又投资四十多万元，为三亩优质试验田搭建了防雨大棚。在大家的共同呵护下，八月中旬以前，枣树生长势头很好，枝叶茂盛，硕果累累，宛若乒乓球大小的果子缀满枝头。甚至有个别树枝不堪重负，像驼背的老头儿样被压弯了腰。

我和王美丽自然对丰收充满期待。

常宽向我提建议，要我进一步拓展产业项目，引进烘烤设备，对大枣进行二次加工。这样可以根据市场行情正确做出判断：倘是鲜枣的价格合理，随时可以出售；假如鲜枣出现滞销或者市场价偏低，则可加工成枣干，包装后向商场和超市供应。当然也可以二者兼有之。

我觉得这个主意不错，便按照常宽的想法，买来两台烘烤机和一台封口机，又定制一批设计精美的外包装，然后咧着嘴坐在板凳上，单等着大把的票子源源不断地往腰包内流淌了。

然而让我始料不及的是，短短两天时间内，枣子又出了毛病。

时间应该是在八月下旬吧，大枣眼看进入成熟期，枣的屁股周围已经有白晕出现的时候，突然下起连阴雨，一场不了又是一场，下得人心里栖栖惶惶的。那几天，我一大早就起了床，站在屋门口眼巴巴地朝东边望。好不容易看见山尖出现亮色，心想今天该有太阳出来了吧？然而一团乌云飘来，很快又将希望遮住，接着又是大雨一场。我心急如焚，就差跪下去给太阳公公上香磕头了：

“老天爷呀，你可怜可怜我，开开恩放我一马吧！”

孙圣贤表现得好像比我还焦心，他除了打电话向单位汇报果树生长情况外，剩余时间基本都矗立在田间，呆呆地望着被大雨淋湿的枣子发愣。就像遇到疑难杂症的病人需要会诊一般，专家们集聚在一起严阵以待，千方百计寻求补救措施。他们在很多树杈上挂上登记牌，等观察完病情发展情况后，再逐一进行记录。尽管如此，一周后，病情仍像瘟疫一样进入爆发期，90％以上的枣树都染上疾病，地上的烂枣，青一块儿红一块儿，硬一块儿软一块儿，密密麻麻的到处都是，用孙圣贤的话说：

“唉——，多得没个下脚的空！”

眼看着绝收的结局基本注定。孙圣贤拍拍我的肩膀，无奈地说：

“只能等下次了！明年我们再来吧。”

尽管如此，灾难却让我练就出一番超强的毅力，也让我有种超强的坚强。我又想起父亲上次的那番话。我，我的父亲，我的爷爷，甚至我的那些更加古老、更为原始的祖先们，一定是他们中间的某个人，在活着的时候又做了一次孽，才导致上天在翻账本时，无意中发现了漏洞，并且及时地查漏补缺，再次毫不留情地在我头上“报应”了。换句话说，现在我又替我本人，或者说替我的子孙后代扛过了一次灾难，让他们在今后的生活中，又少受一次苦、少遭一次罪。

也只能这样去理解和诠释了。

五

为改变经营中资金短缺的现状，2005 年，我经过一番苦思冥想后，决定在果树的行距和株距之间种植中药材。考虑到药材市场的行情问题，我特意从榆林坐车，来到安徽亳州——那里有全国最大的药材交易市场。在亳州待了三天，结识了一位名叫王学理的药材种植户。王学理大概也正为“英雄无用武之处”而犯愁，听完我的想法后，立即答应跟我一起回晋中谋发展。

从此我又开始了人生当中的新课题。

我和王学理采取的是业务合作模式。我负责土地和人力，王学理负责种子和技术。我重新承包了三百五十亩地，交给王学理，让他在这片广袤的田野上，好好施展自己的本领，发挥个人所长。王学理趴在地上，就像考古人员突然发现宝贝踪影似的，又是扒又是挠，甚至还不时捧起一捧土放鼻子下去闻。仔细研究过脚下的土壤和当地的气候，王学理最后决定种植一种叫“射干”的中药材。

在药材种植方面我是个门外汉，所以不能不懂装懂，那样的话，最终会搬起石头砸自己的脚，会自食其果的。回想起数年前路生结婚那天，我赶集买菜回来，从车篓里卸下一捆芹菜。冬青自告奋勇，主动跑过来要求帮忙择菜。我当时还想，这孩子到底是大了，长出息了，知道替大人排忧解难了，多好！结果，等冬青把菜择好端进厨房时，我问他：

“你择的芹菜呢？”

冬青捧着一筐深绿色的菜叶说：

“不都在这儿吗。”

我问：

“菜杆呢？”

冬青指了指外面的粪坑说：

“全被我丢进粪坑里了。”

“啥！”我慌忙跑出去看，发现芹菜杆果然被他当作垃圾抛进了粪坑，横七竖八地漂浮在臭烘烘的污水上面。我恼怒起来，直想抡起巴掌去揍冬青。冬青委屈地说：

“我没吃过芹菜，怎知道到底是吃菜叶还是菜杆呢？”

我骂道：

“滚吧！成事不足败事有余的家伙。”

现在，我不能再像冬青一样犯类似错误。王学理所说的“射干”，不要说啥模样了，我过去连听都没听说过。我只知道几种最常见的中药材名字，如黄芪、白芷、枸杞、人参、当归、茯苓、川芎、田七、麦冬、金银花等。稳妥起见，我迫不及待地从书店买回两本关于药材种植技术方面的书，里面是这样介绍射干的：

射干，别名山蒲扇、扇子草，高50～120厘米，药用其茎，对土壤要求不严，一般土壤均可生长，耐旱耐寒，适应性强，全国各地均可种植。

种植方法分秋播和春播两种，按行距35厘米，开2厘米的沟，撒入种子后覆土搂平，如天旱可浇一次大水。秋播的当年不出苗，第二年早春出来。春播的种子经过处理后，一般12～15天出苗。

种子处理方法是，用水浸泡2天后，掺少许的沙子搅拌均匀，放于屋内，保持长久的湿润，待发现有芽后再播种，这样出苗快而整齐。

经过长达两年的努力，方才完成二百亩的射干种植任务。个中艰辛自不必说。到了收获期，我亲自跑了趟亳州，又辗转来到河北安国考察市场。我拿出样品，跟商家谈价，再签订购销合同。忙活了整整一个冬天，总算给所有的射干都找到安身场所。

正式开挖时间是在次年的春天，因为射干这东西根系发达，雇佣人力开挖起来非常费力。我从市里调来几台挖掘机，虽然每天价格不菲，但是速度却有了大幅度的提高，大大缩短了挖掘周期。

射干的产量还算不错，每亩地大约两千斤。第一批卖给了安徽亳州的孔峰。孔峰是王学理极力推荐的药材贩子，但是给的价格很低，每斤才一块钱。后来我才知道中药材里面的水分究竟有多大。孔峰一块钱一斤收走的货，转手再卖给药厂，价格立即翻了好几倍，每斤可以达到十二元左右。我辛辛苦苦种植了两三年，拿到手里的钱，还不抵坐享其成的药材贩子赚取的一个零头儿。

这家伙的心实在太黑了！我心里愤愤不平，决定跟安徽亳州的药材贩子断交，重新选择合作人。河北安国的一个童姓老板来看过后，给出的价格是每斤三块五。我本来不打算出手。童老板似乎看出我的心思，开门见山地说：

“你别以为直接对准药厂就能卖个好价钱。中间需要有关系不说，想与他们建立很铁的交情，费用多大你知道吗？”

又说：

“我们之所以能与药厂保持良好的供货关系，一是因为我们手头儿的货比较全，每年少说也能供应十多个品种。而你只有一种射干，想直接卖给药厂的话，估计第一年赚的钱，全部送给他们恐怕都不够。二是我们跟药厂供货十多年，双方已经建立长久的、牢固的合作关系。这种关系不是光靠产品质量和价位说话的，从上到下都得用钱去打通。不信你可以试探着到药厂去推销，哪怕价格再低、质量再好，我敢保证你一斤也卖不掉。”

我觉得童老板的话有道理，也为拉拢这个比较不错的客户，一出手便给了他五十吨。余下的货已经不多，我索性囤积起来，想等到价格上涨时再卖。三个月后，榆林药材公司的人主动找上门来，以每斤十元的价格，将剩余的几吨射干全部买走。

我抱着厚厚一沓钱，正沾沾自喜，王学理却撇着嘴说：

“你知道现在射干的行情吗？”

我摇摇头。

王学理皱着眉头说：

“已经涨到二十多元一斤了。”

又无可奈何地说：

“这门行当就是这个样子，跟玩股票差不多，价位忽高忽低，也许仅是一顿饭时间，价格就能相差数倍。”

第十二章

一

可以引以为豪地说，正是在我的影响和带动下，附近的村民纷纷效仿，开始了他们的中药材种植新业务。在这件事上，刚开始我的合伙人王学理的态度是相当保守的，他思想上一百个不赞成，生怕别人将饭碗从我们手里夺去。他甚至和傻乎乎的王美丽串通一气，共同来对付我。当时我正忙得不可开交，哪有时间和精力做他们的思想工作？我想用事实和实践来证明给他们看，所以只管按照自己的思路，把规模化种植当成工作的重中之重。一个当地的农民，以每株五毛的价格，一次从我手里买走两车射干苗。这比我们亲力亲为要划算得多。惊喜之余，我出手也相当阔绰，又免费送给他一麻袋射干种子。

我正为自己逐步演变成药材贩子这一角色而沾沾自喜的时候，王学理终于忍不住了，就埋怨我，说我掏起笨力来还可以，却压根儿就不是做生意的料：一麻袋射干种子，最起码能卖好几百块钱，却让我在兴奋之余拱手相送了。

我知道王学理一直给我留着面子，才不至于将话说得太难听，再说贴切一点儿，就差说我是个“十足的大傻子”了。他说我“大傻子”可以，但是如果认定我不是“做生意的料”，那么王学理就大错特错了。我开始做生意的时候，王学理恐怕还穿着开裆裤满大街乱跑呢！在经商这件事上，我可以毫不夸张地说，我吃的盐比他吃的面都多，过的桥都比他踏过的门槛多……

王美丽倒是心细，经常提醒我说，别忘了这是你们两个人的生意，今后说话、做事方面，都要在心里掂量掂量再决定。常言说，生意好做，伙计难搁。你不跟他商量就把射干种子送人了，分明是没把他放在眼里。换作是你的话，你会怎么想？

我坦然一笑说，随他怎么想吧，反正我问心无愧。

说白了，王美丽和王学理都是些目光短浅的家伙。他们怎明白我的远大胸怀和志向？假如能把周围的群众带动起来种植射干，该是多么可遇而不可求的事情啊！从经济收入方面来讲，种植射干要比种植体弱多病的瓶壶枣，以及传统的农作物强得多。乡间那么多地，那么多人，全部种上射干是什么概念？如果能成气候、上规模，还发愁射干没销路吗？最关键之处是，这里一旦形成射干市场，那么我就成为真正的药材贩子了，就能再次由传统型的农民转变为地道的商人，就能像亳州的孔峰和安国的童老板一样坐享其成，立等着财富如泉水般源源不断地往腰包里流淌。

射干的种植面积，虽然没有我预想的那么庞大，但也确确实实地调动了很多农民的积极性。技术方面肯定是免费的，我总是有问必答，倾囊相授，甚至跑到现场手把手去教他们。种子方面却是因人而异，对于那些真正的贫困家庭，以及暂时拿不出钱来的困难户，我仍然采取赠送或者欠账的办法，来帮他们解决燃眉之需。

那段时间，我终日忙得像个四处乱撞的绿头苍蝇，很多时候都是一边啃着馒头，一边急匆匆往农户家里赶。

终于等到收获期了。山里人善良、真诚、淳朴、守信，心底实在得如同一块儿沉甸甸的大石头。所有种植户当中，仅有个别门路广的人，才将收获的射干悄悄转移出去，通过关系卖给药材公司或者二道贩子。大部分农户都能按照当初的约定，主动将射干交给我，由我负责卖出后，再将货款一一兑现给他们。

那年的市场行情特别好，射干价格由初始的每斤八块钱，一路飙升到十三元左右。最先出手的几批货，给了河北安国的童老板。童老板很会做生意，虽然是买方，但是每次登门采购的时候，他总不忘顺便带些土特产过来，像麻山药、雪花梨、汾州黄酒、顺平桃子，以及钻石牌香烟什么的。弄得我怪不好意思，所以在装货和结算的时候，索性将零头儿统统免去，只取个整数算作回报。

为此，王学理每次都撇着嘴，悄悄地跟王美丽抱怨：

“老常也不算笔细账，童老板带的土特产能值几个钱？光是过秤时让掉的尾数，已经远远不止这些了，再加上结账时给他免去的零头儿。我们简直亏大发了。”

我看王学理情绪有些不对头，自然明白原因所在，就劝他说：

“做生意就应该头脑灵活，不能只贪图眼前的蝇头小利。童老板即使不带任何礼品，即便是赤手空拳而来，该免的我们也一定要免。为的是今后的精诚合作。所谓‘放长线、钓大鱼’嘛。”

童老板前脚刚走，安徽亳州的药材贩子孔峰紧跟着找上门来。一看见他，我胃里的酸水立马“呼呼”地往上涌，二话没说便转过背去，让他吃了个闭门羹。

孔峰笑说：

“哟！哥哥生意一好，就有骄傲的资本了，看不起小弟了？”

又直言不讳地说：

“此一时彼一时嘛！做生意就这样，周瑜打黄盖，一个愿打一个愿挨。我有什么不对的地方吗？”

我没好气地说：

“不是我不肯卖给你，安国的朋友刚把货拉走。你瞧瞧，我这儿现在空空如也，拿什么给你呢？总不能往你车上装石头蛋子吧！”

孔峰说：

“有没有货不要紧，生意不成仁义在嘛。”

……

为彻底打消孔峰的念想，我欲擒故纵说：

“你可以亲自到乡间收购啊，从乡亲们手里拿货，价格应该比我这儿还便宜。”

孔峰又笑说：

“每个行业都有自己的规矩。挣不挣钱没关系，但规矩我还是要遵守的。放心吧，我绝不干那些抄哥哥后路的事！”

说这话时天已接近中午，我借口有事，刚要起身离开，就听王学理对孔峰说：

“既然是老朋友来了，我岂有不管饭的道理？走吧，咱们到附近找个饭店，我个人做东，请老朋友好好吃顿饭。”

孔峰也不客气，尾随王学理一路下山而去。

有王学理跟着，按说我应该一百个放心。但是那会儿，我又突然多了个心眼儿，赶忙叫来冬青，让他悄悄跟在孔峰和王学理后面，并且尽量想办法探听到他们的谈话内容。

二

大约两个小时后，冬青气喘吁吁地跑回来跟我说：

“原来学理叔和孔峰的关系铁着呢。”

我急问：

“你咋知道的？”

冬青说：

“学理叔和孔峰刚一脱离我们的视线，就像异地重逢的弟兄样紧紧地搂在一起了。俩人一路有说有笑，在我们经常吃饭的那家桥头餐馆落下脚，然后直接钻入包间。”

“听到他们的谈话内容了吗？”我急忙问。

“别急，让我喘口气再说。”

冬青接连吞吐了几口新鲜空气，捂着起伏不平的胸口继续说：

“我躲在包间外面的窗口下，首先听到他们互相推让的声音，好像是孔峰在给学理叔钱吧？然后又听见学理叔轻轻地‘嘘’了一下，屋子里立马寂静下来。许久，学理叔说一定会帮忙从中周旋，绝不让孔峰空手而归。孔峰说，如果这次事成的话，每斤给学理叔提成一块钱。我听见学理叔‘哈哈’大笑着，将胸脯，不，也可能是将大腿拍得‘啪啪’响。后来俩人一边吃饭，一边拉起了家常……”

冬青的情报让我非常满意。我拍拍他的肩膀说：

“你也赶快去吃饭吧。”

冬青却向我伸出手来。

我不理解，问他要干嘛？

冬青理直气壮地说：

“给钱啊！我帮你打探出如此重要的商业机密，若是放在日本鬼子侵略中国的时候，不知道要领多少块儿大洋呢！”

我当时心烦得不得了，哪有心思跟冬青斗嘴，于是抬脚踢了他一下，问：

“你爹是日本鬼子吗？”

冬青噘着嘴嘟囔说：

“你不是日本鬼子，却比日本鬼子还要蛮横无理穷凶极恶。”

又说：

“瞎忙活一中午，一分钱没挣到。下次别想再让我替你干这种活儿！”

我掏出一百块钱给他，说：

“赶快滚蛋吧。”

冬青捏着钱，自然跑得比兔子还快。看着他渐次远去的背影，我轻摇着头，越发觉得这一百块钱花得很值，于是我又暗自庆幸说：

“看样子，防人之心不可无啊！”

不一会儿，王学理和孔峰红光满面地回来了。一见面，王学理异常兴奋地对我说：

“一顿饭时间就把事情搞定了。孔峰老弟愿意以每斤十四元的价格收购射干，比刚才咱们卖给童老板的价格还高出一块钱呢。”

我冷冷地说：

“等等再说吧。现在无论他出再高的价格，我们手里都没货啊！”

王学理接着说：

“货多着呢，只是没送来而已。”

又转头对孔峰说：

“耐心等上一两天时间，品质上乘的射干任由你拉。”

我内心对王学理的虚伪嘴脸很是厌恶，所以只管低头忙自己的事，他们再说什么，我始终有一搭没一搭地偶尔应付几句，后来干脆不予理会。

天快黑时，又有三三两两的农户，拉着几吨射干送过来。在孔峰面前，我一改往日做派，直接与这几位种植户进行现金交易。

看射干积攒得差不多够装一车的时候，王学理征求我的意见说：

“先让孔峰装车吧，人家都在这儿待了两天了。”

我故意摊开双手说：

“真不巧，刚才童老板又打电话过来，让我尽快给他准备两车货，价格是每斤十五元。唉，我已经答应人家了，没办法呀！”

我看见王学理的脸色迅速由晴转阴。

孔峰接话说：

“这样吧，我既然到了这里，也不能放空跑回去，总要把来回路上的开销解决掉吧。就按童老板的价格，我现在装车好吗？”

王学理偷偷地瞥了一眼孔峰，见他依然一副泰然自若的样子，所以也跟着镇定下来，直接表态说：“你现在就联系车辆吧，马上可以装货。”

又以不容置疑的口气说：

“我们关系归关系，但是必须一手交钱一手交货。”

看王学理不容我说话就直接拍了板，我也不便当面驳回，只能顺坡下驴了。毕竟是我们两个人的生意，我不能把事做得太绝。更何况孔峰出的价格已经不低，只要得够我的就行，管他王学理从中拿多少提成。孔峰哪怕给他个十万山，我也绝不会眼气和嫉妒。

接下来，药材贩子近阶段为何争先恐后来我这里拉货？是摆在我面前的值得深思的问题。带着这个疑问，我去了趟市里，到药材公司找一位老朋友打探情况。一见面，老朋友即兴奋地对我说：

“你今年可要发大财了！知道眼下射干炒到什么价位了吗？”

我摇摇头。

老朋友伸出三个手指。

“三十块？”我疑疑惑惑地问。

“对！每斤三十元。并且目前仍然保持上升的趋势，一路呼呼地往上涨。今天是每斤三十，说不定明天就会变成四十或五十，而且上不封顶、下不指数，就算涨到每斤一百也不是稀罕事。”

老朋友深有感触地说：

“除了股票外，我觉得落差幅度最大的恐怕就数中药材了。价格下滑的时候好像一泡臭屎，给谁谁都不肯要；上升的时候则到处乱抓，直接导致价格暴涨，连我都弄不清里面的水到底多深多浅了。就拿‘非典’时期来说吧，平时药店里的板蓝根、口罩、双氧水、消毒液等物品，摆在货架上几乎无人问津。疫情一开始，这些东西比刚出笼的热包子都抢手。我说这些，正是眼下既不能想、又不可测，忽高忽低、变化无穷的药材市场行情啊！”

老朋友的话，让我越听越兴奋。看时间还不到上午十一点，我便急不可耐地拉住他的手说：

“走吧，我请你吃饭去。”

老朋友看看表，推辞说：

“才几点就去吃饭？这时间估计厨师还没上班呢。”

从城里回来，我突然萌生一个念头：囤货！哪怕下再大的赌注，也要像赌博一样，奋力去赌上一把。

对于我的想法，王学理当然一百个不答应。王学理的模样，像是冷不丁被蟹钳夹到手指一样，一下子从椅子上跳起来，直截了当地说：

“你知道这里面存在多大的风险吗？眼下是在一天天地上涨，可是价格一旦出现回落，要比滑滑梯都快，将会一发不可收拾的。到那时我们就会变主动为被动，东西像垃圾一样想丢都丢不掉。哭天无泪的呀！”

因为彼此意见出现严重分歧，并且到了谁都不肯让步的程度，我和王学理只能选择不欢而散。

三

一连几天我都没见着王学理的影子。原以为他是赌气下了乡，到种植户那里做技术指导去了，所以也没把他的离开当回事。几天后我才发觉事情不大对劲儿：眼下正是射干的收获季节，应该跟往常一样，每天都有大量货物送到这里。但是现在，我这里却始终冷冷清清，门可罗雀。偶尔过来几个人，所送货品的数量不是很大，品质也很一般。

我心中纳闷，便跟一位种植户拉起家常，试图从他那里找出症结所在。种植户说：

“你还不知道吗？你的合伙人王学理正陪着一位姓孔的客商，在山下挨家挨户跑着收货呢。姓孔的客商出的价格跟你一样，而且是现金交易，大家卖起来既方便又省事，傻瓜才会往你这里送！”

又说：

“若不是看在当初你免费供应我射干种子的情分上，说实话，我也不可能辛辛苦苦地跑来把现货卖给你。”

我顿时大惊失色，整个脑部瞬间一片空白，连付给人家货款的事都差点儿遗忘。我赶忙丢下手里的账本，然后像奔丧似的匆忙往山下跑。

沿着货商走过的足迹，我接连寻觅了好几个村庄，终于在一个叫小王庄的地方，见到正在打着我的旗号大肆收购射干的王学理和孔峰——两个家伙暗地里勾搭成奸，不动声色地抄了我的后路。因为种植户都认识王学理，况且又是他们亲自登门收购，直接为种植户省去不少力气和中间环节，生意自然好得不得了。见到他们时，孔峰正端坐在椅子上，高跷着二郎腿悠闲地嗑着瓜子。王学理则像个大管家一样忙得满头大汗，指挥着几个装卸工往车上搬货。王学理首先发现了我，他猛地愣了一下，然后旋即回过神来，勉强挤出些僵硬的笑容，主动上前跟我搭讪。

我皮笑肉不笑地说：

“生意不错呀！你俩可真够精明的，一边瞒天过海，一边张网逮鱼，肯定背着我赚了不少钱吧！”

王学理赔笑说：

“这边才刚刚开始，正准备装第一车货。”

又急忙改口说：

“还没来得及跟你说这事呢。”

这时，孔峰慢吞吞地从椅子上站起来，拍了拍手上的尘屑说：

“我当是谁呢？原来是哥哥大驾光临，欢迎欢迎啊！”

我没理会孔峰，只一个劲儿地揶揄王学理：

“资源是共享的，机会也是平等的，谁都可以来这里收货。换句话说，老百姓想卖给谁就卖给谁，任何人都不能管也管不着。但是我们毕竟伙计一场，总该让我有知情权吧？”

王学理的脸一下子红到脖颈，再接着红下去的话，搞不好就会紧张得有猝死的危险。孔峰急忙上前替他解围说：

“哥哥说的对。市场是自由的，也是平等的，大家都可以平等竞争嘛。”

我依旧没搭理孔峰。既然事情已经发展到这种地步，再无休无止的争论下去，能会有什么结果？纯属浪费唾沫星子、耽误时间罢了。我当务之急要做的，是以迅雷不及掩耳的速度，尽快挽救目前的残局才是。

我掏出手机，分别给冬青和路生打电话，让他们立即从城里打车赶过来——我要学习孔峰和王学理的方法和思路，主动出击，在附近村庄摆摊设点，大张旗鼓地进行收购。无论如何都不能再跟以前一样，高傲得像个大爷似的，梦想着人家主动送货上门的好事。

路生还算通情达理，接到电话倒是没说什么，立即动身往这里赶了。冬青却跟我打了半天嘴仗。他以玩世不恭的口气问我一天发多少工钱。

我的肺都快被他气炸了，气哼哼地说一分没有。

冬青说：

“皇帝老儿还不白用人呢。不给钱，不去！”

我强捺火气说：

“不来也行，先把你的房屋租赁费还给我。”

冬青愣了片刻，纳闷地问：

“我啥时候租赁过你的房子？”

我一字一句地说：

“你在你妈肚子里待的那十个月的租金。”

又说：

“就这伙食费我还没跟你算呢。”

冬青明白过来咋回事了，他在电话那头“哧哧”地笑，狡辩说：

“整个一小黑屋啊，我见过天日吗？我还真不愿住那房子呢！是你强行把我装进去的，现在又反过来向我巧立名目乱收费。”

我彻底对他失去耐心，咬牙切齿地威胁他：

“你小子到底来不来？不来的话，后果自负！”

说完就粗鲁地挂了电话。

坦白地说，路生和冬青虽然都是我的亲儿子，但是在生意方面，我却对他们一百个不放心，既怕他们从中偷懒，把持不住质量关，让卖主从中钻了空子。又担心他们手握巨款后大手大脚、私吞公款，到最后落得个蛋打鸡飞的下场。所以针对他们的控制，我始终做到张弛有度、恰到好处：只让他们负责过磅、收货和运输之类的活计，都是些无任何空子可钻的劳动，至于钱的事，他们压根儿就不要去想。钱袋子一直在我肩上挂着，只许他们用羡慕或者贪婪的眼光欣赏一下而已，却是连指头都甭想去触摸一下。

与孔峰他们的做法不同的是，他们所收的货因为无处存放，当天便装车运走，丝毫不存在囤积现象，资金周转当然很快。而我的货则全部囤积在事先搭建好的大棚内，就像貔貅的肚子一样只进不出。这样下去，仅用了几天时间，钱不但花空了，大棚内也堆满了射干。我只能住手。

静下心来细想，我突然意识到自己的思维已经出现紊乱，只顾忙着跟孔峰抢生意、跟王学理斗气，却忽略了销售这一关键环节，有些顾此失彼了。我急忙给安国的童老板打电话，可是他的手机一直处于无人接听状态。

我至少还懂得流水不腐、户枢不蠹的道理。摆在我面前的问题，是必须亲自到城里的药材公司走一趟，看看当前的市场行情怎样，哪怕少赚些钱，也要尽快将手中囤积的货品推销出去。

找到上次请他吃饭的那位老朋友。一听说我手中囤积着大量射干，朋友首先抱怨我说：

“我上次给你说的话，你怎么就记不住呢？药材公司倒是可以购买一些，但是首先量不会太大。因为我们采购的品种比较多，射干仅仅是其中一项，所以进货比例不能过大。”

我问他们的采购量最多能达到多少吨。

朋友对天伸出三根指头。

“三十吨吗？”我急问。

朋友摇摇头说：

“最多三吨。”

看我像漏气的轮胎一样瘪了下来，朋友显然觉得有些过意不去，又解释说：

“就这我还是壮着胆子说的。如果射干的价格偏低、利润空间稍大的话，公司还可以多购买一些，现在已经涨到二十多元一斤了，风险很大呀！万一砸在手里，公司可就亏大了。”

又说：

“你不太清楚我们公司的情况，我们早就实行责任承包制了。也就是说，由谁负责采购的货，就得一竿子打到底，利润与工资、奖金相挂钩。赚了，自然按比例提成；赔了，就得自掏腰包。我属于工薪阶层，跟你这位财大气粗的老板没法比，谁敢冒如此大的风险去操作呢？”

我更加心急如焚，也顾不得请客吃饭的事，匆匆与朋友握手告别。

出了公司大门，我没敢回家，而是直奔火车站，连夜坐上北去的火车。

素有“中国药都”之称的安国，不存在丝毫的徒有虚名之说。药材交易市场规模之大令人咋舌。且不说一街两行那些专营药材的门店，仅是市场内部的批发店铺就有数千家。我以前来安国时，皆如蜻蜓点水一般匆忙而过，不曾专门进入童老板的经营场所。现在真的寻找起他来，才感知犹如大海捞针一般困难。无奈之下，我只能从第一排的第一间店铺着手，挨门挨户进行细致排查。当然，也想顺便看一下有没有专门经营射干的大户。

我马不停蹄地跑了一天，居然连整个市场的五分之一都没转过来。却累得脚板都僵硬了，整个下肢麻木不仁。晚上窝在一家小旅馆里，我仰面朝天躺在床上，一边啃着干巴巴的方便面，一边想着家里囤积的货物，间或还牵挂、担心冬青和路生：俩人会不会丢下生意不管，拿着钱去街上到处溜圈？如果真是那样的话，这俩孩子算是彻底报废了，基本达到不可救药的程度了……

第二天天不亮我就起了床。来到药材批发市场的时候，发现里面黑乎乎的，家家都关门闭户，连个人影也没见到。门口值班的保安倒是警觉，冲着我厉声喝道：

“干什么的？”

“干什么的？”我喃喃自语说，“我千里迢迢来你们安国能会干什么？你们这里经营什么，我就来干什么呗。”

在市场门口徘徊了两个多小时，才见有三三两两的行人，拎着一兜早饭进入市场。接着，又听见里面依稀传来“哗啦啦”的卷闸门开启的声音。我不断地安慰和鼓励自己说，耐住性子寻找吧，预计离见到童老板的机会不远了。

正式开门营业时间应该是上午八九点钟的样子。这时我已在药材市场附近溜达了将近四五个小时。重新回到昨晚离开的位置，我的目光又像探照灯似的，开始了紧张而又漫长的寻人之旅。

功夫不负有心人。接近中午时分，我在一家店铺门口，隔着玻璃看见里面的椅子上坐着个人，身板很像童老板。于是如同看见救星一样，我发疯似的推开门，随着一阵疾风扑来，童老板的头像旋转的木偶一样缓缓地转过来。

果真是他。

“童老板——！”我激动地大喊一声，如同见到失散多年的亲人，不由分说便扑过去将他紧紧抱住。然而，与失散多年的亲人不同的是，童老板并没像我一般冲动，但也不像陌生人那样冷漠。他轻轻地拍着我那如同绳索一样的臂膀，示意我赶快将他松开。

童老板问我：

“你怎么来安国了？来之前也不打个招呼，我好去车站接你呀。”

我说：

“我多次打你的电话，可你就是不接，不得已才跑来找你的。”

童老板低头看看桌面上的手机，用疑惑的口气说：

“我没接到你电话呀？是不是搞错了。”

我刚打算做进一步验证，他桌面上的手机又响了。童老板拿起来看了看，又原封不动地放下了，说：

“骚扰电话真多。”

我来不及跟童老板坐下来叙旧，只管风风火火地说：

“我家里存有几十吨射干，你要不要？”

又说：

“如果你觉得量小的话，我还可以继续备货，加起来弄个上百吨不成问题。”

童老板犹豫了一下，皱着眉头说：

“射干价格早就出现回落，谁敢囤货呀。万一来不及出售，砸在手里麻烦就大了。”

我爽快地说：

“你如果真要收购的话，我仍按每斤十五元的价格给你，你觉得怎样？”

童老板没接我的话。

我接着说：

“我可是按照收购成本价给你的，一分钱没赚。为的是跟王学理和孔峰赌一口气。”

……

我终于以我一颗诚挚的心，把童老板这块儿冰给烤化了。问明赌气的原因后，童老板瞬间变得爽快起来，安排我说：

“你先回吧，待我准备一下货款，随后即到。”

又说：

“如果行情趋于稳定的话，你回去接着收购，有多有少我全包了。”

听童老板这么一说，我激动得只差跪下来给他烧香磕头了。

出了店门，我找到一家超市，买了两条上好的钻石牌香烟，外加两箱剑南春，吭吭哧哧地抱着送进童老板店内。童老板问我这是干嘛？

我说：

“你每次到我那里都没空过手。来而不往非礼也！我刚才来得匆忙没带任何东西，所以特意去买了这些烟酒，你留着慢用吧。”

童老板大概也很感动，抓住我的手久久不放。

我又自我表白说：

“我们河南人，啥时候都不会做失礼的事！”

四

回到家已是第五天傍晚。我顾不得停下来喘口气，立即叫上路生和冬青，吩咐他们从明天开始，还要将收购点一分为二，继续扩大阵势与战果，直到把孔峰和王学理挤走为止。

冬青告诉我说：

“你离开家的当天，孔峰和王学理就散了伙儿，他们已经消失两三天了。”

我急切地问冬青：

“啥原因？”

冬青理直气壮地说：

“他们又不跟我汇报，我咋能知道哩？”

我咧嘴笑了笑，破天荒地从衣袋里摸出二百块钱给冬青，说：

“去桥头餐馆买些酒菜回来，晚上咱爷儿几个好好喝两杯。”

冬青边走边说：

“你今个不太正常啊！太阳打西边出来了。”

我说：

“不是为了犒劳你们吗？否则我才舍不得花这份冤枉钱呢。”

没了孔峰这个竞争对手，我的家门口瞬间又变得热闹起来。真可谓天赐良机，我不但撤销了设在附近村庄的收购点，而且还恢复了先前的代收和代销模式：所有送货上门的种植户，需等我将货物出手后，再如数付给他们货款。尽管如此，我的收购点依然生意火爆，原本寂静了很长一阵子的山路上，不断有车辆和行人上下穿行，大山内开始热闹起来了。

在我外出为射干寻找出路的时候，我家的大棚已经彻底被填满，连个下脚的空都没留下。加上近几天的大批量收购，导致我家门前的空地完全被填死。为避免风刮日晒，我专门从商店买回几十米的塑料膜，盖在成排的射干垛上。晚间刮风的时候，塑料膜像鬼拍手一样“哗啦啦”地响，吓得王美丽大半夜还不敢入睡，她老是疑神疑鬼，生怕货物被贼人偷去。

我搂住王美丽的肩膀，试图引导她对往事的美好回忆。我轻声对她说：

“射干上盖着塑料膜，像不像咱们当年建房时码好的一排排砖头垛？”

王美丽说：

“像。”

我说：

“你还记得那晚下大雨吗？为防止塑料膜被风掀起，我们全家人冒雨守在砖垛旁，我在这头儿捂，你在那头儿按，结果砖垛是保住了，却把我们淋成了落汤鸡。我还因此得了重感冒，在你的悉心照顾下，用了好几天药才逐渐康复。”

王美丽说：

“记得。”

我说：

“日子虽然清苦，但是回想起和你并肩走过的那段艰难历程，心里还是蛮幸福的。你感觉到了吗？”

王美丽突然一把将我推开，神经质地说：

“还不出去看看动静！外面的塑料膜又开始‘呼呼啦啦’地响了，你居然还有心跟我讲故事？”

几天时间转眼过去，我长等短等，却始终不见童老板的影子。我每天都站在大山的制高点，盼星星盼月亮似的，立等着我生命中的贵人早日到来。直到有一天，我突然发觉自己的眼力大不如从前了。年轻时候我的眼力出奇地好，就像装在城市的十字路口那些高清摄像头一样，隔着一层厚厚的车玻璃，我也能分辨出司机胸前的纽扣是什么颜色；从周大爷家的梨树上套梨时候，梨树那么高大，树叶那么茂密，中间又隔着老远的距离，我照样能握着又细又长的竹竿伸过去，准确无误地将梨套进网兜，铁圈对准梨把儿轻轻一拉，梨子立即成为我的囊中之物……

现在情况确实不一样了。不知是近视还是花眼，我看什么都模糊不清。每从山道上走来一个人，不论高矮胖瘦，不论男女老幼，统统都被我当成童老板了。我像个极度兴奋的精神病患者，站在高处无数次挥舞着胳膊，宛如欢迎凯旋的战友一般，扯着嗓门高呼：

“童——老——板——，我——在——这——等——你——呢——！”

等人家走近一看，方才知道认错了人。因为这件事，王美丽总是没好气地拿一句歇后语来讥讽我：

“猫咬猪尿脬——瞎喜欢！”

我不甘示弱地反驳她说：

“你就会这一句歇后语吧？有能耐你再说个新鲜的让我听听。”

又说：

“咱俩坐下来比试比试吧？我就不信我这个正儿八经的高中生，还斗不过你一个目不识丁的老文盲！”

我望眼欲穿也没等来童老板。半个月后，我又主动给他打电话，但是音乐从头响到尾，歌曲唱得我都耳熟能详了，童老板却依然不接。我想起上次在安国的药材批发市场跟他见面时，刚好有个电话打过来，童老板拿起手机看了看又放下，还说什么骚扰电话。看样子，童老板是有意不接我电话的呀。

童老板的葫芦里究竟卖的什么药？

眼看货物越堆越多，我如同坐在随时可能喷发的火山上一样，日惊夜怕，焦躁不安。童老板死活不接电话，生不见人死不见尸，加上孔峰他们的匆忙撤离，让我越发觉得情况似乎有所不妙。

我不敢怠慢，立马坐车去了安徽亳州，想在那里打探一下射干的市场行情。得知我到亳州的消息后，王学理第一时间给我打电话，约我一起坐坐，顺便谈谈分红的事。

在一家小酒馆，王学理要了四个菜和一瓶白酒。我俩面对面坐着，有一搭没一搭地边喝边聊，谁都不好意思开门见山直奔主题。

酒过三巡，我终于忍耐不住，问王学理下面如何打算？

王学理叹口气说：

“咱们把之前的账清算一下吧，该是我的给我，该是你的给你，我不想再继续合作下去了。”

又以不满的口气说：

“多年来的言传身教，技术方面现在你比我还精通，不需要我在中间插一杠子，阻挡你老兄的财路了。”

我突然觉得心中发酸，就劝王学理说：

“老弟呀，你选择跟孔峰合作，那是你们的事。我虽然当时一时想不开，但是后来仔细一琢磨，也就心安理得了。市场是一块儿大蛋糕，每个人都有权利去分享。即使孔峰不来，还会有张峰、王峰、李峰、赵峰的出现。蛋糕那么大，仅凭我一个人的肚皮，无论嘴巴张得再大，都不可能把它一口吞下去。所以说，我从内心是不会责怪你的。”

听完我的一番肺腑之言，王学理起身跟我碰了一杯酒，说：

“理解万岁吧！”

又说：

“我岁数也不小了，家里人都不主张我继续在外游荡，尤其是我那白发苍苍的老母亲，每次送我出门时，她都会紧紧地抱住我，老泪横纵，生怕我这一走，就再也回不来了。所以我还是决定回亳州二次创业。”

我沉默了半天才说：

“也好！咱们人各有志，丝毫勉强不得。只是分红款暂时难以给你结清。你知道我家里的货堆积如山，眼下还不能兑换成现金，如何给你呢？”

王学理思虑了一下说：

“我去找找孔峰，劝他再买一批射干，钱的问题不就解决了吗。”

我忙不迭地点头说：

“好好好！你去跟孔峰好好说说，最好让他将射干全部买走。这样我们所有的问题都能迎刃而解。”

王学理迟疑片刻，又说：

“难啊！我俩上次收购的射干，交给药厂后至今还没拿到钱。我再想想办法吧，争取让他或多或少再拉一些。”

在王学理的积极撮合下，孔峰再次出现在我承包的山头。不过这次孔峰是有先决条件的：先欠账，等货卖出后再来送钱。王学理也在中间做了担保。我只能答应了。

很爽快地答应孔峰的原因，不仅仅是为了把囤积的货尽快卖出去，我心中还有另外一个的小算盘：这次让孔峰拉走的货值，跟我欠王学理的分红款基本不差上下。也就是说，即便今后要不回来钱，我完全可以把这笔账转给王学理。他是土生土长、地道正宗的亳州人，追要起来肯定比我更有优势。

这也叫“一颗红心，两头准备”吧。

还有就是，厂家即使顺利回款，王学理会不会主动把钱送过来？

五

市场趋势像沿海的天气一样变化无常，始终令人无法准确琢磨和判断。虽然销路不畅，但是射干的价格，却如遇热的体温表一样缓慢攀升。夏季来临的时候，射干已经涨到每斤三十出头儿。

这让我那颗惶惑不安的心多少平添些许慰藉。

孔峰拉走的数量，不足我库存的十分之一。我的房前和屋后，依然到处堆放着射干，实在没地方存了，我索性拎起斧头砍掉几十棵枣树，腾出空地用来增加库存。那段时间，不要说地上了，连我心里都被塞得满满的。睁开眼是射干，闭上眼还是射干。因为心系射干，嘴上也离不开射干，有几次喊王美丽、喊路生和冬青时，都会言不由衷地把他们叫成“射干”了。

为此，王美丽经常哀叹着对冬青他们说：

“再不赶快出手的话，你爹也快变成射干了！”

随着夏季的来临，山间天气变化愈发喜怒无常，上午正艳阳高照，下午就有可能来一场倾盆大雨。山里本来水气就重，再加上雨水一多，湿气便像幽灵一样悄然来袭，很容易让射干发霉变质。真到那种地步，不要说做药材用了，恐怕连猪都不会吃。

那样的话我将会哭天无泪。

惶惑之中，我只能像条饿狼一样四处疯跑。先去安国，再去亳州……可是得到的答案几乎如出一辙：资金不到位，暂时无法收购。

王学理又为我出主意说，他刚结识一位朋友，在安徽亳州一家药厂任供应科长。药厂规模很大，在本地同行业中首屈一指，省市电视台的一些名牌栏目，大部分都由他们厂冠名播出。如果他肯出手相助，区区数吨射干算个啥？

王学理所说的那位朋友姓郑，凡是认识他的人，都叫他“郑科长”。我经过细致的调查和打探，确定他是药厂供应科的“科长”不假，只不过比“科长”还多出一个“副”字。

我和王学理一起去了郑科长家。时间是晚上八点钟左右。拉关系、走后门这些事，也只能放在晚上进行，而且八点上下最好：去太早的话，说不定人家正吃着饭，或者在外办事尚未回家。见不到他本人的面，就很难摸清里面的虚实，纵然跑一百趟也是枉然；如果太晚的话，人家可能已经休息，即便他没进入梦乡，或许正抱着老婆在床上亲热，门铃突然叮铃铃这么一响，他就得丢弃眼前的幸福，起身前去开门应酬。热身子冷不丁被泼上一瓢凉水，他会有好心情和好脸色吗？他会耐心坐下来为你分忧解难吗？不要说替你办事了，不揍你一顿就算恩典。

见到郑科长那会儿很凑巧，他刚好吃过饭抹着嘴坐在沙发上，像事先约定好一样，给我们腾出时间去沟通交流。王学理简明扼要地介绍完情况后，我立即笑吟吟地迎上去，将一个鼓囊囊的信封奉上，然后倒退几步，小心翼翼地站在他对面。

郑科长皱着眉头说：

“再等等吧，仓库里的射干存量很大，我暂时还没有接到采购任务。”

看我一脸失望的样子，郑科长将话锋一转，又说：

“我们厂子规模大、销路广，射干消耗起来应该很快。就拿板蓝根来说吧，‘非典’时期每天的进货量最起码要几卡车。”

郑科长弯腰从抽屉里取出一根牙签，边剔牙边说：

“反正国内的射干价格一直处于稳中有升的态势，越放越值钱哩。放心吧，如果不出意外，最迟半个月，我会主动跟你们联系的。”

出了郑科长家的门，王学理好像有意在讨好我，他说：

“你的面子可真大！这么快就把郑科长给摆平了。”

我勉强笑了笑，却没接王学理的话。我心说，哪是我的面子大，分明是信封里的那十万块钱起了作用。

钱送出去，又得到郑科长的许诺，我的心像久旱逢甘露一样舒坦和滋润。回到山上的十多天内，我终日抱着手机，哼着小曲，悠闲自得地在枣树林里漫步。一根枣树枝突然横在我面前将我拦下，并提醒我说：

“你该为我喷洒农药啦！你抬头仔细瞧瞧，像甲虫已经把我吃得千疮百孔，再这样下去，我恐怕小命难保。”

我满不在乎地甩了一下头说：

“找王美丽去！”

又走几步，又一根枣树枝将我拦住，对我抱怨说：

“我渴得实在受不了了，叶子跟白菜心一样翻卷着，再不给我浇水的话，会旱死的。”

我依然是那句话：

“找王美丽去！”

为避免枣树枝再次找我麻烦，我大声警告它们说：

“你们都给我听着，眼下我的主要精力是等郑科长的电话，除此之外，没有时间和精力对你们悉心照料。我老伴王美丽目前具体负责这项工作，一码归一码，有事找她去说。不要再来打搅我好不好？”

说完，我气呼呼地钻出林子，索性跑到屋后的山路上逍遥自在了。

半月时间过去，我仍没接到郑科长的电话。我的神经又出现某种错觉：哪怕是谁绷不住放个响屁，我便以为是电话的铃声，于是赶忙拿起手机查看；我经常认为我的手机出了毛病，或者不小心将铃声设置成静音状态，不然的话，怎会大半天还听不见一个铃声呢？我甚至不敢相信自己的眼睛和耳朵了，我无数次地吩咐王美丽：

“用你的手机拨一下我的号码，看是否停机或者没信号？”

王美丽不耐烦地使劲按了几下键，我的手机立马在手中跳动起来，悦耳的铃声一直响个不停。我的心这才踏实下来，像悬在头顶的一块石头平稳落了地。

就像冒险家在挑战极限一样，又像拉稀的人始终找不到厕所。我实在憋不住了，再这样持续下去，我早晚会有崩溃的一天。我忍不住把电话打给王学理，劳烦他代问一下郑科长，啥时候能给个准信。

大约两个小时后，王学理把电话打过来，说郑科长正在积极想办法，让我稍安勿躁，在家耐心静候他的佳音。

三天后，我又打电话给王学理。

王学理说郑科长在外出差，不方便接电话。

一周后，我以命令的口气告诉王学理：

“把郑科长的电话给我，我直接打给他。”

王学理说：

“好。”

我按照王学理提供的号码拨过去，里面是个女同志的声音：对不起！您拨打的电话已关机，请用其他方法联系。

我气得差点将手机丢进山沟里。除了这个手机号码外，我哪有“其他方法联系”呢？

无奈之下，我只得再赴亳州亲自面见郑科长。

在药厂，我没找到郑科长。对于他的去向，很多同事皆避而不答，他们一个个将头摇得像拨浪鼓似的，只说出三个字：不知道。

我和王学理复又来到郑科长家。

郑科长不在，开门的是一个面目秀丽、娇美动人的女子，手里还牵着个五六岁的孩子。那女人压根儿就没打算让我们进屋，她拿身子堵住门口，一边草率地回答我的问题，一边抓着门扇，随时都有关闭的可能。

对于郑科长的行踪，女人除了推说不知道外，其余则避重就轻，支支吾吾，似乎也在刻意回避这个问题。就连身边的孩子忍不住抬头问她“爸爸去哪儿”时，女人都没做出明确回答，仅仅像摇铃铛般晃了晃孩子的手，示意他不要当着陌生人的面，再问类似敏感话题。

王学理拽了拽我的衣襟说：

“你还是先回去吧。等我见到或者听到郑科长的消息后，马上通知你过来见他。”

我咬着牙说：

“不行！我活要见人，死要见尸。见不着郑科长的面，我宁死不回。”

我在药厂附近的一家小旅馆住下。接下来的日子相当枯燥、单调和乏味。我几乎天天往药厂跑。在药厂上班的人都有一个明显特征：深蓝色的工作服前后都印有一个白色标志。每见到一个药厂的人，我便迎上去问他认不认识郑科长。对方如果点头，接着再问他知不知道郑科长去哪儿了。对方却是摇头。

时间一长，药厂的很多人反过来都认识我了，而且都知道我是来找供应科的郑科长的，于是不等我上前询问，他们便主动伸出友好之手，做出“再见”一般的手势说：

“我也不知道郑科长去哪儿了。”

这期间，王学理也经常给我打电话问我在哪儿。

能会在哪儿呢。我默默地说，我每天的行程就两点一线：不在旅馆，就在药厂；不在药厂，就在去药厂的路上。

后来，王学理焦急地告诉我一条坏消息：

“我刚从孔峰那里得到消息，郑科长出事了！”

我顿时焦急得连话都说不成了。

王学理接着说：

“郑科长因为多次收受客户贿赂，数额巨大不说，还在外面包二奶、生孩子。药厂接到举报，直接把他送进去了……”

哦！怪不得整个药厂的人，都对郑科长的去向避而不答、噤若寒蝉，问题原来出在这里。现在细想起来，郑科长出事应该是必然的。也就是说，他以前的为人处世之道，早晚会出问题的，明明收了人家的好处，哪有不给办事的道理？办不成也可以，主动把钱退还给人家，再把情况说明，取得别人的同情和谅解，谁都不至于狠心将他往火坑里推。假如用辩证法来诠释的话，将郑科长推进泥潭的不是别人，而恰恰是他自己！换句话说，他是作茧自缚、咎由自取。

郑科长这一出事不当紧，我可亏大了，十万块钱倒是不算什么，最要命的是，因为他的原因，直接影响到我的药材销售时间，白白耽误一个多月，对我和我的射干来说是个什么概念？郑科长给我造成不可估量的损失。

回旅馆的路上，我一边走一边流泪，还隔三岔五地打自己的耳光。我的不正常行为，引起很多路人对我进行跟踪追逐。其中一位豁了牙的老太太踮着小脚跟在我后面，喊破嗓子劝慰我说：

“大兄弟，遇到啥不顺心的事了？咋能一直这样折磨自己呢。想开点儿吧，没有过不去的火焰山，也没有过不去的流沙河……”

因为伤心，因为愤怒，因为无可奈何，我心事重重，此时真的不想多说一句废话，尤其对一个素不相识的老年人。我紧走几步，将豁牙子的老太太远远地抛在身后。那位热心的、可怜的老太太仍然不依不饶，穷追不舍地奋力对我喊：

“大兄弟，走慢点，等等我，咱俩坐下来好好说说话……”

第十三章

一

家里的情况变得更为糟糕。我最担心的事还是发生了。有一部分射干禁不住雨打风吹发生霉变。先是外部起了黑褐色的斑点，接着由外到内开始溃烂，黏糊糊的像一块儿坏掉的烂姜。

我采取的补救措施是将它们分开挑拣后存放，把品相较好的，尚未被病菌感染的射干挑出来，重新摆放在新位置。将已经坏掉的和正在坏掉的当作垃圾一股脑儿丢进深山沟。库存的射干从口袋里倒出来，密密麻麻，遍地都是，挑拣起来可不是一件易事。我又从山下雇来几个村民，让王美丽带领着，不惜重金加班加点地进行挑拣。

看着一筐筐射干被无情地倒进山谷，王美丽心疼得很，流着泪抱怨我说：

“丢掉的都是钱呀！早知道这样，就不该跟人家抢市场。”

我心里也不好受，狠狠地瞪了王美丽一眼，咬着牙说：

“你懂个屁！射干卖不出去，是市场行情所决定，能赖我吗？”

王美丽再也忍不住了，她双手提了提下滑的裤腰，铆足劲儿想扑过来跟我拼命，却被身边的几个妇女死死拽住。又有几个妇女过来推我离开，并劝慰我说：

“你还是赶快进城想办法吧，不能坐在家里等死啊！”

我顺水推舟，简单收拾好出门所需的物品，匆匆上了路。

第一站先到榆林，找到我侄子常宽。把家里情况跟他一说，常宽吃惊得半天没合拢嘴巴，喃喃地说：

“怎么会出现如此糟糕的局面，怎么会出现如此糟糕的局面呢？”

常宽放下手中的工作，跟我一起来到一家药材公司。常宽的一个朋友，跟这家药材公司的一位副总关系较好。常宽的朋友喜欢书法，药材公司的副总也爱好书法，通过一次笔会，将俩人捆绑在一起了，而且好得不得了，三天不见，便像一对失散的恋人，分分秒秒都巴望着能到一起诉说衷情。

我刚说出射干的存量，副总便吃了一惊，面带阴郁说：

“如果只有几吨的话，还可以动用关系想想办法。一下子弄这么多，三五个公司都吃不下呀。”

副总搓着手说：

“这可如何是好啊？”

最后副总又表态，一是力所能及的帮我联系药厂，二是将信息挂到网上去卖。至于其他方面，他也爱莫能助。

有了郑科长的经验教训，我不能坐等副总一个人的消息。于是又马不停蹄地来到河北安国，想再找找童老板，即便是跪下来乞求，也得让他出手帮我消化一些库存。我想，只要我“精诚所至”，总有他“金石为开”的时候。

见到童老板是在第二天的下午。童老板正端坐在店铺内的茶桌前，陪一个朋友品茶。当我提着柿饼、陈醋、牛肉、汾酒等山西特产，外加两条中华烟出现在他面前时，他简直惊呆了：我一个人跑那么远的路，怎么还能带堆积如山的东西？大小不一的纸箱和兜子，将我的身子包围得严严实实，不知道的人，还以为我要来这里开一家山西特产专营店。

我开门见山地说：

“童老板呀，你若再不肯出手相救，我这辈子算是彻底玩完了。”

童老板微笑着说：

“有那么严重吗？”

我说：

“我今天所说的话，不带半点儿含糊。”

童老板说：

“我倒是想帮你，但是手中没钱，怎么帮？”

我思虑一下说：

“这样吧，你先把货拉过来，等卖完后再给钱，行不？”

又说：

“要不我直接找车给你送到安国也行。”

童老板摇着头说：

“咱们接触的时间比较短，你也许对我还不太了解。我从来不打没把握之仗。在每次开战之前，必须先做到知己知彼，才能保证百战百胜。”

又说：

“在中药材这个圈子里混，做不到这一点儿，早晚都有掉进去的时候。”

我死乞白赖地说：

“童老板，无论怎么说，你也得想办法帮帮我。”

童老板说：

“我先联系一下药厂，倘是他们要货的话，你直接送过去吧。这样又可减少中间环节的二次运输和装卸的费用，何乐而不为？”

我急忙表态说：

“请你转告药厂，只要他们肯收货，哪怕先不付款，赊账都行。”

童老板说我知道了。

走出童老板的店门，我想给家里打个电话，问一下现在情况如何？挑拣工作进行到什么程度？伸衣袋掏手机时，却发现里面空空如也——一准儿是忘在童老板的店里了。换作是别的东西，哪怕一沓子现金，我深信我都不会再回去取。毕竟面子在那搁着，二次回头显得不怎么好看。但是手机必须要拿，且不说价值如何，所有的客户信息都在里面储存着，没有它，就像一个大活人突然失去了双眼，或者说失去臂膀和双腿，只能对生活充满绝望了。因此，我不存在半点儿犹豫，慌忙返身去取。

刚走到童老板的门口，就依稀听见他正以不屑的口气对身边朋友说：

“老常这个人狡猾着哩！他以为自己不说，我就不知道他的货已经发霉变质？一般来讲，在露天情况下，射干最长的储藏期只有几个月，除非放在条件较好的仓库保管，方能保证其品质不受影响。他的仓储条件很差，跟露天存放差不多。现在都什么时节了，货品质量岂能不受影响？”

又说：

“现在的生意不好做，想保住固定的市场和客户，靠的是自己的招牌和信誉。声誉一旦受损，就甭想在这个圈内继续混下去……”

童老板正说得精彩，他朋友似乎看我在门口站着，于是忙对他使了个眼色。童老板立马戛然而止了。

我面无表情地走进去，看手机果然在刚刚坐过的凳子上躺着。我弯腰、伸手，一把抓起手机就走。童老板显然一脸的不自在，没话找话说：

“把牛肉拿上，路上吃吧。”

“给你留着吧。”我伤心而又无奈地说，“无论结局如何，我永远把你当作亲哥哥看待。”

好不容易等来常宽的朋友——也就是药材公司那位副总的电话。电话接通的那一刻，我的手抖动得非常厉害，以至于手机差点儿从手心滑落下去。我的心似乎比我的手还要激动。假如说手只是简单地“抖动”的话，那么心便是剧烈地“狂跳”了，“扑通扑通扑通扑通”，宛若一只被装进麻袋的野兔，妄图奋力撞破牢笼，尽快跳出来重获自由。

的确是我太过激动，没等接完电话，我的手机真的从手中滑下了，“啪”的一下跌落在地，倒是没有粉身碎骨，却也四零八散，屏幕在东，后盖在西，中间的电池跳得更远，从地上弹起来后，又藏进一片草丛中。具体跌落到哪儿，对我来说已经无关紧要——我的人跟我的手机一样，“扑通”一声仰面倒地，像一个肥硕的“大”字，头朝南，脚朝北，双手分别朝着东和西。

王美丽压根儿不清楚怎么回事，看我栽倒在地的场面后，她立马狂叫着冲我扑过来。她抱着我的脑袋，用指甲狠掐我的下巴，就跟当年我岳父病逝时表现出的情景一模一样。

我真的应该责备王美丽了，正是在她声嘶力竭的召唤下，我很快清醒过来。否则的话，我只差几步之遥，就要走到父亲跟前了。我想再跟父亲好好聊聊。因为我刚好瞄见他正一声不响地蹲在屋顶上抽闷烟。白色的烟气很浓，几乎将父亲的头全部包裹住。父亲又接连抽上几口，不停地咳嗽着，似乎要将五脏六腑全部吐出来。

父亲的身子弯曲得如同一只成了精的大虾。

我很想像壁虎一样贴着墙壁爬上去。爬上去的目的，是想帮父亲捶捶背，让他喉咙里的浓痰，借着捶背的力量赶快吐出来。省得这团污秽、肮脏的东西赖着不走，无休无止地折磨他。除此之外，也是最关键之处，我要再次询问一下父亲，我都这般岁数的人了，黄土已经埋到脖颈了，为啥还要遭此大难？前辈们究竟作了多少恶、造了多少孽？后面还有多少报应要我来承受？

然而，没等我靠近父亲，突然觉得浑身一激灵，我便醒了过来，这才发现自己正躺在王美丽温暖的怀里。

王美丽像是哭丧似的，巨大的号啕声震彻山谷。她的泪水，她的鼻涕，包括她嘴边的唾液，三管齐下，宛若小孩子吃饭时洒落的黏稠的汤粥，弄得我满脸都是。我醒来后的第一个动作，就是先拿手清理一下面部，然后揉着被王美丽掐疼的部位说：

“人中穴在鼻子和嘴巴的中间位置，你一直狠掐我的下巴算老几？”

王美丽破涕为笑说：

“我只顾惊慌失措，忘记人中穴在什么地方了。”

我又指责她说：

“我想痛痛快快地睡会儿觉，你哭那么大声干嘛？”

王美丽说：

“我还以为你得了暴病，再也醒不过来了呢。”

我故意逗她说：

“幸亏这里是晋中，山不太高，水不太深，有龙没龙不说，最起码没有厚厚的积雪覆盖。换作是喜马拉雅山的话，你这么个哭法，百分百会引起雪崩的。到那时，我们都会被铺天盖地的大雪所掩埋，不想死也得死。老天才不管你有没有理由和借口活下去呢！”

二

药材公司的那位副总打电话所说的内容，不是他已经联系好制药厂、单等着我上门交货的好消息；也不是他挂在互联网上的销售信息，被某个药厂或者公司再或者药材贩子看到，等我进一步商榷具体数量和价位。他传递过来的是个坏消息，不然的话，也不会给我造成如此致命的打击。

那位副总告诉我，从前几天开始，射干的价格出现大幅度跌落，目前市场价为每斤十二元。最关键的地方，越是在这种情况下，越是没人敢买货。

副总的一席话，无异于直接为我宣判了死刑，意味着我从此将身背巨额债务，甚至永世不得翻身。用岳云鹏的一句话说：

“我的天呐!”

没等我说完，王美丽的脸“唰”的一下变得蜡黄，豆大的汗珠顺着她的脸倾泻而下。王美丽一屁股瘫软在地上，双腿伸得直直的，双手垂在身子两侧，模样像一只被开水烫过的青蛙。她目光呆滞，面无血色，喃喃自语地说这下完了，我们全完了。

我将王美丽送进城，暂且安置在路生家居住。之所以这样做，是怕她一个女人家，头脑简单，心胸狭隘，万一想不开咋办？山里跟平原老家不一样，想寻死的话，机会和条件实在太优越了：上面有参天大树，下面是千米深沟……只需随意那么轻轻一跃，整个人瞬间便灰飞烟灭了，比拎刀杀个小鸡都要简单得多。

安顿好王美丽，我从城里回到山上，还没顾得上喘息，路生就打来电话，焦急地说：

“我妈不见了。”

我担心的事还是发生了，忙问路生：

“啥时候不见的?”

路生说：

“你走后不久。”

我厉声喝道：

“临走时我是怎么安排你的？你怎么那么不操心。”

路生带着哭腔说：

“我妈说要去上厕所。我让她去卫生间，她说她蹲坐便不习惯，解不出来大手。我指指小区内的公共厕所，让她到那里去方便。虽说是我亲妈，但她毕竟是个女人家，总不能连上厕所都让我寸步不离吧？我妈一走，就再没见上楼……”

我说：

“赶快到外面的路口去找，看有没有发生车祸什么的。”

又说：

“你立即通知冬青，让他也帮助找人。”

路生说：

“好。”

我话音刚落，耳边就传来王美丽的异常平静的声音：

“不用找了，我在这儿呢。”

又说：

“放心吧，我不会想不开自寻短见。活了大半辈子，多少大风大浪都挺过来了，还在乎这点儿小事。只要你没事，我就有信心活下去，吃糠咽菜都能扛得住。”

我上前几步，紧紧地抱住王美丽，话没开口，泪倒是先落下来。

王美丽推了我一把，催促我说：

“你赶快给孩子们回电话呀，告诉他们，别再慌里慌张地寻找了。我就跟你待在这山上，到死都不会分开。”

接下来的情况更为糟糕，附近村庄的一些种植户闻知消息，担心自己的货款泡汤，先是三三两两地找上门来，以询问销路情况和价位为借口，旁敲侧击地提醒我们，想把欠他们的货款要回去。我和王美丽都对他们耐心做解释，说货还在这儿存放着，并没有卖出去，现在哪儿有钱给他们？再等等吧，不管卖出去多少，不管以后什么价位，欠他们的钱一分都不会少。我甚至拍着胸脯向他们保证：

“我老常说话算数！哪怕是砸锅卖铁，也会还清你们的账。”

在我的信誓旦旦下，明理的人二话不说便转身离开了。留下一些难缠的人家，任凭我把嘴皮子磨破，任凭我说得口干舌燥、眼冒金星都不肯离开。甚至还有个别人扬言要住下来，陪着我们在山上生活了。

看门口的人像开会似的越聚越多，说话声音越来越大，态度也越来越蛮横无理，我终于忍不住了，如同积极分子发表激情演说一样，站在凳子上慷慨激昂地说：

“大家都静一静，静一静了。下面听我表态发言，如果大家觉得我说得对，就按我说的去做，啥都别说立马走人；如果觉得我说的不对，你们就在这儿守着，我拍屁股走人……”

不等我把话说完，下面已经有人开始起哄了，嚷嚷着说：

“我们不走，你也不能走。你们是外地人，万一跑路了咋办？我们找谁要钱去？”

我指着周围的射干垛说：

“你们的东西，还有我家的东西，都在这儿存放着。这些既是大家的劳动成果，也有我家人的劳动成果，我会跑吗？又能跑到哪儿去？”

有人叫嚣说：

“你已经卖出很多货了，钱呢？”

我义正词严地说：

“除了亳州的孔峰最后拉走的货，用于给王学理顶账外，其余货款全部用在现金收购上面了。我这里均有账可查，你们若是信不过，可以随时派代表来查验。”

有人小声嘀咕：

“你自己做的账，自己心里清楚，我们想查也查不出来呀。”

一旁的王美丽实在难以忍受，她像火山爆发一样将我从椅子上推下来，然后她站在上面，气呼呼地说：

“货就在大家眼皮子下面放着，不想继续等下去的人家，随时可以拉走自行处理。想接着往下等的，我们仍然认这笔账，等货物出手后，第一时间还钱给大家。”

没等王美丽把话说完，就有人冲她大声呵斥：

“再敢说蛮不讲理的话，当心打断你的腿！我们把货交给你的时候是啥模样？现在你把东西放坏了，变质了，难以出手了，就想退给我们。告诉你门儿都没有！”

我看王美丽接着说下去的话肯定会把事情闹大。不但没起到好的作用，反而会给我带来更大麻烦。于是我伸手硬将她拽下来，自己又站回原先的位置，说：

“真是众口难调啊！既然大家意见不一致，不如先挑选出几个有权威的代表，我们坐下来慢慢谈，直到你我双方都能够接受条件为止。大家觉得好不好？”

人群开始慢慢回归了平静。

种植户推举的几个代表当中，也有个别情绪激动的，当然也有不少理智的，但是大部分人都抱着息事宁人的态度，以最快速度把钱拿到手。

我推心置腹地告诉那些代表们，我是外地人，老家在千里之外的黄泛区。如果真想跑路的话，实在太容易了，不等大家发现，我和王美丽恐怕早就卷起铺盖、神不知鬼不觉地走人了。可以这么说，凭我个人的创业能力，在老家最起码不愁吃不愁穿，生活方面保证衣食无忧。之所以选择来你们这里，就是想在有生之年干一番事业。种植射干是大家自发自愿的，交给我代售也是出自大家的本意，现在出现的被动局面，尽管不是我们希望看到的，但是已经成为事实。具体如何解决当前的问题，大家可以畅所欲言，三个臭皮匠，还能顶一个诸葛亮呢，何况我们当中未必都是臭皮匠。我的想法是以最低价出售，哪怕一毛钱一斤，也要尽快出手。等待价格回升是下下策，且不说时间上遥遥无期，因为储存条件所限，射干的存放时间在我们手中已经达到极限，再这样继续等待下去的话，恐怕会赔得更惨。种植和养殖行业都是这个样子，要么成功，要么失败，想要四平八稳，我劝大家最好还是继续种那些传统农作物，像小麦、水稻、玉米、大豆等，如果不出现天灾人祸，基本上都能保证稳定收成。针对目前射干的市场行情，我采取廉价出售的办法，赔钱是肯定的，但是受损失的只有我个人，欠大家的钱一分都不会少，我会按照当初的收购价一一兑付给大家。一年不行就两年，两年不行就三年。也就是说，大家所面对的仅仅是时间长短的问题，经济方面丝毫不会受到损失。再说我自己还有二百多亩果园，三百多亩射干地，相信在这一两年之内，还清大家的货款应该完全不成问题……

我一口气将心中的意愿表达完毕。代表们听后，先是半天没说话，接着突然爆发出一阵热烈的掌声。一个曾被我帮扶过的种植户站起来说：

“老常这人不错！当初我打算种植射干时，因为没钱买种子，急得团团转。老常二话没说就给了我几亩地的射干苗。说句心里话，到现在我也没把苗钱还给他，他也从来没向我讨要过。这两年我们都靠种植射干挣了钱，每家每户的生活状况跟以前相比都有很大提高。现在市场出现反差，我们应该理解才是。更何况赔得最多的还是人家老常。”

又有一个人站出来说话：

“我们不能昧着良心说话！在经济效益方面，老常还真为我们做出不少贡献。没有他的带动，我们的庄稼地恐怕到现在还是老一套。开始种植射干时，大家都知道老常是怎样付出的，起早贪黑为我们做技术指导，想方生法帮我们跑销路。有几次我看见老常啃着干馍头出现在大家的田间地头的时候，心里甭提有多感动……”

说到动情处，他竟然挽起衣袖，接连擦拭眼角溢出的泪水。

现场又是一片寂静。

看没人再出来表态，我接着说：

“大家尽管把心放在肚里。我还是那句话，即使砸锅卖铁，也绝不会少大家一分钱。并且，我和老伴更不会离开这里半步!”

三

还好，药材公司的那位副总再次打来电话，说他已经联系好一家药厂，人家同意购货，但是价格很低，问我肯不肯出手？如果肯卖的话，想要什么价位？

我正被射干的事折磨得筋疲力尽，听他这么一说，立即来了精神，我爽快地说：

“我的事就是你的事。你觉得多少合适，就自己看着办吧。我听你安排就是。”

又接着为他打气说：

“今后我还打算聘请您做我们的总顾问呢!”

副总显然很高兴，呵呵地笑着挂了电话。

他是把电话挂了，我的心却始终没敢放下。

药厂最终给出的价格是每斤五块钱。以十几块的价格收来的东西，再以五块的价格卖出去，中间的赔款全算在我一个人头上。盘算过债务后，我的头皮开始一阵阵发紧、发凉、发麻。我躺在床上，懒洋洋地对王美丽说：

“地里剩下的射干，应该不到一百亩了吧？等过罢年收完后，我们就不再接着种了。真是不行的话，等把账还清后，我们回黄泛区老家吧。”

王美丽突然莫名地冲我发了火：

“看你现在这种狼狈相，我真想过去扇你几个耳光。还没遭受一丁点儿挫折，还没遇到针尖那么大的麻烦，你便失去斗志了，就想打退堂鼓，软绵绵的像个瘟鸡一样。我就不明白了，你当初的雄心壮志跑到哪儿去了？”

我激灵一下坐起来，用手挠着头皮，纳闷地问自己：王美丽这个目不识丁的农家妇女，怎么突然说出如此大义凛然的话？难道她是被鬼魂附体了？

王美丽接着说：

“我们从哪儿地方跌倒，还应当从哪儿爬起来。眼看又到了种植季节，还得抓紧时间下手，把剩余的空地都种上射干。你不是经常说吗，种庄稼就像经商一样，应该反其道而行之，说不定我们明年就能打个翻身仗。”

我摇头叹息说：

“我可能是一朝被蛇咬、十年怕井绳了吧。还是觉得种植药材的风险太大，市场行情反复无常，出人意料，难以把握。我的想法是改种核桃。这几年核桃的价格一直居高不下，而且还容易保存。只要种植好、管理好，还愁挣不到钱？”

王美丽无奈地说：

“唉，我们又要改旗易帜了。”

因为中原地带不曾有种植核桃的历史，所以我对这方面的管理技术一无所知。去书店买回一些相关书籍，如饥似渴地读了两遍。方才知道种植核桃跟种植枣树一样，也需要很多技术和管理经验的。就拿简单的树苗来说，有嫁接苗，有实生苗，还分早实品种和晚实品种等。

我带上冬青，到白城的核桃基地去采购核桃苗。找到一个姓韩的卖苗人，年龄跟我差不多大小，面带一副忠厚老实相。老韩一家人对我异常热情，中午备了一大桌酒菜，还专门找来两个当地有头有脸的人物作陪。

按照每株一元的价格，我先买下三千株核桃苗。老韩又额外送我两百株作为见面礼。

回到家，我找来一台小型挖掘机，以每个树坑七毛钱的价格承包给他。开挖掘机的师傅姓麻，四十多岁的样子。麻师傅对我说，他经常给人家挖树坑，别的不太懂，单就种树方面来说，不说是精通吧，最起码也算个内行。我问他核桃树的种植间距是多少？

麻师傅侃侃而谈，说现在的果苗都是加工改良品种，所以应该“矮化密植”，按照三乘二的规格，每亩栽种一百株完全不成问题。

我默许了。

核桃苗栽种完毕，接下来就是施肥、浇水、除草、打药。两年后到了结果期，我发现只有少量的核桃树上挂了果，其余大部分树木枝叶茂盛，长势良好，却唯独不见有果实出现。到了秋天，树叶上陡然生出诸多黄褐色的印记，斑斑驳驳的，像一张长满麻子的脸。我带着几片树叶，到林业局找专家咨询，结果他们也没这方面的专业技术人员。不过领导还算热心，又帮我将情况反映给省农业厅，很快下来一位专家，看了看果树的布局后，专家一边摇头，一边笑着挖苦我说：

“你这种栽种密度是受哪位高人指点啊？简直在胡闹！一亩地

最多三十来株就足够了，你倒好，一下子种了一百多株，倒是挺会节省空间的。”

又说：

“核桃树发病和不结果的原因有二，一是大部分是实生苗，生长周期长，就像未成年的少女，短时间内不可能开花结果；二是种植密度大，通风效果差，还没等到结果期，树冠就像一把伸开的大伞，将空间遮盖得严严实实，不容易结出果实的。”

专家给出的建议是，既然树苗已经长成，半路砍掉实在太可惜，倒不如采取嫁接的手段，将核桃苗更换成优良品种。另外还要对密度较大的部分进行移植，从长远看，最好是隔一株挪一株，才能保证树木的通风和透气。专家说，唯有这样，你的核桃园才有希望。

专家介绍的嫁接苗每株四块，比我在白城购买的实生苗价格多出好几倍。

尽管又是一笔庞大开支，我也只能伸伸脖子，强迫自己吞咽下去。

经过嫁接改良后的核桃树，沉睡了整个冬天之后，到第二年春季便发出浅绿色的嫩芽。眼看着这些茁壮成长的树苗，王美丽仿佛重新看到一份希望，她的手脚也变得更为勤快，一天到晚滞留在核桃园里，像个忠于职守的消防员一样，废寝忘食地抱着胳膊粗的水管到处喷洒。她通常在我的多次提醒下，才想起烧火做饭的事，并迷瞪着眼睛说：

“哦！怎么又到吃饭时间了？生活咋就恁么麻烦哩。”

嫩芽大约长有食指那么长的时候，原本暖洋洋的春天突然变了脸，先是刮了两天冷风，气温骤降，紧接着又出现霜冻。当地有句气象方面的俗语：四月八，黑霜杀。在这里生活了十多年，也算是半个山西人了，我却一直不得其意。如今才算真正领教了这句话的厉害。霜冻过后，核桃芽开始萎缩，像煮熟的挂面一般，软绵绵地将头耷拉下来。

王美丽显然心有不甘，她执拗地站在核桃树前，像精心搀扶幼小的婴儿一样，伸手去抚慰垂下来的嫩芽。刚把一株嫩芽扶直，还没等她的手指完全松开，嫩芽立即又耷拉下去。王美丽仍不气馁，接着又扶，接着又垂。再一次去扶它时，嫩芽突然脱离了树枝，无声无息地落在地上。王美丽弯腰捡起那株扶持过的嫩芽，捧在手里看了又看。突然“哇”的一声，像个饱受委屈的小孩儿一样大哭起来。

那一年的境况是全园绝收。

四

我开始疯狂寻找我的父亲了。

我知道父亲的藏身地点比较隐秘，若不是他主动出现的话，一般人很难将他觅到。我转遍了整个枣园，连旮旮旯旯的地方都去过了，却始终没见着他的影子。我仍不死心，又到梨园、核桃园去找，还是没能看到他的踪影。无奈之下，我只能将搜索范围逐渐扩大到整个山区。我带着干粮，背着水壶，像个探险家一样沿着崎岖的山路，一寸一寸地进行搜索。遇见实在不能前行的地方，譬如山谷、绝顶、深洞……我就站在靠近的地方，双手捂成喇叭状，贴在嘴边高声呼喊：

“爹——，你究竟在不在这里啊？我找你说事呢！”

几天过去，我依然没能见到父亲的影子。我焦急万分，心想，山山水水都找遍了，父亲到底去哪儿了？不可能躲进老鼠洞里吧！

我迫切想见父亲的原因，是打算再问问他，我都七十来岁的人了，今天脱掉鞋子，不知道明天还能不能再穿上，后面到底还要遭受多少磨难？如果是一两次或者三五次的话，我再挺挺胸膛、伸伸脖子也就过去了。如果还像树叶一样稠密的话，那就不要再往我头上降临了，我后面还有子女，还有数以百计甚至数以千计的子孙后代，该分配给谁就分配给谁吧！我实在不能再替他们扛了，想扛也扛不动了。我真的老了。

我默默地祈祷说：爹呀，你不会再拿“天机不可泄漏”这句话来搪塞我了吧？我可是你的亲儿子啊！我们之间有着非常正统的、毫无悬念的血缘关系，可不像乡村的小卖部经销的商品那样，箱子上明明写着“康师傅”，抱回家仔细一看，原来是“康帅傅”；明明是“六个核桃”，仔细看却成了“大个核桃”……我跟那些假冒伪劣商品不同，至少不可能成为冒牌货。爹啊，为了你的儿子，你就不能发发慈悲，冒险泄漏一次“天机”吗？你知道，你的儿子一向天资聪慧，机警过人，不可能拉你下水太深的。你可以点到为止，哪怕透漏出只言片语，让我有所领悟就行啦。爹呀，你到底身在何处？你若是再不现身，等我和王美丽一同卷起铺盖走人后，把你撇在遥远的山西，你的麻烦可就大了。话先说到前头，到时候可别怪我没提醒你！

五

常宽打来电话，说有位来自东南亚的农业专家，想在这里承包果园，问我有没有意向出让。常宽的本意，主要是看我和王美丽两个人照管五百多亩地，实在太过劳累，起得比鸡早，睡得比狗晚，跟我们的年龄绝对不成比例。现在刚好碰到老外来此投资，机不可失、失不再来，他才要我把果园出让一部分给老外。常宽劝慰我说：

“我的两个弟弟均已成家，并且都在城里买了房子，完全不需要再为他们今后的生活操心。你们挣的钱够吃够喝就行啦，干嘛还要没日没夜的为生活拼命？”

又说：

“都七十岁往上的人了，早该闲下来坐享清福了。”

常宽还说，那位来自新加坡的专家，之所以愿意掏二百万现金收购咱的枣园，主要是看中咱们园里的枣树已经成型，而且长势良好，接手即可盈利。试想，如果他直接重新承包土地的话，两百万在这里可以包下多少亩？每个人都会算这笔账的。

我倒是没有意见，乐得剃头摘帽子，图个干净凉快。再说，我还欠着附近种植户的货款，这笔钱一日不能还清，我就一日不得安宁。有了这二百万，除了结清所有债务外，还能结余一部分来颐养天年。天上掉馅饼的好事，我干嘛不应允呢？

跟王美丽一说，她却死活不答应。我很清楚她不同意的原因，她对这片土地，对这个果园，付出的实在太多，就像对自己的儿女一样，都有着深厚感情了。多年的摸爬滚打和悉心照料，让王美丽对每棵果树的外貌特征，甚至超越了自己的孩子：哪棵树的树身是弯的，哪棵树的树干是直的，哪棵树大概能结多少果子，哪棵树身体不好容易发病……王美丽都记得一清二楚，张口就能道出个所以然来。

王美丽咬着牙对我说：

“你给常宽回话吧，正因为我们今后不需要太多钱，所以老外即使给个金山银山，我也绝不会把自己的果园拱手相让！”

我当时还对王美丽的执拗和顽固不化大为恼火，不停地数落她说：

“没事的时候你掰着手指算一算，看你今年多大岁数了？还能在这世上活多久？难道说你偷吃了仙界的人参果？还是太上老君给了你不老仙丹？才让你如此信心满满地继续干下去。”

我又拿自己做比方：

“我们的好日子不多了。就说我吧，一天重活儿干下来，不是腰酸就是背疼。白天要靠止疼片来控制，晚上还要以酒代药，将神经枢纽充分麻醉后方能入睡。有了这种感觉后，我越发觉得自己一天天在明显变老。难道非要等到我们的手脚不能动弹的时候，才想起饮水思源、叶落归根吗？”

王美丽一边抹眼泪，一边抱憾说：

“我们若能再往后活个几十年，该有多好！”

我白了她一眼说：

“净说些痴心妄想的话。”

老外具体叫啥名字，我压根儿就没记清楚。常宽倒是跟我重复过几次，但是转头又忘却了。也不完全是因为我上了年纪，记忆力在逐渐消退的问题，实则是老外的名字太奇怪，喊起来一点儿也不顺口。这边刚喊完，没等嘴巴闭上就想不起来了。所以，从认识他那天起，我自始至终都称呼他“老外先生”。

老外大概是门里出身，很内行，对我的枣园管理水平相当满意，他一边兴致勃勃地评价着果树，一边不时转头对我竖起大拇指，并操着曲里拐弯的口音说：

“不错！真的很不错！”

看完枣园，老外表示还要接着看我的核桃园。说心里话，我真的不愿意再让他继续看下去了，一是核桃园是我和王美丽的命根子，我们压根儿就没打算转让，所以他看了也是白看；二是我根本听不懂他说的话，估计我说的河南地方话他也听不懂，两个语言上相互不通的人，即使说得再起劲儿，不一样对牛弹琴吗？因此我对常宽说：

“你告诉老外别再瞎转悠了，净浪费时间，还不如蹲下去薅一把草呢。”

常宽耸了耸肩膀说：

“他想看就让他看呗，一大晌的时间都过去了，哪儿还差这一会儿。”

为了给足常宽面子，我只能奉陪到底。

快走到园子尽头的时候，老外突然停下脚步，转头对身边的人说起话来。老外说完，他身边的人又对常宽说。然后常宽满脸得意地对我说，老外又样中咱的核桃园了，问咱多少钱肯出手。

我撇开常宽，直接冲着老外摆手说：

“NO！NO！给多少钱我也不可能卖的。”

事实印证了我那时的决定是错误的：看中我的核桃园后，老外给出的价钱依然是二百万。那时间我和王美丽的脑子已经犯浑，像是被注入凝固剂一样顽固不化，我们老想着留下来自己打理。用王美丽的话说，就是要了我俩的两条老命，也决不会出让最后一片果园。我们正因为没往后考虑任何后果，也没给自己留下任何退路，才导致后来不得不以几十万元的价格，将核桃园贱卖给当地一个煤矿老板做度假村使用。

一念之差，我们白白丢掉了一百多万人民币呀。

等我和王美丽一起感到腰酸背疼腿抽筋的时候，我们开始征求孩子们的意见了。我打电话给路生和冬青，让他们立即放下手头儿的事，来山里参加一个极其重要的家庭会议。电话中我还特意嘱咐他们，这次不单单是要他们来，顺便还带上他们的家属。因为这件事实在太重要了，我怕他们万一轻视或者不当回事，搞不好今后就会抱憾终生。有他们的家属在场，便会多出个头脑和商量的余地，一念之间，说不定事情就会出现很大转机。

看孩子们一个不少地全部到位后，我清了清嗓门，开始宣布我和王美丽共同作出的重大战略决策。我当时的模样像开追悼会一样，以极其沉痛的心情和口吻说：

“孩子们啊，我和你妈都老了，实在干不动了，精力和体力都跟不上了，已经没办法再去管理这片核桃园了。”

我一连用了四个"了"字后，这才直奔会议主题：

"我和你妈的想法，是打算把核桃园交给你们去经营管理。假如你们兄弟俩选择合作经营的话，那就再好不过，以后你们精诚团结、齐心协力就好；如果你们选择其中一人来经营，那么这个人每年必须拿出一部分钱来供我们养老。你们觉得怎样？"

路生首先摇着头说：

"我在城里干着一家网吧呢，根本没时间照管这个，还是让我弟去干吧。"

又说：

"至于养老的事，我弟拿多少，我跟他一样便是。"

冬青的头摇得比他哥的频率还高，他像躲避瘟疫一样侧着身子说：

"我也有自己的生意，搞农业这一行太辛苦了！"

我沉思片刻，又说：

"好吧，既然你们今天都选择了弃权，今后可不要后悔……"

没等我把话说完，路生和冬青就异口同声地说：

"坚决不会后悔。"

两个熊孩子的话让我极其失望，我和王美丽当初之所以没把核桃园转出去，也正是为他们的后路所考虑。看两个熊孩子那副斩钉截铁的样子，我知道我和王美丽的心思算是白费了。我垂头丧气地说：

"看样子，我只有把核桃园转让给他人了。"

路生和冬青的回答又是出奇的一致：

"转吧。"

我冲两个熊孩子摆摆手说：

“你们回城继续忙活你们的生意吧。”

孩子们的表现让王美丽很难受，也很沮丧和失望。王美丽说话时已经接近哽咽了，她说：

“等核桃园转手后，我和你爸就回河南老家了。今后再想见你们就非常困难了。”

又抹了一把眼泪说：

“城里的人虽然很多，但是只有你们兄弟俩最亲最近。我希望你们今后多相互关心、照顾，平时有事没事，都不要忘记给我们打电话……”

第十四章

一

这位名叫常有福的老头儿很健谈，从我坐下来的那刻起，他就像个唱大鼓书的艺人一样滔滔不绝地往下讲，而且一说便是一个下午。当他讲到上面“第十三章”的时候，天色已经暗淡，日头正穿过西边的密林，像猴子一样顺着树干迅疾往下滑，如果地上不是有白雪映衬的话，我想这会儿黑暗肯定已经来临。毕竟是冬天嘛，白天时间短，黑夜时间长。我都能看见老常院子里散养的几只犯困的母鸡，正勾着头无精打采地从门口路过，一步一点头地朝着鸡窝走去。

我站起身，一边打哈欠，一边伸懒腰，并对常有福说：

“天色已晚，今天的采访就到此为止吧。从这里到市区，我还有很远的路要走。”

为避免老常继续纠缠，我又故意给他留下念想。我说：

“你讲的故事很精彩，内容都够写一部长篇小说了。让我非常感兴趣。等啥时间空闲了，我再过来找你继续聊天。”

甭看常有福已经上了年纪，身子骨却异常灵活。没等我反应过来，他便像只敏捷的猴子一样，“唰”的一下跳到堂屋门口，仍旧用身子阻挡我的出路。常有福说：

“你先别急嘛，一下午都挺过去了，哪在乎这屁大的一会儿。”

我挽起衣袖，右手指点着腕表让老常看时间，然后又皱着眉头说：

“你看外面的路，雪水把地上的泥土都泡透了，小车走起来像扭秧歌一样，左右调屁股，多危险哪！”

又威胁他说：

“我这次出的可是公差。万一出了事故，单位领导也不会与你善罢甘休的。”

常有福“嘿嘿”地笑着，再次耍赖说：

“听你这么一说，我就更不能轻易放你走了。不说留你在我这里住宿了，最起码你要等到路面冻结实后再走。”

又说：

“咱这乡下的路，一落黑便冻得硬邦邦的，跟刚从火炉里取出的烧饼一样，外焦里软，那样才好走哩。”

常有福边说边对他老伴王美丽使个眼色，意思是让她到厨房准备晚上的饭菜。王美丽立即领会了常有福的意图，二话不说就起身往厨房里钻——这一对心灵相通、配合默契的老家伙，真令我心悦诚服且又无可奈何。我急忙拦住王美丽说：

“我真的还要进城去会朋友，晚饭绝不能在你家吃。阿姨呀，你还是坐下来歇会儿吧。”

王美丽并没终止自己的动作，而是像玩老鹰捉小鸡的游戏一样躲闪着说：

“即使你不在这儿吃饭，我和老常也要吃啊。”

我只能再次叹了口气，心说，这老两口，真所谓不是一家人、不进一家门啊。

说这话的工夫，常有福又凑上来强行将我按在凳子上，说：

“再坐会儿吧，饭马上就好。吃得浑身暖暖和和、舒舒坦坦再走也不迟啊。”

二

没等常有福书归正传，他家的电话铃突然响了。从他们的通话内容可以判断，电话应该是冬青从山西那边打过来的。冬青大概是跟他哥路生闹了矛盾，说话时像得了肠梗阻一样，吭吭哧哧，磕磕巴巴，一点儿也不流畅。我看常有福那会儿的面部表情，跟眼下这夜幕快要降临时的天色一样逐渐黯淡下去。

王美丽一手端着面瓢，一手拿着两袋真空包装的牛肉，站门口焦急地问常有福：

“他们兄弟俩闹别扭了吗？”

当着我这个所谓的外人的面，常有福大概不好意思跟她直说，只是冲着王美丽摆摆手，没好气地说：

“赶快做你的饭吧，别操那么多闲心了。”

王美丽嘴里嘟囔着，复又走进厨房。

这时，我的同窗好友——县公安局主抓刑侦工作的副局长李伟华打来电话，问我现在是否在他的一亩三分地上。

我说是。又反问他：

“你怎么知道的?”

李伟华半开玩笑说：

“你也不想想我是搞什么业务的？不是跟你吹，从我地盘上跑过一只羊，我都能闻到它的一股子膻气来，更何况你这么大个人’呀”。

我笑说：

“你每次说话都这么混账!”

又不失时机地故意大声说：

“采访已经结束，我正打算找你混饭吃呢。”

李伟华回答得更爽快：

“好啊，我这就给你安排食宿。咱们好久不见，我想你想得都快想不起来了。咱们不见不散。”

我说：

“好。”

话音未落，常有福突然扑上来，极其蛮横地一把将我的手机抢了去，忙不迭地对着话筒嚷嚷：

“对不起啦！今天我要留老弟在这里吃饭，你自个儿吃吧。”

而且又理直气壮地说：

“凡事总得讲个先来后到吧。”

我半吃惊、半吓唬地对常有福说：

“打电话这位，可是你们县公安局的主要领导啊。”

常有福绷着脸说：

“县太爷也不行！我又没犯法，他能把我怎么样？”

看他那副不达目的不罢休的样子，我只能给李伟华回短信：情况有变，不能按时赴约，改日再会吧。

常有福满意地笑着，指着我屁股下的小凳子说：

“赶快坐下来，继续听我讲述吧。所剩内容已经不多，充其量也就一两个章节的样子。等我把故事讲完，咱俩都能得到自由和解放啦。”

第十五章

一

常有福突然说他死了。

二

我和父亲终于在九泉之下正式见面了。

我们父子俩就像两头温顺而又听话的绵羊，一前一后来到一所相当宽敞的屋子内。屋子布置得像一处规模不小的会议室，室内没有夹墙，仅靠几根碗口粗的木柱支撑着房顶。里面既不见月亮，又不见天日，所以潮湿得很，也阴暗得很，像废弃多年的红薯窖一样散发着一股腐烂发霉的气息。那种令人作呕的气息又像小虫子一样径直往我鼻孔里钻。借着豆一样微弱的烛光，我看见铺在地面上的青砖都湿漉漉的，晶莹的水珠宛若满天的繁星，在灯光的作用下，反射出一道道非常细密的、如同针尖一样的亮光。

这大概就是人们所说的宗族祠堂吧。

屋子里坐满了人。摆在后墙正中央的一张八仙桌前，端坐着一个老头，脑后似乎还挽着发髻，下巴处留有山羊一般的胡须，身穿一件孔乙己模样的长袍。虽说打扮得像个道士，却完全不具备仙家那种仙风道骨的素质，仍觉得他还是个地地道道的庄稼人。

大厅两侧分别摆放着两排座椅，除了离我最近的地方有几个空位外，里面基本座无虚席。这些人当中有穿长袍的，也有穿短褂的，衣服倒是很新，一道道被折叠过的皱褶依稀可见。这些老头儿们正襟危坐，表情严肃地接近于陌生人，把整个场合的气氛一下子烘托得异常庄重。

看他们这阵势，像是要联手对我进行“五堂会审”吗？我疑疑惑惑地想。

我猛然发现在其中一根柱子的旁边，竟然还站着我儿子方青——他也跟里面的老头儿们一样，不知啥时间学会庄重和严肃了。但是方青毕竟年龄太小，想威严也威严不起来，看上去反而有些别扭，模样好像猴子戴着官帽玩杂耍似的，严肃中透露出几许滑稽和荒诞的味道。

我悄声问方青：

“方青啊，见了你爹为啥不打声招呼？”

没等方青开口，坐在最里面的老头儿干咳了一声，似乎对我的随意表现有些不满。

站在我前面的父亲，急忙拉我一起跪倒在地，对着里面的老头儿们又是磕头又是作揖，折腾了好大一阵子，方才指着里面的老头儿依次向我介绍：

“他们都是咱常家的祖宗。因为他们的辈份太高，不要说你了，就连我都不知道该如何称呼他们。”

接下来，父亲又指着坐在靠外面的几位老头儿说：

“他们是你的老太爷和老老太爷。”

又反过来将我介绍给那几个老头儿：

“这是我儿子有福，今天来咱家祠堂报到了。”

父亲将双手捧在胸前，朝里面深鞠一躬说：

“今后还要烦请诸位列位祖宗多加关照。”

再往下面介绍时，不等父亲指认我便知道那是我爷爷了。我其实并不认识他老人家，在我出生之前爷爷已经找马克思报到了。我只记得小时候，我曾指着墙壁上的相框里的一张黑白画像，问母亲他是谁。母亲郑重其事地告诉我：

“记住，他是你的爷爷。”

现在终于见到爷爷的庐山真面目了。我礼节性地冲他点点头，低声喊了句“爷爷”。

爷爷同样也点点头，手指着最外面的一把空椅子说：

“你就坐在那个位置上吧。”

三

父亲仍旧站在原地。他似乎早已对此次的发言内容胸有成竹。

他就像领导做工作报告一样侃侃而谈：

“我们一大家人总算聚齐了。正是在各位列祖列宗的言传身教和庇佑下，我们常家的子孙后代，沿着先辈们走过的路，始终铭记吃苦耐劳、勤俭持家的家训，秉承艰苦奋斗、不屈不挠、敢于拼搏的精神，以高度的责任感和担当意识，让我们常家在新老交替的社会变迁和历史洪流中，始终立于不败之地！我可以很自豪地说，我们常家人，上对得起天，下对得起地，既孝敬于父母，又忠诚于朋友，从旧时代到新社会，一代比一代更出色，一辈比一辈更强大……”

父亲缓了口气，接着又说：

“下面由我儿子常有福，向列位长辈讲述他的人生经历。”

又转头嘱咐我说：

“有福，你站起来说说吧。尽量介绍详尽点儿，好事坏事一起说，不得有丝毫的隐瞒。”

看父亲一脸端庄和正经模样，我差点儿忍俊不禁地笑出声来。本来是举家团圆的欢庆时刻，父亲竟然将氛围营造得跟犯错误的小学生在课堂上做检讨似的。你说搞笑不搞笑？

但我最终强忍着没笑出声来。

发表演讲素来是我的强项，在此方面，我比父亲的经验要丰富得多。早在大炼钢铁的时候，我当过冶炼厂的厂长，光是每天正儿八经讲的话，都够写一个短篇小说了。更何况现在面对的全是自家人。我似乎早已按捺不住内心的冲动。我起身站立，挺胸提气，以滔滔洪水之势将满腹话语喷涌而出。

我从少年说到青年，从中年谈到老年。把上学、务农、经商以及到山西承包果园等一系列创业经历，不折不扣地如实陈述一遍。许是因为我的演讲内容实在太精彩了，我话音刚落，儿子方青竟带头鼓起掌来。

我看见坐在最里面的那个老头，一边微微地点头，一边用平静和赞许的口吻说：

“嗯，还行!”

我深为我刚才的精彩演讲而自鸣得意，以至于高兴起来差点儿将嘴角咧到耳门子上去。这时，我突然发现父亲正阴沉着脸怒视着我，好像我长期拖欠他的狗肉钱一样，于是便问他：

“爹，您还有啥不满意的地方吗?”

父亲犹豫了一会儿，最后翕动下嘴唇说：

“当年你跟王美丽一同逛庙会，曾在关帝庙许愿为关二爷重塑金身之事，你兑现了吗?”

父亲语音刚落，我的脸“唰”的一下红到耳根，头上的汗珠止不住顺颊而下。我反复搓着手，喃喃自语说：

“我都已经不在人世了，这可怎么办?”

父亲仰着脸叹口气说：

“我们老常家的人，不能说话不算数!”

我重重地点点头。

父亲又说：

“不光是重塑金身这么简单，你肩上的重任还远远没有结束呢。自己的事，自己看着办吧。”

我愈加不解，问父亲：

“我都已经入土为安了，还有啥任务需要我完成?”

父亲一副痛心疾首的样子说：

“你瞧瞧你的儿子路生和冬青，一个个都懒惰成啥样子了，还不快去管教一下他们！”

又说：

“一辈人不管两辈人。我以前只对你负责，所以当你每次身处险境的时候，我随时都会出现在你身边。你同样也要对你的孩子负责。”

父亲说完，一屁股蹲在另一把凳子上，像卸下一个沉重的包袱样长长地舒了口气。

哦！我终于明白父亲先前一直追踪我的原因了。

原来做鬼也并不轻松啊！

我不敢怠慢，疾步走出那个阴森森的常家祠堂，然后双脚轻轻一点，身子立马像风中的羽毛似的离开地面。我一路腾云驾雾地朝着西方行进。我的飞行速度极快，比现在的高铁甚至飞机都要高出许多倍。我瞬间跨过重重大山和辽阔土地，从河南老家又来到山西地盘。

四

习惯了贪图享受的路生和冬青，这天一大早便起了床。路生和冬青起床的时候，还被他们的媳妇阻拦或者纠缠了一阵子，并且不情愿地说：

“起来那么早，干嘛去？”

路生和冬青分别对他们的媳妇说：

“咱爹好像从老家过来了。”

他们的媳妇很是惊讶，撇着嘴说：

“胡说八道！咱爹已经死掉了，不可能再来山西的。”

路生和冬青摇着头，忧心忡忡地说：

“我总觉得咱爹没有死，他就在我们身边呢。”

又说：

“老头子昨晚还给我托了梦，让我们回老家给关二爷重塑金身哩。”

他们的媳妇继续撇嘴：

“在说梦话吧你？”

路生和冬青突然像变了个人，一脸严肃地对他们的媳妇说：

“我们不能再这样懒惰下去了。今后必须要像咱爹那样，吃苦耐劳，勇挑重担，踏踏实实地去做点儿事。”

他们的媳妇唏嘘道：

“听你说话的语气和风格，倒是越来越像你爹了。”

路生和冬青郑重其事地说：

“昨晚我一直在想，人活着究竟为了啥？碌碌无为是一辈子，轰轰烈烈也是一辈子。所以我认为我们应该像咱爹那样，不仅要为现在的人活着，还要为今后的人活着。要活得有担当、有价值、有意义，这样才不枉我们在世上潇洒走一回！”

他们的媳妇惊讶地问：

“这就是我们活下去的理由吗？”

路生和冬青重重地点着头说：

“对！这就是活下去的理由。”

一稿：2016 年 3 月 18 日

二稿：2017 年 5 月 3 日

三稿：2018 年 11 月 16 日

四稿：2019 年 12 月 8 日